U0562710

情诗简史

郦波⊙著

学林出版社

自序

　　中国文学史上，每一个朝代都有精彩的文学呈现，正如王国维在《宋元戏曲史》中所说："凡一代有一代之文学：楚之骚，汉之赋，六代之骈语，唐之诗，宋之词，元之曲，皆所谓一代之文学，而后世莫能继焉者。"

　　自《唐诗简史》《宋词简史》出版以来，在与读者互动时，不少读者都表达了希望读到更多诗词简史的心愿。

　　其实，按照历史断代来整理编选诗歌佳作的做法，虽然十分通行且便利，但也有其局限性，那就是难以在一本书中体现某一类主题跨越朝代界限的发展面貌。比如，中国诗歌在每个朝代都产生过大量以爱情为主题的作品，这些作品不仅在创作时就寄托了人们的美好情感，也经时间的淘洗逐渐沉淀为中华民族的珍贵记忆，更构成了全人类共同的精神财富。因此，我便有了编一本《情诗简史》的想法。

　　当然，这里的"诗"，指的是古人所谓"诗言志，歌永言"中的诗和歌，是诗、词、曲一类韵文的通称，习惯上也简称"诗词"。不得不说，诗词虽美，但比诗词更美、更动人的，是诗词背后的情感。

"人生自是有情痴，此恨不关风与月。"生而为人，至情至性，正所谓"太上忘情，最下不及情。情之所钟，正在我辈"。这些诗词带给我们的，不仅是诗意，更有它背后的美好。

爱情无疑是人类文学创作的永恒主题之一。是的，不管经历怎样的磨难和挫折，欺骗和背叛，人们永远不会真的不再相信爱情。同样，诗意并不遥远，诗意可以是我们正经历着的生活本身，只要保持这样的心境，生活处处都充满诗意。这也就是说，最美的爱情，并不是我在最美好的时间遇到了最美好的你，而是与你在一起的岁月里，我们彼此都遇到更好的你我、更好的自己。

此前，我曾经出版过一本《是为彼此，来此人世》，主要选收了自先秦《诗经》到清代诗歌中的爱情诗。当时因为接下来还有《宋词简史》的编写计划，而宋词中写爱情主题的篇什很多，为了避免重复，所以宋词中的爱情名篇便未收入；同时，为了体例上的协调，像纳兰词等佳作也不得不忍痛割爱，为此我一直深觉遗憾。

因此，此次编辑这本《情诗简史》，可以说是一次时机成熟的还愿。

关于编选的思路，我还想做几点说明。

第一，此次编选时参考《唐诗简史》一位作者只收一篇作品的体例，希望能够呈现不同作者笔下的爱情。因此，《是为彼此，来此人世》中原本收入八篇《诗经》，此次仅保留了五篇，且分别出自郑风、秦风、邶风、王风、周南，展示先秦之时不同地域的爱情故事。同时，为了展现情诗艺术的历史脉络，在编排上大致按中国文学史的重要发展时期作了划分。

第二，同样，因为《是为彼此，来此人世》的主题是写情，当时有的诗人选了多首，比如李商隐、李白等。此次只能忍痛割爱，每位诗人都只保留了一首。李商隐的爱情诗保留了他的《无题·相见时难别亦难》，李白的爱情诗保留了他的《长干行》（其一）。

第三，删除了写姐妹之情的《燕燕》等，以及某些主题有争议的诗篇，比如《江南》。有人说这首诗是写男女爱情，也有人说这首诗就是写采莲的场景。同时，又增加了一些篇章，如元好问的《摸鱼儿·问世间情为何物》、纳兰容若的《浣溪沙·谁念西风独自凉》等，这样做，是为了尽可能做到每个时代有代表性的作品都能呈现。

第四，本书既为简史，所选自然是文学史上的名篇。不过如彭玉麟的《梅花百韵》（其一），虽不是文学史必讲的篇目，却是极其凄美的情诗，所以照样选录。另外，一些作家为文学作品中的人物角色拟写的情诗佳作，也纳入了选录范围，所以，汤显祖《牡丹亭·皂罗袍》和曹雪芹《红豆曲》也都予以保留。

爱情是上天赐予人类的珍贵礼物，爱的力量是无穷的，而失去爱的能力或将导致人类的衰亡。在东西方许多文学作品中，都有对爱的热情讴歌和对失去爱的惋惜与慨叹。在人工智能颇有取代人类体力劳动、智力劳动乃至情感活动的当下，重温人类独有的对爱的细腻体察和微妙体验，在每个人的心中葆有一粒爱的种子，或许是保持人类永远不被机器所僭越的唯一选择吧！

今年恰逢庚子，世界发生诸多变化，但不变的则是我们对世界的期待与爱。

在生命最好的时候，让上苍恩赐一场遇见，从一个日子走向另外一个日子，从一个自己走向另外一个自己。

是为彼此，来此人世。今天的爱人、亲人、朋友，大抵都是前世的约定；而要想在来世依然不身陷孤独黑暗之中，那就从现在开始——如果爱，请深爱！

当然，除了这本《情诗简史》，我也很希望有机会为读者奉上更多的诗词简史。

自 2019 年春天开始，我在喜马拉雅 FM 开设了"中华诗词课"音频课程，一年多来也得到了许多朋友的喜爱。

确实，对于华夏文明来说，诗歌实在是太独特。有一种说法叫"中国是诗的国度"，每个民族其实都有自己的诗歌，为什么独独只有中国叫诗的国度呢？

对于华夏文明来说，诗与诗的历程，诗歌背后的精神灵魂，实在是历史进程中的一个核心元素。一叶落而知天下秋，我希望通过讲述中华诗歌史，既完成伟大的诗的旅程，也完成一段对华夏文明的别样回溯。诗言志，歌永言，我期待与各位朋友一起在这趟壮阔的诗歌旅程中，找到我们作为华夏子孙的灵魂归宿，找寻我们民族文化的基因密码。

来吧，跟我走吧，现在就出发，乘风破浪就此时，直挂云帆济沧海。

沧溟先生

庚子秋于金陵水云居

目录

先

最古老的一见钟情

爽朗、温润、多微风的爱情

谁的心中没有一个静女？

我的爱，除你之外，别无桑田，别无沧海

最适合的人，最合适的爱

心悦君兮君不知

生而为人，至情至性，正所谓"太上忘情，最下不及情，情之所钟，正在我辈"。

况周颐《蕙风词话》里说，"吾观风雨，吾览江山，常觉风雨江山之外，别有动吾心者"。事实上，既然连风雨江山都可以动我心，就更不用说我们民族文化积淀里那些绝美的诗与词了。

我们要解读的《野有蔓草》是《诗经·郑风》中的一首名作。

诗云：

野有蔓草，零露漙兮。

有美一人，清扬婉兮。

邂逅相遇，适我愿兮。

野有蔓草，零露瀼瀼。

有美一人，婉如清扬。

邂逅相遇，与子偕臧。

《诗经·郑风·野有蔓草》

最古老的一见钟情

这首《野有蔓草》写的是一个年轻的小伙子在野外偶遇一个美丽的姑娘，于是他吟唱道：野外的青草一片片，草上的露珠一团团，美丽的姑娘眼波顾盼，既然有缘如此相遇，嫁给我吧，让我如愿。野外的青草一片片，草上的露珠多又圆，美丽的姑娘流水一般，既然有缘如此相遇，让我们好好地爱一番。

关于这首诗题目的读音，有些人会读成"野有蔓（màn）草"，也有人会读成"野有蔓（wàn）草"。到底哪一个是标准的呢？

从训诂学的角度来讲，"蔓"字有三种读音，其中最主要的当然是 màn 和 wàn。读 màn，是动词滋蔓的意思，就是滋生生长，快速地生长。而读作 wàn 这个音，则是最后生长状态很茂盛的样子，是名词或形容词。

我们知道，在生物学中就要读作藤蔓（wàn），而不读藤蔓（màn）。所以当我们去描述野草疯长的时候，可以用蔓（màn）延的蔓，滋蔓（màn）的蔓（màn），不枝不蔓（màn），但如果是说已经很茂盛的野外的青草，最好还是读成"野有蔓（wàn）草"。

这首诗直白、浅露又唯美，描写了一对青年男女在田野间不期而遇，非常自然的情景。

小伙子是一见倾心，一见钟情，立刻表现出内心的无限喜悦。诗歌以田野郊外春草露浓为背景，既是一种起兴，同时也是一种象征。

因为这样的场景，一定是春天，有露珠，有青草，而且是长得非常茂盛的青草，这同时也是一种象征。情长意浓，男女相遇，自然情景交融。人不期而遇，爱情也就不期而至了。宋代的理学大师朱熹都不免动心地解释说："男女相遇于田野草蔓之间，故赋其所在以起兴。"说明他也认为这是一首自然而然的求爱的情歌，是一个小伙子在露珠晶莹的田野，偶然遇见了一位漂亮姑娘，她有着一对水汪汪的大眼睛。小伙子为她的美丽着了迷，那种兴奋激动，不由自主地唱出了心声，向她倾吐了爱慕之情。

你看，"野有蔓草，零露漙兮"。春日早晨的郊野，春草葳蕤，枝叶蔓延，那种绿是满眼的绿，嫩绿的春草，缀满了露珠，在初升的朝阳照耀下，明澈晶莹。这么清丽幽静的春天早晨的郊外田野，"有美一人，清扬婉兮"。在这个背景的衬托下，这个女子简直美得不可方物。

美丽的姑娘含情不语，飘然而至，那露水般晶莹的美目，顾盼流转，妩媚动人。这里其实先写景后写人，主要说的是她的目光"清扬婉兮"。诗中有画，画中有人。"野有蔓草，零露漙兮。有美一人，清扬婉兮。"这四句俨然一幅春娇丽人图。而在茂盛的蔓草、晶莹的露珠和少女的形象之间，有着微妙的隐喻，引发我们丰富的联想。

这四句中，"清扬婉兮"是点睛之笔，可以想见那女孩惊人的美丽，金庸先生在写《笑傲江湖》的时候，便把那个最传奇的大侠取名叫风清扬。令狐冲的独孤九剑就是向风清扬大侠学的，所以那样传奇的一个人物，他的名字一定要美到给人无限的遐想，连他的剑法都符合清扬之姿。

清扬这个名字，其实就是从《野有蔓草》这首诗里取来的。

在《诗经》的时代，写这种人世间常遇的一见钟情，实在有着后世难以匹敌的美妙。说到当代小伙子对姑娘的一见钟情，可以举两首比较耳熟能详的歌曲。一首是民歌，就是"西部歌王"王洛宾创作的，那首最有名的《在那遥远的地方》。其实，这首歌的音乐是他在甘肃的时候，从流浪的哈萨克族人中搜集到的。在哈萨克民歌里，这首歌的名字叫《羊群里躺着想念你的人》。又有研究者后来考证，在哈萨克民歌里，最早应该叫"阿克曼带"，"阿克"是洁白的意思，"曼带"是前额。这首歌原来的诗题，在叫《羊群里躺着想念你的人》之前应该叫《洁白的前额》。

1994年，王洛宾凭借这首民歌，获得了联合国教科文组织颁发的"东西方文化交流特殊贡献奖"。这首歌是王洛宾最珍爱的歌，获得的艺术评价也是最高的，被称为是"艺术里的珍品，皇冠上的明珠"。这首歌后来成为《小城之春》的电影插曲。

为什么会有如此高的成就呢？

1939年的时候，王洛宾受电影导演郑君里的邀请，到青海藏族牧区去拍电影。在那里，王洛宾遇见了一个美丽的女孩，叫卓玛。

王洛宾第一次看到卓玛，就和《野有蔓草》里的那个小伙子一样，被卓玛"清扬婉兮"的姿态所震撼，忘情地盯着卓玛看。其中一种版本的说法是，卓玛骑在马上，察觉到王洛宾痴情的目光，当时的王洛宾呆呆地看着卓玛，有些忘情，也有些不礼貌。这时候，卓玛轻轻地荡起自己的马鞭，在王洛宾身上柔柔地打了一下，所以才有了那样美丽的歌词，"我愿她拿着细细的皮鞭，不断轻轻打在我身上"。

最好的诗歌，最好的音乐，其实都来源于最本真的生活。我们看到王洛宾对卓玛的爱，通过这首《在那遥远的地方》表现出来：

在那遥远的地方
有位好姑娘
人们走过了她的帐房
都要回头留恋地张望

她那粉红的笑脸
好像红太阳
她那活泼动人的眼睛
好像晚上明媚的月亮

这首歌里还有一个小插曲很有意思，充分体现了王洛宾对卓玛的痴情。

这首歌的歌词里有一句，"每天看着那粉红的笑脸和那美丽金边的衣裳"，后来一个同样搞音乐的朋友去请教他，说哈萨克族的女子是不穿金边的衣裳的，只有藏族的贵族女子才会穿金边的衣裳。结果王洛宾很干脆地回答，这就是我心中那位美丽女子的模样。

除了王洛宾的这首歌，同样的一见倾心、一见钟情，在现代流行歌曲里，还有一首歌叫《对面的女孩看过来》，其中一段歌词甚至这么说："寂寞男孩的苍蝇拍，左拍拍，右拍拍，为什么还是没人来爱，无人问津呐，真无奈。"

我们把三首表现一见钟情的诗、歌，放在一起比较，当然都各有特色，但就审美境界上来比较，高下立判。流行歌曲当然比较欢快，它体现的这个男孩形象，不是一个简单的坠入爱情的一见钟情的男孩形象，他是一个苦闷而带点自嘲的男孩形象。

而《在那遥远的地方》，则是一个无比深情的男子。歌曲描述的场景那么唯美，那么细腻，把情感表达到了一种淋漓尽致的地步。据说作家三毛非常喜欢这首歌，这首歌在西班牙以至在欧洲都流传很广，就是因为三毛的推动和影响。三毛是那么敏感细腻的女子，这首歌能成为她一生的钟爱，可见它的魅力。

　　不论是《在那遥远的地方》的唯美与清扬，还是《对面的女孩看过来》的轻快与幽默，追根溯源，沿着历史的长河回到最早的源头，应该都是源于《诗经》中的这首"野有蔓草，零露溥兮。有美一人，清扬婉兮。邂逅相遇，适我愿兮"。

《诗经》里的《蒹葭》曼妙多姿，历来为人称道。"蒹葭苍苍，白露为霜"，千百年来引了人们多少喟叹与遐想。清人沈德潜说它"苍凉弥渺"，近人吴闿生说它"景色凄清"。

可这个发生在初秋日子里的爱情故事，其情感色彩，真的那么哀婉吗？

诗云：

> 蒹葭苍苍，白露为霜。
> 所谓伊人，在水一方。
> 溯洄从之，道阻且长。
> 溯游从之，宛在水中央。
> 蒹葭萋萋，白露未晞。
> 所谓伊人，在水之湄。
> 溯洄从之，道阻且跻。
> 溯游从之，宛在水中坻。
> 蒹葭采采，白露未已。
> 所谓伊人，在水之涘。
> 溯洄从之，道阻且右。
> 溯游从之，宛在水中沚。

古代的诗词，不像我们今天用所谓朗诵的语调去朗诵，他们都是吟诵出来，并且带着音乐的节奏。

我的一位导师是国学大师钱仲联先生的关门弟子，主攻诗词吟诵之学，是南派吟诵大师。记得当年跟老师学这首诗的时候，他便是用古诗吟诵的方法唱的。

我们知道，这首诗改成白话文之后，还有一种唱法，"绿草苍苍，白雾茫茫……"不错，这是琼瑶《在水一方》里的主题曲，20世纪90年代唱遍神州。这首歌听起来非常凄婉，和我们初读这首诗的感觉是一样的，甚至琼瑶的小说本身也是悲凉、伤感的。主人公杜小双是个孤儿，寄住在朱家。朱家长子朱诗尧默默地爱她，却几番擦肩而过。两个人的爱情缠绵悱恻，和这首歌完全吻合。

记得当时我问老师，为什么吟诵《蒹葭》时听上去不是那么伤感，这首诗到底是不是一首悲凉的爱情诗呢？

当然，首先要问这首诗是不是一首爱情诗，因为古代有几种不同的说法。有人说它是一种政治寓意诗，比如《毛诗序》云："《蒹葭》，刺襄公也。未能用周礼，将无以固其国焉。"就是说秦襄公没有用周礼来治国，所以时人用《蒹葭》这首民歌来讽刺秦襄公，但是这种说法非定论，也非主流，我还是更愿意把它当作一首爱情诗来看待。

说到秋，总也离不开愁。词人吴文英说"何处合成愁，离人心上秋"，大概是对秋愁最著名的论断了。黛玉也说"抱得秋情不忍眠"，其情愫更是苦不堪言。"草木摇落兮"而天下秋，秋的哀婉却也难免。

蒹葭，今人多理解成芦苇，实际上指的是水边细长的水草。或者有芦苇，却不止于芦苇。关键是"白露为霜"这一句，不论是说白露的节气，还是有白露凝成了霜的模样，总是白露前后，初秋时节。元代的《农书》记载说，白露时晴朗、湿润，多微风。

这样的日子里，天气原本应是很舒适的，可这首诗为何给人悲伤的感觉呢？

其中让人容易误解的是"苍苍""萋萋""采采"。从训诂的角度看，这三个同义复沓的词汇，本来是形容水草丰茂的样子，"苍苍"和"萋萋"的音韵，却凭空给了人们暗淡的想象。尤其是"萋萋"一词，本与"采采"同义，字面非常欢悦，形容水草极丰茂、极旺盛的绿意，但因为读音和字形相近，常令人联想到凄凉的凄。"萋萋"变"凄凄"，两点水的"凄"和草字头的"萋"完全不同，若改成了"凄"，自然平添了无限的凄凉。

不过，蒹葭苍苍和蒹葭萋萋，不是苍凉，更非凄凉。"苍苍""萋萋""采采"本是绿草丰美、绿意盎然的景象。加之天气始去燥，初转凉，正是晴朗、温润、多微风的白露前后。这应该是最惬意的季节。

这样的景色其实不是哀景，是乐景。那么情感呢？

初秋时节的蒹葭男女，在水一方，求之不得，或有惆怅，却并不悲伤。从情节的角度看，也同样没有悲伤的理由。

处暑之后就是白露，却还未至秋分。天气刚转凉，宜人的郊外，小伙子与姑娘在此约会。又或者有位佳人，让秦地的小伙子一见倾心。他寻寻觅觅溯流而上，而姑娘或藏而不见，或渐行渐远，却并不消失，总是宛在水中央。小伙子追求的道路因此平添了些怅惘，也不过是情理之中的插曲。若是说哀婉已属勉强，哪里有曲中谱的那般断肠？

我想先民在《诗经》的时代，应该是很爽朗、很健康的，这从《国风》里最能看得出来。不论是小伙子与静女约会时候的搔首踟蹰，还是"投我以木瓜，报之以琼琚"，这些情怀都明白如话，都有着可以想象的自然与流畅。即使是《国风·卫风·氓》中的弃妇，有两句决绝的抱怨，也不做无病的呻吟，更何况是属于秦地"秦风"中的男女呢！

在这个自然、爽朗的"蒹葭"的故事里，没有失恋，更没有苦情。秦地的一个小伙子和姑娘在城外水边的约会。姑娘并没有拒绝小伙子的追求，而是和他捉迷藏，让小伙子"溯洄从之""溯游从之"，可又总是追不到，所以"宛在水中央"。"宛在水中央"正说明这个姑娘并没有毅然决然地离开。小伙子固然会因寻而不得而怅惘，但这种情绪，却无关悲伤。

这是《诗经·秦风》中的作品，这是民风自古彪悍、豪爽之地的爱情，怎么可能凄凄惨惨，冷冷清清，悲悲戚戚？

因此，在我看来，这并不是爱情的悲剧。姑娘"宛在水中央""宛在水中坻""宛在水中沚"，身影若隐若现。"所谓伊人，在水一方"，美丽的伊人与美丽的爱情，一直都在。

事实上，在《诗经》的爱情诗里，绝少有哀婉凄凉之作。《诗经》时代的爱情，就像初秋爽朗的天气，晴朗、温润、多微风，这才是《蒹葭》背后的爱情之美。

《诗经·邶风》里的《静女》是一首轻松的情诗。这首诗描绘了那个美丽的静女，也表现了一对恋爱中的男女，以及他们美丽生动的形象。

诗云：

静女其姝，俟我于城隅。

爱而不见，搔首踟蹰。

静女其娈，贻我彤管。

彤管有炜，说怿女美。

自牧归荑，洵美且异。

匪女之为美，美人之贻。

这首《静女》的复沓章法和《诗经》中常用的复沓章法不太一样，和《关雎》《蒹葭》都有明显的区别。

像《蒹葭》中，"蒹葭苍苍""蒹葭萋萋""蒹葭采采"，是标准的三章完全一样的复沓章法。而《静女》的前两章"静女其姝"和"静女其娈"，明显可以看出复沓来，但第三章的"自牧归荑，洵美且异"，则和前两章不太一样。可是，语言上虽然有所不同，但第三章的"自牧归荑"又和第二章的"贻我彤管"，形成一个"复沓式"的递进关系，所以二三章之间又有隐约的复沓关系，这就使得《静女》显得非常独特。

其实，这三章分别讲了三个场景，因为这种比较独特的复沓关系，导致了后世对这首诗三章之间的逻辑关系，也就是三个场景之间的相互关系，产生了众说纷纭的意见和观点。

我们就先来看看这三个章节与场景。

第一章最清晰，"静女其姝，俟我于城隅"。

从训诂的角度看，"静女"的"静"字其实非常有讲究。"静"字最早见于金文，许慎《说文解字》说："静，审也。从青，争声。"也就是说，静的本意是自我内心的审视，它这个字根，"青色"的"青"其实原意是"清水"的"清"，而"争"字作为音符，其实也有意符的作用，有一种"努力""全力以赴"的意思，所以"静"字的本意就是，内在全力以赴，达到纯净如清水一般的心境。

"静女其姝"的"姝"字，《说文》曰："姝，好也。从女，朱声。"就是指女子由内而外的美丽的样子，所以"朱"既是音符也有红颜之意，所谓面色红润有光泽，那就是一种由内而外的美丽。这样纯洁而美丽的女子，"俟我于城隅"，也就是她和一个小伙子双双陷入爱河，约会在城隅。"隅"本来是角落的意思，最初在金文里的"隅"，指城墙、城郭的角落。从字形构造的角度上来看，应该特指的是城角的遮挡物，或者是凸出物。城隅，也就是城上的角楼。"俟"就是等，约了在这个地方等，等待的地点就是城上的角楼。

中华传统文化中，非常喜欢登高望远。所以亭台楼阁，包括城市与都城，其实都蕴含着高大的含义。两个相爱的人在城上的角楼约会，这不由得让我想起《大话西游》的紫霞仙子和夕阳武士来。我总觉得，《大话西游》中表现的情感遥遥地指向中国爱情文学的源头——《诗经》，那样纯粹，又那样伤感，所以恒为经典。不过，《静女》这首诗里倒是只有浪漫，并没有伤感，哪怕那个男孩子的惆怅，其实也是欢快的惆怅。

"爱而不见，搔首踟蹰"，是说到了约会的时间，那个美丽的女孩子还没出现，这就让小伙子有些着急了。当然，没有出现的原因，可能是因为这个纯洁的女孩子，有几分古灵精怪、几分调皮，因为"爱而不见"的这个"爱"字，其实是个通假字，通"薆"，原意是隐蔽、遮蔽、隐藏起来的意思。看来是这个姑娘在逗小伙子，在跟他玩捉迷藏。这也可以反证我们在《蒹葭》里说到的"所谓伊人，在水一方"。虽然"溯洄从之，道阻且长"，但"溯游从之，宛在水中央"，时而若隐若现，若即若离，这不就是恋爱中的男女，他们最可爱也是最正常的一种姿态和心态吗？

所以《蒹葭》写的并不是失恋的伤感，不过是爱而不见，所以那个小伙子的着急、惆怅，恐怕也难免会像《静女》里一样"搔首踟蹰"吧？"搔首"很形象，就是挠头和迷惑，猜想那美丽的姑娘到底在哪儿。"踟蹰"就是徘徊不定。这个词我们到现在还经常用，当然还有一个"彳亍"跟这个"踟蹰"很容易混淆。

戴望舒的《雨巷》里说，"她彷徨在这寂寥的雨巷，撑着油纸伞，像我一样，像我一样地，默默彳亍着，冷漠，凄清，又惆怅"。"彳亍"两个字，是把"行走"的"行"字分开。"彳亍"是小步慢走的意思，而"踟蹰"则是来回踱步、徘徊的样子。李贽曾有诗说"踟蹰横渡口，彳亍上滩舟"，这一联诗就很形象地把"踟蹰"和"彳亍"这两个非常相近的词区分开了。从"搔首踟蹰"中，可以看出那个恋爱中的小伙子非常着急，如此生动的形象既反证了他对那个姑娘的爱，也可以看出那个美丽纯洁的姑娘在他心中的地位。

接下来的第二章，姑娘终于出现了。"静女其娈"，"娈"是五官细致、精致而美好的样子。"静女其姝"的"姝"是气色美好，而"娈"则是指的长相，尤其是指面部五官的精致。从"静女其姝"到"静女其娈"，我们就可以想见这个女孩子由内而外的美丽。不论是她的气质、精神，还是她的皮肤、五官，在那个小伙子的眼中都是极其圣洁而完美的。连她拿来的东西，送给小伙子的礼物也都是那样的唯美、完美。

"静女其娈，贻我彤管。彤管有炜，说怿女美。"这是第二个场景，姑娘送给小伙子一样东西。这个东西牵扯重大，也是后世有关这首诗众说纷纭的一个关键节点所在。"贻我彤管"，"贻"是赠送，就是送给我彤管，那这个"彤管"到底是什么？

"彤"毫无疑问就是红色的，"管"到底指的是什么呢？这个"管"字很容易让人想到一个成语"双管齐下"。

这个成语来自宋代郭若虚的《图画见闻志》，记载唐代画家张璪有一个绝技，可以同时握两支毛笔画松树，一为枯笔，一为浓墨，这样可以同时画出枯干和生枝，更能画出两种意境，"势凌风雨"或"气傲烟霞"。这里"双管齐下"的"管"毫无疑问就是毛笔，所以"彤管"的"管"，很多人认为应该指的是毛笔。

那为什么是"彤管"呢？

在古代女史用的毛笔会漆成朱色，那么就是彤管，即红色的毛笔。女史是古代的女知识分子，很受人尊重。后代旌表、颂扬女子的时候，经常会用到"彤管扬芬""彤管扬辉"的说法。如果我们在一些老宅子里看到这样的匾额，就知道它其实是颂扬其中的某位女眷的。因为有女史彤管之说，而女史又是最早用笔来记载宫廷生活的女知识分子，所以经学派便牢牢地抓住"彤管"这个词，认定《静女》这首诗应该是一首政治讽喻诗，说这个静女其实就像女史那样，用她的彤管讽刺"卫君无道，夫人无德"。

后来，一直到欧阳修、朱熹才认为这就是一首彻头彻尾的爱情诗。

实际上"彤管有炜"的"炜"是指亮泽鲜艳的样子。"说怿女美"，"女"即"汝"，指的就是彤管，这句是说这样亮泽鲜艳的彤管，真的非常美丽，爱恋中的人爱屋及乌，因为爱美丽的静女，所以她送给小伙子的任何一样东西，小伙子都珍爱无比。不过，为什么要特别突出彤管的"有炜"，突出它有鲜艳的颜色？

所以还有一种观点说，这个彤管并不是笔管，不是毛笔，而是一种野草或草管，有人认为这种野草是"双同管子"。它一开始长得很嫩，但也可以长得很长，中间是空心的，在成熟变硬之后，还有可能把它做成一种简单的乐器来吹奏。至今乐器分类中，还分管乐器和弦乐器。事实上"和合文化"的那个"和"字，它的甲骨文的原意，就是很多禾管排列，每个禾管都能吹出自己的声音，然后很多禾管排在一起又能发出共鸣来，这就是音乐上的和声。

这样一来，关于彤管的解释就有三种说法，一是指毛笔、毛笔的笔管；二是指野草；三是指乐管，就和音乐有关。而关于彤管的训诂与争议，就变成了这首诗到底是政治讽喻诗还是爱情诗的区别所在。

我们还是先放下彤管的争议，来看一下第三章的第三个场景。我认为第三个场景是解答第二个场景，即彤管之谜的关键所在。

第三个场景是"自牧归荑，洵美且异。匪女之为美，美人之贻"。为什么说这和第二章又形成复沓章法？因为它还是姑娘送给小伙子的东西。静女"自牧归荑"，"牧"是野外，"归"是赠送，合起来就是野外采摘归来送给小伙子礼物。赠送的什么呢？这个"荑"就很有意思了。"荑"是初生的白茅草的草叶尖，所以《诗经》中用"手如柔荑"形容庄姜手的白与嫩。正是这种又白又嫩的"柔荑"，所以诗人才说它"洵美且异"，就是确实蕴含着特殊的美。

那么，这个特殊到底是什么？或者说，它到底特殊在哪儿？讲一个著名的故事就可以知道了。

齐桓公伐楚，其中有一个著名的成语叫"风马牛不相及"。齐桓公九合诸侯，是"春秋五霸"之首。鲁僖公四年（公元前 656），齐桓公率领诸侯联军攻打楚国，楚成王的使节对齐桓公说："君处北海，寡人处南海，唯是风马牛不相及也。"这是说双方相距那么遥远，即使马与牛牝牡相诱，也不能相及，你闲着没事跑我们这来干什么呢？

这时，管仲代齐桓公回答，所谓"出师有名"。管仲最重要的一个理由就是："尔贡包茅不入，王祭不共，无以缩酒，寡人是征。"这段话是说，为什么打你们呢？因为你们不守规矩、不献贡品，导致周天子的祭祀无法完成。所谓"国之大事，唯祀与戎"，祭祀排在最前面，你们不按时进贡贡品，导致祭祀不能完成，这罪责可大了去了。

那么，楚国要进贡的贡品是什么呢？叫"包茅"，"包"是裹束之义，"茅"就是金茅草，郑国产的是白茅草，而楚国这个地方产的是"金茅草"。《诗经》中"自牧归荑"的"荑"，正是白茅草的草叶尖。

为什么白茅、金茅对祭祀那么重要？这是因为白茅、金茅细嫩柔美。古人祭祀过程中，要把酒洒在白茅草或者金茅草上，然后看着酒一层层地过滤下去。古人认为这就像神在饮酒一样。因为牵扯到了祭祀与神性，所赠的这个"荑"就不只是外在形象之美，甚至还带有一种内在的精神和信仰之美，所以才"洵美且异"，具有一种极其特别的美。

而且"自牧归荑"也揭示了一个重大信息，也就是在早期的人类生活中，尤其进入男权社会之后，在男耕女织的耕作文明产生前，是典型的狩猎文明与采摘文明。那么在这一段时期，男子主要的功能就是狩猎，女子主要的功能就是采摘。对于那些祭祀中要用到的神性物质，比如说白茅草、金茅草，都是由部落中那些最美丽的年轻女子们去完成采摘和收集的任务。静女把从野外采摘回来的白茅草，送给她心爱的小伙子，当然在小伙子的眼中也就变得"洵美且异"。爱情的力量还不止于此。小伙子说："匪汝之为美，美人之贻。"进一步说明，不是那个白茅草本身美到那个地步，而是因为那位美丽的静女将其采来送给我。这是中国传统文化中最典型、最标准的借物言情的手法。

　　回头再来看那个彤管，我认为，既然二三章之间有一种复沓的联系，其中提到的采摘与神性之美应当也是相通的。

　　这是什么意思呢？就是说，这个彤管首先也应该是静女的采摘之物，其次这个采摘之物虽然是自然的，但也有可能用于祭祀。我们知道在远古时，所谓音乐的起源，舞蹈的起源，其实都来自祭祀。既然这个彤管长成之后可以成为一种吹奏乐器，那么也就应该可以用于民间的祭祀。这样一来，第二章的彤管就和第三章的白茅草完全匹配，完全一致。

如果把它解释为毛笔笔管的话，则和"自牧归荑"的"荑"，即白茅草之间没有任何关联。如此一来，从彤管、从白茅草——从女孩子赠送给男孩子的这两样东西，回头再去看"静女"的"静"字，就别有意韵了。

我们从字源的角度分析过"静"字其实代表着纯净、纯粹，用它来形容一个女子不仅有纯洁之意，甚至有圣洁之意。这个纯洁而圣洁的女子，她的任务是去野外采摘，采摘和祭祀有关的彤管、白茅草，而她把这些圣洁美丽的自然之物赠送给她心爱的爱人，在她的爱人心中引发了巨大的感情波澜。爱情与信仰叠加，以至于爱情成为最后的信仰，所以这个小伙子才会说"彤管有炜，说怿女美"，才会说"匪汝之为美，美人之贻"。这样一来，从开始的"爱而不见，搔首踟蹰"，到最后因为爱人的出现、爱人的赠送，内心获得巨大的满足与陶醉，这样三个场景才完美地匹配在一起。

当然，也有人认为，是小伙子在等待静女的过程中，想起过去两个场景，想起静女赠送给他两样东西，一个彤管，一个白茅草，这让他在"搔首踟蹰"的等待过程中产生巨大的陶醉与美感，这当然也能说得通。

其实，这三个场景的先后关系并不重要，重要的是爱情本身，是那个叫作"静女"的女子，她在那个小伙子心中的形象是何等的纯粹、纯洁、圣洁而完美！

"静女其姝，静女其娈。彤管有炜，说怿女美。自牧归荑，洵美且异。"其实，谁的心中又没有这样一个纯洁而圣洁的静女呢？

《诗经》中著名的《静女》，和采摘文化息息相关，由此更可以看出"静女"的"静"字中纯净与圣洁的内涵。这样说，其实还有一个旁证，就是《诗经·王风》中的《采葛》。

诗云：

　　彼采葛兮，一日不见，如三月兮。

　　彼采萧兮，一日不见，如三秋兮。

　　彼采艾兮，一日不见，如三岁兮。

这是一首非常独特的情诗。

说这篇《采葛》特殊，是因为很少有这么简单的情诗。它虽然简单，却又简约深挚，简直达到了情诗创作中的极致，达到了化境。

首先，诗的语言平实，不加技巧。这首精短的小诗用了《诗经》中最常用的三章复沓章法，而且每章只改动了两个字而已，分别是"葛""萧""艾"，以及"月""秋""岁"。这几乎可以说是《诗经》复沓章法最凝练、最出神入化的应用。形式上如此，技巧上如此，内容上也同样内涵丰富。

"彼采葛兮"的"彼"，指的是心仪的对象"她"。她"自牧归荑"，去野外采摘。我们在《静女》里说了，在先民时期，男子主要负责狩猎，而女子主要负责采摘。

现代人觉得，狩猎与采摘主要满足生活、饮食乃至居住的需求，宽泛地说，其实都是生活的需求。但对于先民来说，在生活需求之上，排在第一位的其实是祭祀的需求。正如《左传》里说"国之大事，在祀与戎"。

所以我们在讲《静女》时说到，静女所采摘的白茅草，在祭祀中有独特的作用，所以才显得那么"洵美且异"。这样的采摘文化与祭祀文化，与先民的爱情生活交融在一起，才让《诗经》里的爱情诗显得古韵盎然、别有风味。

虽然《静女》出自《诗经·邶风》，《采葛》出自《诗经·王风》，但先民时代的生活习俗在本质上，尤其是在祭祀与生活相关联的方面，是相通的。

《采葛》中说，"彼采葛兮""彼采萧兮""彼采艾兮"，那么"葛"是什么呢？"葛"是葛藤。我们现在也经常可见。它是一种蔓生的植物，块根是可食的，现在还有一种食品叫葛根。它的茎可以制成纤维。而在古代，粗服的一种原材料，就是葛布。明代的海瑞作为有名的清官，后来虽然位列二、三品大员，可家中所居依然简陋无比，起居衣物全无绫罗绸缎，只有葛布的衣裳。而在《诗经》时期，采葛既和食物有关，又和衣服有关。

"彼采萧兮"的"萧"是"艾蒿"，就是蒿草的一种。端午节的时候，我们经常会插菖蒲和艾蒿，因为它的香气特别浓郁，可以驱虫。古人还认为"艾蒿"可以驱邪，所以"艾蒿"的第一作用还不是用于生活，而是用于祭祀。事实上，中国的古人们早就特别重视各种蒿草，包括艾蒿、青蒿。特别值得一提的是，两三千年之后，"龙的传人"屠呦呦和她的团队，在其中提取了最终获"诺贝尔奖"的青蒿素。如果说，"采葛"的"葛"和生活息息相关，那么"采萧"的"萧"其实就和祭祀，也就是先民的信仰和精神生活息息相关。

第三个是"彼采艾兮"，"采艾"就是艾草。艾草可以做成艾绒，进行针灸治病。其实艾草就是艾蒿，也就是第二章所说的"彼采萧兮"的"萧"。那为什么第三章里要换一个说法，把"彼采萧兮"换成"彼采艾兮"？因为"萧"特指的是艾蒿的祭祀作用，而"彼采艾兮"的"艾"，特指的是它的医疗作用。中国的古人早就发明了艾灸之法，《庄子》和《黄帝内经》中都提到了艾灸之法。所以《毛诗》解读"彼采艾兮"，就明确地说："艾，所以疗疾。"突出的是它的治疗作用。

从"采葛"的生活作用，到"采萧"的祭祀作用，到"采艾"的治疗作用，几乎囊括了先民生活中最重要的几个方面。所以那个采葛、采萧、采艾的姑娘，是何其重要。这与《静女》一样，她所采的彤管、柔荑，并不是简单随意写来。在《采葛》里，姑娘所采的葛、萧、艾，其实同样也别有意义。这一切其实都在暗示那个姑娘的重要性。

而渗透在饮食、衣饰、祭祀、治疗、生活日用各个方面的笔触，看似极简单，却又极丰富，这正是那个小伙子内心的浓郁情感喷薄而出的根源所在：我心爱的姑娘啊，她外出去采葛了，一天不见就像过了长长的三个月。我心爱的姑娘啊，她外出去采萧了，哪怕一天见不到，就像经过了漫长的三季。我心爱的姑娘啊，她外出去采艾了，哪怕一天见不到，就像隔了漫长的三年。需要注意的是，这里浓缩出一个非常经典的成语，叫"一日不见，如隔三秋"，而后人往往会把"三秋"误读成三年，其实这里的"秋"是指的一个季节，所以"三秋"指的是三个季节。

"一日不见，如三月兮""一日不见，如三秋兮""一日不见，如三岁兮"，这三层复沓实在是太过精妙，不仅为后世凝练出经典的成语，而且据我所知，它也可以说是人类文明中，最早用艺术形式，深刻触及爱情心理学与心理时间的诗歌表述。

可以说，它第一个清晰地揭示了心理时间与物理时间的区别：一日是物理时间，而三月、三秋、三岁这都是心理时间。相信所有人都有过这种心理时间远异于物理时间的感受。为什么会有这种时间的差异？这背后其实有着心理学的重要内涵。

心理学告诉我们，心理时间事实上取决于心理感知重点的不同，比如和相爱的人在一起，我们就会觉得非常愉悦，时间过得很快，那是因为我们的感知重点是在和相爱的人一起做的事情上，而不是时间本身。反之，如果我们做一件不喜欢的事情，感知重点就不在事情本身上，而是旁移到事情之外的时间上，这时我们就会觉得时间过得非常慢。而相思、等待、刻骨的思念总是让我们对任何事都提不起兴趣来，这时候的感知重点便移到时间上，所以"一日不见，如隔三月""一日不见，如隔三秋"，漫长的时光之河淹没了相思的心。

所谓"思念"这两个字，心上之田和心上之今——心上的此刻，就是心上的所有空间与时间，都只为那个思念的人而存在。那一刻，我的思念、我的爱，除你之外，别无桑田、别无沧海。"一日不见，如三月兮""一日不见，如三秋兮""一日不见，如三岁兮"，多么浓郁的情感啊！小伙子对那个去野外采葛、采萧、采艾的姑娘的思念，浓郁得像田野、像春风、像时光。这样简洁凝练而递进的诗句，历经千年，给我们的感觉只有一个，即那浓郁得化不开的爱无时无处不在。

那么，这首两三千年前的情诗，为什么能给我们带来如此强烈的感受？这就和中国传统爱情文化以及华夏文明的文化本质息息相关了。

前面说过，中国文化讲究"和合文化"。"和"的原意是音乐的等级排列，是一根根和管排列在一起，每一根禾管都能发出自己的声音，但是排列在一起，形成共振、共鸣，就能产生和声。所谓"和谐社会"，其实就是人类最理想的社会，每一个人都保持自己的独立性，但是大家在一起，又有共同的价值操守与信仰追求，这就是和谐。而"合"，"知行合一"的"合"，"天人合一"的"合"，它的甲骨文原意并不是"人一口"，而是一张大口，包着一张小口。有人会觉得暧昧，但其实甲骨文原来就是那么浪漫，没错，它形容的就是相爱中的男女在相拥、相吻的样子。爱情的境界是什么？就是合。合是什么样的境界？是我的眼中只有你。为了你，我甚至忘记了自己，为了你，一切沧海桑田乃至时光都随你而变。所以《采葛》中，那个小伙子的爱为什么这样浓郁，就是因为他的爱、他的思念真挚而纯粹、浓郁到了"合"的境界。

这就是《诗经》里的爱情，这就是中国式的爱情——简单、纯粹、浪漫、真挚、浓郁满怀。"一日不见，如三秋兮"，我的爱，除你之外，别无桑田，别无沧海。

《静女》《采葛》两篇，讲了男女之间幸福的爱情生活，我们从中也得以窥见鲜明的情感色彩，以及他们的生活方式，尤其是采摘文化在先民生活中的重要地位和作用。

这样一来，我们就可以去面对被誉为"诗三百"之首的《周南·关雎》了。

诗云：

> 关关雎鸠，在河之洲。
> 窈窕淑女，君子好逑。
> 参差荇菜，左右流之。
> 窈窕淑女，寤寐求之。
> 求之不得，寤寐思服。
> 悠哉悠哉，辗转反侧。
> 参差荇菜，左右采之。
> 窈窕淑女，琴瑟友之。
> 参差荇菜，左右芼之。
> 窈窕淑女，钟鼓乐之。

《关雎》全诗共分五章，它的结构在《诗经》中也有自己的特色。

毫无疑问，它是有复沓章法的，比如"参差荇菜，左右流之""参差荇菜，左右采之""参差荇菜，左右芼之"，又比如"窈窕淑女，寤寐求之""窈窕淑女，琴瑟友之""窈窕淑女，钟鼓乐之"，但它的复沓却不像《蒹葭》《采葛》

那样标准，这导致后来的学者对这首诗的结构解读也各有不同，甚至还有人提出，它可能是遗漏了某些篇章才变成今天这样。但不管怎样，这首诗到今天已经是它最经典的样子，它本身的婉转自如是毋庸置疑的。

我们先来看第一章"关关雎鸠，在河之洲。窈窕淑女，君子好逑"。

所谓"关关雎鸠，在河之洲"，这是《诗经》常用的所谓"赋比兴"手法中的"兴"的手法。所谓起兴，就是先言他物引起所言之物，但后世也公认这里不仅有起兴之法，也有"比"的作用。因为雎鸠鸟本身就是雌雄相配的，而且应该是一夫一妻制。"关关"是雎鸠鸟的叫声，尤其是雌雄二鸟相互应和时的叫声，恰与男女相悦类似。

雎鸠其实是一种水鸟，它的学名应该叫王雎，以捕食水鸟为生，是鱼鹰的一种。值得注意的是，这样的雎鸠鸟，它们关关相和所处之地却并不是在水面上，而是在河之洲，也就是在水中的陆地上，这其实暗点出了时间背景应该是在初春时节。水面刚刚冰雪消融，雎鸠鸟们在这个春情萌发的季节，最重要的事不是下河捕食，而是在河边水洲中寻觅终身的伴侣，以延续自己的血脉，延续自己的种群传承。这样的春天，这样的野外，这样动情的雎鸠鸟的叫声，这样彼此的吸引，在起兴之余，也暗喻了春日里君子与淑女的匹配与相遇。

"窈窕淑女，君子好（hǎo）逑"，以前经常会有人读作君子好（hào）逑，孔夫子说"吾未见好德如好色者也"，如果读好（hào），就是好（hào）色的"好（hào）"，那就走到了孔子称赞关雎的反面了。

孔子说《关雎》"乐而不淫，哀而不伤"，就是说它最具中庸之美、中和之美。这里的"淫"是指过度、过分的意思，《岳阳楼记》中说"淫雨霏霏，连月不开"，也是指雨多的意思。所以，一个好（hǎo）逑，一个好（hào）逑，读音小异，却体现出中庸、中和之美和过犹不及的差别。

"窈窕"是一个叠韵词，是指贤良美好的样子，"窈"是指内在的深邃，是说女子的心灵之美。"窕"是指身材的仪表优美。"窈窕"就是由内而外的美丽，这和我们讲的"静女"的"静"字其实有相通之处，所谓"静女其姝""静女其娈"，由"姝"到"娈"，其实就是一种由内而外的美丽，这样的女子才可称"静女"，才可称淑女。

而"逑"则是指配偶的意思，"好逑"就是好的配偶，这样"静女""姝女"则代表着君子最好的配偶。《神雕侠侣》里，杨过与小龙女在绝情谷中，用生命维护他们的爱情。杨过手持君子剑，小龙女手持淑女剑，连暗恋杨过的公孙绿萼都觉得他们是如此完美和匹配。这便是"窈窕淑女，君子好逑"。《诗经》这一章是总起，既说君子淑女之配，又说爱情的萌发顺乎自然，是人伦之大道，又是天地自然之大道。

第二章和采摘文化相似的地方又来了，"参差荇菜，左右流之。窈窕淑女，寤寐求之"。"参差"是长短不齐的样子，而"荇菜"则是水草类的植物，古人采摘荇菜是可供食用的。"参差荇菜，左右流之"和后文还形成了一个复杳的章法。

"流""采""芼"分别是什么呢？"流"是在水中拨了它，"采"毫无疑问就是采摘，"芼"则是在其中挑选最优质的荇菜。所以"左右流之""左右采之""左右芼之"，时而向左，时而向右，不停地拨动水中的荇菜，然后采摘它，最后选取其中的最优者，这其实就是采摘荇菜的整个过程。

《关雎》以此比喻君子对淑女的整个追求过程。"窈窕淑女，寤寐求之"，这是刚开始追求的场景。所谓"寤寐"，"寤"则醒，"寐"则睡，是指不论醒来还是睡去，日日夜夜都心心念念想要追求的那个美丽的淑女。

到了第三章，"求之不得"，则"寤寐思服"，这是指小伙子在追求的过程中，心中涌动着各种惆怅、各种相思、各种思念、各种牵挂。"思"是念，"服"是想，所以"思服"，其实就是无时无刻的思念。

"悠哉悠哉，辗转反侧"，"悠"者长也，所谓"悠哉悠哉"，是说思念绵长不断，绵长不尽。想念得不能入睡，于是就为后人留下了精彩无比的成语——"辗转反侧"，指陷入爱河的小伙子在床上像烙饼一样翻来覆去睡不着，这不正是青年男女初陷爱河最典型的表现吗？

第三章其实应该从属于第二章，都属于"寤寐求之"的阶段。第四章"参差荇菜，左右采之"，比"流之"更进了一步，那么"窈窕淑女，琴瑟友之"，就应该是从"求之"推进到"友之"的阶段。

"参差荇菜，左右芼之"比"采之"又更进一步，那么"窈窕淑女，钟鼓乐之"同样也是如此。但"友之""乐之"的部分都没有展开，所以有学者认为第四、第五章都遗漏了一部分。

那么，从"求之"到"友之"，是进入了一个什么样的阶段呢？

所谓"参差荇菜，左右采之"，这一定是采到手了，才能叫"采之"。而"琴瑟友之"，在杜甫的《琴台》，以及卓文君与司马相如的故事中都反复说过，琴、瑟常常并举，正所谓琴瑟之好、琴瑟合鸣、琴瑟和谐、琴瑟相调。这是因为传说华夏文明的人文始祖伏羲制琴瑟、定嫁娶，最早的婚礼制度与音乐制度其实都由此开始。

文献记载，伏羲将琴瑟与嫁娶联系在一起，使得人伦社会的阴阳和谐与琴瑟文化的阴阳相调完美统一。后人在婚丧嫁娶中形容男女相合，便以琴瑟喻之。所以到了"琴瑟友之"，与"左右采之"相匹配，就接近了婚姻的阶段。

接下来第五章的"参差荇菜，左右芼之。窈窕淑女，钟鼓乐之"，由"采之"到"芼之"，这是一种很精细的挑选，也就意味着到了过日子的时候。从"琴瑟友之"到"钟鼓乐之"，是夫妻生活、家庭生活的进一步发展。

我们常说的"安宁"二字，"安"字甲骨文的原意是把女子娶回家中，而"宁"则是娶回家中之后，有音乐，有酒食，有富足的生活，有精神生活上的享受。所以"窈窕淑女，琴瑟友之"，这应该是"安宁"的"安"的阶段，而"窈窕淑女，钟鼓乐之"，就到了"宁"的阶段。

如果我们不带着任何偏见，不去管千年以来历史上对这首诗的种种纷争，只从文本解读的出发，这毫无疑问是一首爱情诗，一首婚恋诗，甚至应该是像林庚、冯沅君二位先生所说的，是一首祝贺新婚的诗。

自两汉经学以来，尤其是这首《关雎》作为《诗三百》的首篇，《毛诗序》认为它讲的是后妃之德，是为了要讽天下，而正夫妇之道也。这是一种典型的文以载道、主题先行式的解读。虽然这种解读方式有时是背离生活和背离作品的，但在很长的一段历史时期里，因为所谓的道学横行于世，不只《关雎》，《诗经》其他的种种名篇也被歪解。就像《采葛》，那么明显的一首爱情诗，《毛诗序》也以为是惧谗之作，所谓一日不见于君，忧惧与谗言矣。

事实上一直到今天，还有人主张这首诗讲的就是后妃之德，而闻一多先生，像他和新文化运动中的那些巨擘，他们欲筚路蓝缕，面对这种伪道学式的解读，大加批判，甚至欲拨乱反正，认为像《关雎》就是男子初见淑女时求偶之作。

持后妃之德论者认为，"窈窕淑女，君子好逑"，这里的君子，肯定不是民间的百姓。所谓君子在商周贵族文化制度中是有特指的，君之子谓君子，公之子谓为公子，而公之孙则谓公孙，所以像商鞅，也叫作公孙鞅。

贵族分为天子、诸侯、大夫、士四级，君子则特指贵族中的高等级的男子，而像琴瑟、钟鼓，这些乐器的使用，毫无疑问都是贵族王廷所用的乐器，不可能出现在平民的生活中。但反过来，爱情派也主张，一开始的"关关雎鸠，在河之洲"，用鱼鹰来比喻爱情，这种比兴的手法绝对来自民间。至于"参差荇菜，左右流之""左右采之""左右芼之"，这就是典型的民间女子的采摘生活，又如何能与君子的琴瑟、钟鼓生活相匹配，达到完美和谐呢？

从训诂与先民生活风俗的角度看，双方的疑问各有道理，但换个角度，这大概正是孔子称其为具有"乐而不淫，哀而不伤"的中和之美的关键所在。

《关雎》为何会体现出这样的中和之美？这与它的成诗过程有关。《诗经》是乐师采集各地民间作品编写而成。而乐工太师，为了使收集上来的作品能和乐，是要对原作品进行整理润色的。《诗经》中的《国风》，就其整体而言，用韵非常有一致性。就具体的作品而言，其润色及修改的程度应该各有不同。在《关雎》中，像"关关雎鸠，在河之洲"这样的言语应该是乡谚俚语，而琴瑟、钟鼓这一类的东西只能是贵族所有，所以《关雎》很可能就是民间采集而来，经乐工太师改编、润色程度较大的一首诗。这也可以解答像闻一多、青木正儿都提出的，《关雎》有错简、脱节，还有遗漏段落的可能。

无论如何，孔子并没有像后世的道学家一样否定这是一首爱情诗、婚恋诗，他只说其中的情感，"乐而不淫，哀而不伤"，这就是中庸之美与中和之美。

孔子的儒家从来不拒绝爱情与生活，夫子说"食色，性也"。而"窈窕淑女，君子好逑"，这是人世间多么正常、多么唯美的相遇。让君子遇见淑女吧，如同让琴遇见瑟，让钟鼓遇见欢乐的生活，让所有适合的爱，都遇见适合的人。那样的相遇才是最美好的人世间，那样的相遇才是最好的你和我。关关雎鸠，在河之洲。窈窕淑女，君子好逑。

曾经和一个朝鲜族的朋友在一起，唱起《阿里郎》，唱起他们朝鲜族的船歌。当时，我就想起了《乌苏里船歌》。再往前想一想，想到我们华夏民族文献记载得最早的一首非常有名的船歌，也是一首感人的情歌，就是著名的《越人歌》。

歌云：

> 今夕何夕兮，搴洲中流。
> 今日何日兮，得与王子同舟。
> 蒙羞被好兮，不訾诟耻。
> 心几顽而不绝兮，得知王子。
> 山有木兮木有枝，心说君兮君不知。

心悦君兮君不知
《越人歌》

这首《越人歌》的最后一句最为有名，很多人都很感慨地说，古人喜欢你，会说"山有木兮木有枝，心说君兮君不知"，哪像现代人只会说"好喜欢你"。当然，我们说这首船歌是一首标准的情歌，除了它有"山有木兮木有枝，心说君兮君不知"这样有名的情语之外，背后其实还有一个感人的美丽故事。

据刘向《说苑》记载，春秋时期，楚王的母弟鄂君子皙被封在鄂。学者考证大概是现在湖北的鄂州，所以称之为鄂君子皙。

春天的时候，鄂君子皙来到水面上游玩，钟鼓齐鸣，而摇船的姑娘趁鼓乐声刚停就抱着双桨用越语唱了一首歌。鄂君子皙长得很帅，但是他听不懂姑娘唱的这种百越之语，便问身边的人姑娘唱的是什么。刚好身边有一位精通百越之语的人，就为鄂君子皙翻译了一下姑娘的歌词。

可惜这位翻译歌词的随从没有留下姓名，他可以说是人类历史上最早的翻译家之一，把百越语翻译成了汉语，也就是我们听到的《越人歌》："今夕何夕兮，搴洲中流。今日何日兮，得与王子同舟。"

听了随从的翻译之后，鄂君子皙完全被歌中那种深沉真挚的爱恋之情与语意双关的委婉之情所打动，非但没有因为对方只是一个身份卑微的船家女而感到生气，还情不自禁地走上前去拥抱她，为她披上锦绣的花缎，就那样坦坦荡荡、自然而然地接受了这个船家女的爱情。

多么爽朗纯粹的爱情故事，没有曲折，没有波折，这个船家女自然而然地抒发对鄂君子皙的一见钟情，而鄂君子皙也自然而然地接受了她的爱情，人世间最美好的事、最纯净的感情莫过于此。

但是，我如果只是这样说，肯定会招来很多文史方面专家的非议，因为这首著名的《越人歌》非但是文献记载的中国第一首船歌、第一首翻译作品，它还有一个第一，也就是很多人认为它还是第一首表达同性之爱的作品。

梁启超先生把这首《越人歌》重新命名为《越女棹歌》，明确说到了这是一首船歌，而且还是船家女唱的船歌。可是问题来了，很多人质疑梁启超先生，谁告诉你这划船的一定是船家女，而不是一个帅气的小伙子呢？

刘向《说苑》的原文记载说："夫鄂君子皙之泛舟于新波之中"，既然说是新波，大概就是春汛的时候，即所谓桃花汛的时节。"乘青翰之舟"，也就是乘坐着画有青鸟的轻舟之上，"会钟鼓之音毕，榜枻越人拥楫而歌"，"榜枻越人"就是怀抱着船桨的越人，趁着音乐钟鼓停歇的时间情不自禁地放声而歌，所歌便是这首"山有木兮木有枝，心说君兮君不知"，这里的"越人"，并没有说他到底是船家女还是小伙子。持同性爱观点的人还有一个非常重要的证据，就是这个故事之外还有另一层故事。

刘向《说苑》里这个《越人歌》的故事，是因为襄成君始封之日，鄂君子皙到他的封地去，"衣翠衣，带玉剑"，那天他穿得非常漂亮，"立于游水之上"，也就是站在水边，要过河去参加封地的仪式。

这时，身边执行礼仪的人说，"谁能渡王者于是也？"楚大夫庄辛就主动上前拜谒，而且说"臣愿把君之手，其可乎？"我愿牵着君上您的手可以吗？这就提出了"执子之手"的请求，当时"襄成君忿然作色而不言"，他非常不高兴，因为庄辛的要求太过无礼。

"庄辛迁延盥手而称曰"，庄辛退下去把手洗了一下表示尊敬，然后转回头来对襄成君说："君独不闻夫鄂君子皙之泛舟于新波之中也？"就是说难道您没听过当年鄂君子皙泛舟于春水之上，乘着青鸟之舟，在钟鼓停歇的间隙，划船的越人抱着船桨唱的那首美丽的《越人歌》吗？鄂君子皙是楚王的母弟，"官为令尹，爵为执圭"，地位那么高，都能接受一个划船人的示爱，"今君何以逾于鄂君子皙，臣何以不若榜枻之人，愿把君之手，其不可何也？"今天您为什么表现得不如鄂君子皙呢？难道我还不如那个划船的人吗？我只是想握着您的手，这样的要求难道也不可以吗？

襄成君闻言，伸出自己的手握住庄辛的手，感喟地说："吾少之时，亦尝以色称于长者矣，未尝遇僇如此之卒也。"就是说我年轻的时候，长辈都夸我长得比较帅，但是像今天这样的场面我经受得很少，所以没有心理准备。"自今以后，愿以壮少之礼谨受命"，以后我愿意好好接受您的教诲。

楚大夫庄辛钦慕襄成君的美貌，提出了把君之手的非分要求。很多人认为，庄辛对襄成君有同性爱的欲望。襄成君的生平不详，而庄辛正是战国后期楚襄王时期的大臣，和屈原、宋玉都是同时代的人。秦将白起攻陷楚国郢都之后，一举占领了楚国的整个西部，襄王仓促迁都，当时楚军全阵崩溃，无法再做有组织的抵抗。

当襄王向庄辛请教如何收拾残局的时候，庄辛先给襄王打气，说"见兔而顾犬，未为晚也；亡羊而补牢，未为迟也"。成语"亡羊补牢"就是来自庄辛的这句话，后来襄王还封庄辛为阳陵君。

在刘向记载的这个故事中，襄成君刚刚接受了楚王的册封，而庄辛是大夫，还没有封君，所以他对襄成君自称是臣。从礼仪上，庄辛这种"把君之手"的非分要求其实是对襄成君的冒犯，但刘向记载这个故事是说，庄辛用他杰出的口才、生动的比喻使得襄成君最后接受了他的要求。

刘向要突出的是庄辛的口才，后人在其中却读出了同性爱的倾向。再加上刘向所处的西汉又是一个同性爱盛行的时代，他在《说苑》里面还记载了著名的安阳君和龙阳君的故事，所以在其后很长一段时间里，这个故事所留下的一些词语，比如"鄂君被"，就是鄂君子皙锦绣的花被披在这个不知道是船家女还是小伙子的身上，"鄂君被"就成了同性爱的象征。

由此看来，问题的焦点在于同性爱与异性爱之争，这个划船的越人确实向鄂君子皙表达了思慕之情，而鄂君子皙也确实用亲密的举动回应了他，只是不知道越人的性别到底是男还是女。

在那个时代，质朴的人们对于人与人之间的爱恋、思慕及喜悦有一种天然的近乎本性的发挥与宣泄。当然，性别问题向来莫衷一是。

毋庸讳言，柏拉图早就说过，人类的爱情其实有四种，一是异性爱，二是同性爱，三是双性恋，四是自恋，不论哪一种都是人作为万物之灵长，在这个孤独的世间向所有的美好发出倾诉的一种本能。

回头看看我们自己吧，看看我们的灵魂，人生而孤独，在苍茫的世间寻求依恋爱慕，是人赋予自身的一种温暖。没有什么可以阻挡这种追求。无论身份、地位、性别、阶层，在这种对美、对爱、对温暖的终极追求面前，一切都是浮云。

即便你高贵如鄂君子皙，即便我卑微如越人船长，只要我喜欢，我们都可以自由地欢唱："山有木兮木有枝，心说君兮君不知！"

汉

爱的誓言，爱的代价

一世的绝响

愿得一心人　白头不相离

别人爱情深，我的爱情浅，爱到永恒一点点

生不要在帝王家

把爱情还给爱情

爱，不是伤害

晋

《上邪》这首诗，是古代情诗中的一首短章极品。你听，它根本就是一种呐喊，一种誓愿。

诗云：

> 上邪！
> 我欲与君相知，长命无绝衰。
> 山无陵，江水为竭，
> 冬雷震震，夏雨雪，
> 天地合，
> 乃敢与君绝！

这首《上邪》是一位女子对爱情的惊天呐喊、惊世誓言。

这个"邪"字要读 yé，是个语气助词。"上邪"，就是苍天啊，我们指天为誓。"我欲与君相知"，这里相知就是相爱。"长命无绝衰"，命者，令也，而这个衰弱的"衰"字，在这里要读 cuī，即减弱，我的爱不会一点点地减弱，我对你的爱海枯石烂，天崩地裂都不会变。

我们现在说海枯石烂，其实源头都从这儿来。这首诗直接从眼前的景物开始，"山无陵"，但是这句话被《还珠格格》改动后，很多人都以为是"山无棱"。平心而论，这应该是作者琼瑶的一个下意识误读。那首主题歌中唱道，"当山峰没有棱角的时候，当河水不再流"，其实就是对

"上邪"的直接翻译。琼瑶的误读，从心理学上说也是比较正常的现象，想当然地解释成了山峰没有棱角。其实如果你去西部的话，看很多馒头山很圆柔，谈不上什么棱角。

那么，"山无陵"是什么呢？

从训诂的角度上来讲，陵就是地面上凸起的部分，所以我们又说丘陵，又比如皇帝的陵墓，就是指在地上凸起的部分，所以"山无陵"，就是说除非高山变成平地。"江水为竭"，是说除非江河干得一点水都看不到。"冬雷震震"，除非冬天打雷。"夏雨雪"，这个下雨的"雨"字，这里用作动词，应该读作（yù），就是夏天下雪。"天地合"，天和地重合在一起。"乃敢与君绝"，到那个时候我才敢对你说出一个"绝"字，这个"绝"就是爱情的尽头。

这个姑娘在发誓，在呐喊，"上天啊，我要与你相爱，让我们的爱情永不衰绝，除非高山变成平地，除非江河干得一点水都看不到，除非冬天打雷，除非夏天下雪，除非天和地重合在一起。到那时我们的爱情才能有一个尽头"。你看，这个热恋中的女子，她的语言质朴，参差不齐，毫无修饰，却有着令人惊心动魄的力量。后人评价它是短章中的极品，也是情诗中的极品。它所表现出来的痴情，它所表现出来的勇气，它所表现出来的爱的力量，都是让人震惊的。后来毛润之先生给病中的儿媳邵华写信，信中就有一段话说，"要好生养病，立志奔前程，女儿气要少些，加一些男儿气，为社会做一番事业，企予望之"。这时候，突然又加了一句"《上邪》一篇，要多读。余不尽"。这是为了要邵华多读《上邪》，从《上邪》中获取一种力量，要坚强，不要为眼前的困难所吓倒，要以事业为重，要像这位女子执着地追求爱情那样，去追求自己的理想和目标，由此可见这首诗的影响之大。

唐代敦煌曲子词中有一首《菩萨蛮》，世人公认是受了《上邪》的启发。

词云：

枕前发尽千般愿，
要休且待青山烂。
水面上秤锤浮，
直待黄河彻底枯。
白日参辰现，北斗回南面。
休即未能休，且待三更见日头。

这首《菩萨蛮》，明显师法《上邪》，甚至更有过之。我们不知道这个在枕边发尽了千百种誓愿的，到底是位姑娘还是位小伙子。爱恋要休止，除非到了郁郁葱葱的青山溃烂，秤锤能在水面上漂浮，只待浩浩荡荡的黄河水彻底干枯。参辰二星，白日同时出现。"参"和"辰"是星宿。参星在西方，辰星就是商星，在东方，两星此出彼灭，不能并见。白天一同隐没，更难觅得。然后是说，北斗星回到南面。这份恋情永远不能断，除非是那半夜三更里太阳再出现。

为了保证誓言的实现，所举的都是不可能发生的情况，而不可能完成的任务里，最后一条更是决然不可能的。《上邪》里，"山无陵"，有愚公移山的典故。"冬雷震震"，我们也曾经听到过。"夏雨雪"，窦娥的冤情惊动了上天，夏天也有可能下雪，但是天地相合是不可能实现的。同样，《菩萨蛮》里的最后一条，半夜三更看到太阳，也是不可能实现的。所以，不论是《上邪》还是《菩萨蛮》里的爱情誓言，它们的力度难分伯仲，一脉相承。

爱情中的男女，为情所包裹，赌天发誓，海枯石烂，此心不变，一副天真烂漫、非常可爱的样子。

很多人和我一样，每次评点这首《上邪》的时候，都会拿出《菩萨蛮》和它对比。其实我觉得，更重要的倒不是分析二者的一脉相承，而是要去看另外一首和它关系更密切的诗。

《上邪》是汉乐府之作，郭茂倩在《乐府诗集》里编入

《鼓吹曲辞》的《铙歌十八曲》。

　　《铙歌十八曲》本来是汉乐府中的郊祀之歌，就是在野外祭祀，大多数学者认为它是北狄西域之新声，但具体的表现却十分复杂。其中很多诗歌诗意难晓，风格多样。《上邪》这首作品前后，有一首作品与它紧密相连，闻一多先生甚至认为两篇作品应该合为一则，这就是《有所思》。

　　诗云：

> 有所思，乃在大海南。
> 何用问遗君，双珠玳瑁簪，用玉绍缭之。
> 闻君有他心，拉杂摧烧之。
> 摧烧之，当风扬其灰。
> 从今以往，勿复相思，相思与君绝！
> 鸡鸣狗吠，兄嫂当知之。
> 妃呼豨！
> 秋风肃肃晨风飔，东方须臾高知之。

　　很多学者认为，这首《有所思》应该和《上邪》合在一起读。它所描绘的正是那个姑娘从美好的爱情誓言回到了残酷的现实。

　　用现代汉语翻译一下，意思就是：我所思念的人啊，就在那大海的南边。我拿什么赠送给你呢,拿一只我心爱的玳瑁簪吧,上面装饰有珍珠和玉环。可是,我听说你有二心,我心伤悲。拆碎它,捣毁它,烧掉它,风把灰尘扬起。从今以后,不再思念你,我要与你断绝相思。当初与你约会时,不免引起鸡鸣狗吠,连兄嫂也可能知道了此事。哎呀,哎呀,我是多么伤悲!听到屋外秋风中鸟儿在飞鸣,我的心更乱了,一会儿天亮以后,我想我就会知道该怎么做了。

一开始先写她对远方的情郎心怀真挚热烈的相思爱恋,所思念的情郎远在大海的南边,相去万里,用什么信物赠予情郎,方能坚其心而表明自己之意?经过一番精心的考量,她终于选择了双珠玳瑁簪,就是用玳瑁的甲片精制而成的发簪,而且还嵌了两颗珍珠,这在当时可谓是精美绝伦的饰品。但是,姑娘意犹未尽,还要再用美玉把簪子装饰起来。仅仅从她对礼物的重视,不厌其烦地层层装饰,就可以看出她内心对那份爱的执着与看重。这个女子和《上邪》中那个对爱情无比忠贞的女子,她们的用心是一模一样的。可是"天有不测风云",爱情很丰满,现实却骨感。

"闻君有他心"以下六句,写出了这场爱情风波严重的后果,她听说情郎已倾心别人,简直如晴空霹雳。骤然间,爱的千般柔情化作了恨的万般力量，悲痛的心燃起愤怒的烈火。她将那凝聚着一腔痴情的精美信物愤然折断，再是砸碎、摧毁、烧掉，仍不能发泄心头的愤怒，复又迎风扬其灰烬。"拉""摧""烧""扬"，一连串动作如快刀斩乱麻，干脆利落，何等的愤激！从今以后，勿复相思，一刀两断，又是何等决绝。后人评价此情是望之深，而怨之切。

"相思与君绝"以下，写其渐趋冷静之后，欲断不能，种种矛盾大有"剪不断，理还乱"的意蕴。她在瞻前顾后、心乱如麻的情绪中，情不自禁地发出一声"妃呼狶"的长叹，这个"妃呼狶"，闻一多先生认为"妃"应该读作"悲"，"呼狶"读作"歔欷"，就是一声长叹。长叹声中，姑娘听闻秋风阵阵，野鸟悲鸣，使她更加柔肠百转。然而，她的性格又让她理性自信：只等东方皓白，当阳光出现，我的心就会告诉我应该如何解决这个爱情的难题。最后这个转折、这种自信，一笔勾勒出这个热情的女子心地之皎洁与光明。

清代学者庄述祖、近代学者闻一多，都以为《上邪》应与《有所思》合为一篇来读。当然，有人主张先有《上邪》誓言，然后又有爱情的波折；也有人认为应该先有《有所思》，然后两人冰释前嫌，再进入爱情的誓言。不论怎样，余冠英先生认为《上邪》与《有所思》，"合之则双美，离之则两伤"。这两首唯美的情诗放在一起，更能够看出这个美丽女子对爱情的忠贞不渝，以及她敢爱敢恨的性格与人性的丰富。

多么清爽的汉乐府啊，"有所思，乃在大海南，我与君相知，长命无绝衰"！

项羽《垓下歌》——一世的绝响

后世说到《虞美人》的词牌，不论如何解释，几乎所有人都认为它来自项羽与虞姬的故事。那么，为了那美丽的《虞美人》，我们就来赏读一下项羽的《垓下歌》，回顾一下那"霸王别姬"的历史场景。

诗云：

力拔山兮气盖世，时不利兮骓不逝。
骓不逝兮可奈何！虞兮虞兮奈若何！

鲁迅先生在《华盖集》里有篇文章说："讲话和写文章，似乎都是失败者的征象。正在和命运恶战的人，顾不到这些；真有实力的胜利者也多不做声。譬如鹰攫兔子，叫喊的是兔子不是鹰；猫捕老鼠，啼呼的是老鼠不是猫……又好像楚霸王……追奔逐北的时候，他并不说什么；等到摆出诗人面孔，饮酒唱歌，那已经是兵败势穷，死日临头了。"鲁迅先生的这段话真是让人生出悲哀与感慨。且不说讲话和写文章是不是真正的失败，单就楚霸王而言，等他摆出诗人的面孔，唱出《垓下歌》中"骓不逝兮可奈何，虞兮虞兮奈若何"的时候，真是"兵败势穷，死日临头"了。

《垓下歌》为项羽所作，是有着明确的史料证据的。

《史记·项羽本纪》记载："项王军壁垓下，兵少食尽，汉军及诸侯兵围之数重。夜闻汉军四面皆楚歌，项王乃大惊曰：'汉皆已得楚乎？是何楚人之多也！'项王则夜起，饮帐中。有美人名虞，常幸从；骏马名骓，常骑之。于是项王乃悲歌慷慨，自为诗曰：'力拔山兮气盖世，时不利兮骓不逝。骓不逝兮可奈何，虞兮虞兮奈若何！'歌数阕，美人和之。项王泣数行下，左右皆泣，莫能仰视。"

这段话是说，即便是"力拔山兮气盖世"的西楚霸王项羽，在十面埋伏之中，闻汉军四面楚歌，也不禁为之沮丧，以为楚地尽为汉兵所得。在这穷途末路之际，曾经可以睥睨天下，连天下都不放在眼中的西楚霸王，他的眼中只有一匹马、一美人。美人名"虞"，所以我们叫她"虞姬"。后来民间传说虞姬姓虞，其实不然。《史记》里明确记载，"虞"是她的名字，"姬"是美女、歌姬的一种代称。春秋的典籍，如《左传》里就常有"姬"，这是黄帝和炎帝的两大氏族的姓氏之一。而春秋以来则多以"姬"或"姜"来称美女，比如夏姬、骊姬、庄姜、卫姜等。

《史记》里并没有交代虞姬到底是什么地方的人，只交代了她的一个名字，但因为项羽是楚国下相（今江苏宿迁）人，所以有学者认为虞姬应该是今天江苏省宿迁市沭阳县的颜集镇人。清代的大诗人袁枚就曾经写有《过虞沟游虞姬庙》诗，并且自注："相传虞故沭人也。"我也曾去探访项王故里，见到当地有很多虞姬与项羽青梅竹马、一起成长的传说。虽然史无确证，但从项羽对虞姬的情感来看，两人或本来就是两小无猜，或者生于同乡，有同乡之情，故而产生了美丽爱情，倒也让人"宁愿信其有，不愿信其无"。

虞姬和她的爱情，对西楚霸王项羽来说到底意味着什么，是一个非常值得思考的问题。有人甚至提出虞姬能战，就像梁红玉之于韩世忠，红拂女之于李靖一样，对他们的事业有助力，而她们本人也都有强大的能力和功夫。不过，这说到底只是一种猜测。

面对"霸王别姬"，《史记》并没有记载虞姬当时的反应，也没有明确记载虞姬最后的结局。但唐张守节《史记正义》中，引西汉陆贾所作的《楚汉春秋》，其中记载了虞姬的人生结局。

据说项羽作《垓下歌》罢，虞姬泣而作《和垓下歌》。诗云："汉兵已掠地，四面楚歌声。大王意气尽，贱妾何聊生！"虞姬遂拔剑自尽。后世梅兰芳先生演绎的《霸王别姬》恒为经典。甚至到电影《霸王别姬》中，张国荣的演绎也给世人留下了难忘的记忆。因要扩充情节，又有了"虞姬起舞"等很多衍生的故事，但就《楚汉春秋》的记载，宋代王应麟就认为，虞姬的这首《和垓下歌》应该算是最早的一首五言诗了，不过文学史上对此大多不认可。

很多学者认为，虞姬的这首《和垓下歌》虽然很通俗，近乎楚地民谣，但通常认为，"梦汉相争"之际，尚未出现如此成熟的五言诗。

事实上，说汉代早期不可能有那么成熟的五言诗，几乎成了一个坎儿。

我们知道，像卓文君的那首"愿得一心人，白头不相离"也基本上被文学史否定了。我教文学史多年，此前对这个定论也深信不疑，但阅读文献之后，我对这个说法渐渐地有些怀疑。

比如《汉书·外戚传》，其中就记载了《戚夫人歌》。其中"终日春薄暮，常与死为伍！相离三千里，当谁使告汝"，这应该说是和虞姬的《和垓下歌》颇为类似的五言之作。另外像我的先祖郦道元的《水经注·河水》中，也记载了汉代的《长城歌》。他引晋代杨泉的《物理论》说，秦始皇使蒙恬筑长城，"死者相属，民歌曰：'生男慎勿举，生女哺用脯。不见长城下，尸骸相支柱。'"这些都是有文献可考的五言。所以汉代早期究竟会不会出现成熟的五言诗，我觉得这是一个值得重新思考的问题。

若不考虑诗歌的真伪问题，只看虞姬与项羽的感情，那么虞姬的那句"大王意气尽，贱妾何聊生"，也实在透露了一个很重要的消息，就是"意气"二字。对于项羽这位西楚霸王来说，在人生的最后关头，在穷途末路之际，他的胸中意气，他心中的所思所想、所寄所托，又是什么呢？

回头来看项羽的《垓下歌》，"力拔山兮气盖世，时不利兮骓不逝"。头两句说的是即使到十面重围、四面楚歌声中，即使到人生穷途末路之际，面对失败，甚至于死亡，这位西楚霸王内心中对自我的认识从未改变。他力能举鼎，雄视天下，他仿佛可以凭一己之力改变整个世界。"力拔山兮气盖世"，这一句里有着项羽对自己人生的期许，更悲凉的是，蕴含着对自己人生的一种总结。

当年的项羽，出身名门，是楚国名将项燕之后，后随叔父项梁读书、研习兵法，所谓"楚虽三户，亡秦必楚"。项羽年轻时随叔父观秦始皇游会稽渡钱塘江时，竟大胆而直率地说："彼可取而代之也。"后来秦末农民起义风起云涌，公元前 207 年，大将章邯带兵三十万围攻赵国巨鹿。作为副帅的项羽，这时候果敢刺杀了犹豫滞留的主帅宋义，破釜沉舟，只带三万兵马，大战秦军，使之覆灭殆尽，创造了"巨鹿之战"以少胜多的军事史上的奇迹。所以他的"力拔山兮气盖世"，确实并不只是夸张，而是对自我人生的精准认识。

可是接下来一句"时不利兮骓不逝"，则往往被后人所诟病。项羽固然神勇，可惜他有着不可避免的性格缺陷，再加上识人不明、用人有误，远不如刘邦对人才的重视，致使韩信这样的军事奇才，也要弃他而去；而像项伯这样的小人，却能在他手下春风得意，甚至连一心帮他的老师范增也徒唤奈何。他虽然勇武绝伦，却只知恃勇逞强。一路攻城略地，又一路杀伐劫掠。正所谓"沐猴而冠，为世人笑"。

从人际关系以及人才团队的角度看，他远不如刘邦的圆滑老成。勇力无双的项羽就像一个孩子一样，他的眼中只有他自己和他的最爱。他自己便是"力拔山兮气盖世"的项王，而他的最爱，便是他胯下的乌骓马和怀抱中的虞姬。所以，他不会承认、也不会去面对那些所谓的指挥上、用人上的错误。即便自刎乌江，他也会说"此天之亡我，非战之罪也"。所以"时不利兮"，是命运不济，败则败矣，成王败寇，在项羽的眼中，刘邦固然诡计多端，固然最终获胜，但直到人生末路之际，他也没有把刘邦看作和自己一样的对手。他的对手是命运，是时运，是无可抗争的、冥冥中的命数而已。"时不利兮骓不逝"，连神勇的乌骓马都不能再任意地驰骋，那么更加神勇的霸王项羽，又该如何呢？无可奈何！只能徒唤奈何！

所以"骓不逝兮可奈何，虞兮虞兮奈若何"，什么万里江山，什么万千臣民，霸王都可以无动于衷、不悬于心。唯独一个虞姬，不忍别离。这样一个曾经"力拔山兮气盖世"的英雄，末路之际却有如此的温存与柔情。一首《垓下歌》，一出"霸王别姬"，在刀光剑影里是悲歌绝唱，在拔山盖世中是缠绵悱恻。周围是十面埋伏、四面楚歌、人喊马嘶、刀光剑影的战争风云，而舞台的中央却是英雄、骏马与美人，却是不朽的文化意蕴。这是何其精彩、何其深情的一幅场景！

　　后来世人传说，虞姬为情自绝，血染黄土。在其鲜血浸染处，长出一种美艳的花草，后人便称这种花为虞美人。李后主的千古名作《虞美人》词云："春花秋月何时了？往事知多少。"大概更深重的感慨，是往事中的心情、心境又知多少。虞姬舍身报答君王，而项羽经东城之战之后，在乌江岸边终于明白四面楚歌只是汉军之计，却毅然决然地解赠乌骓马，自刎乌江边。也许在他的心中，当虞姬已去，乌骓已别，这世间也再没有什么可以值得留恋的东西了吧。

　　霸王的人生告别，其实是轻蔑地面对那个使尽一切伎俩的刘邦，意谓我的头颅你可以拿去，大好的天下你也可以拿去，但这天地之间，那个曾经"力拔山兮气盖世"的霸王，那匹可以驰骋天下、忠心不二的乌骓名马，和那至美至爱、至真至艳的虞姬，却是刘邦不可企及、不可染指，也是这世间的尘嚣不能影响一分一毫的至真存在。当杜牧说"江东子弟多才俊，卷土重来未可知"的时候，他其实并不了解那个骄傲且痴情的霸王。唯有当"朗朗清辉照古今"的李清照写下"生当作人杰，死亦为鬼雄。至今思项羽，不肯过江东"的时候，他们一样至真、至纯且傲骨铮铮的人生，才在历史的长河、文明的长河里获得了人性的共鸣。

"虞兮虞兮奈若何！"霸王与虞姬，竟成一世的绝响。

接下来要聊的这首诗，是一首著名的存疑之作——卓文君的《白头吟》。

之所以说存疑，是因为学术界到现在也没有确定这首诗的作者是不是卓文君。就我个人而言，从情感上，我愿意相信它就是卓文君所作。

我们前面讲了《上邪》，讲了汉乐府中那为爱情痴狂而决绝的女子，但我觉得所有爱情中的视野，从汉乐府中的《上邪》，到敦煌曲子词中的《菩萨蛮》，从"我欲与君相知，长命无绝衰"到"枕前发尽千般愿，要休且待青山烂"，都不如《白头吟》中的那一句"愿得一心人，白头不相离"。

诗云：

皑如山上雪，皎若云间月。

闻君有两意，故来相决绝。

今日斗酒会，明旦沟水头。

躞蹀御沟上，沟水东西流。

凄凄复凄凄，嫁娶不须啼。

愿得一心人，白头不相离。

竹竿何袅袅，鱼尾何簁簁！

男儿重意气，何用钱刀为！

愿得一心人　白头不相离
卓文君《白头吟》

这首诗最早见载于《玉台新咏》，另外《宋书·乐志》在晋乐所作歌词也有一篇《白头吟》，但内容稍微有些区别。后来，《乐府诗集》把它载入《相和歌辞·楚调曲》。最早的《玉台新咏》虽然记载了这首诗，却根本没有标明作者，甚至连题目也不叫《白头吟》，而叫《皑如山上雪》。

最早说这首诗属于卓文君的是《西京杂记》，而《西京杂记》又有小说的性质，并非可信的一手史料。而且有学者认为，在司马相如、卓文君的时代，五言诗尚未成熟。所以它的作者，从学术的角度来讲，确实应该存疑。

但从我个人的角度而言，这首诗和卓文君的气质、性格，以及她的人生历程简直就是完美的绝配。也说不定是有后来特别喜欢她的人，以她为人物原型创作了这首诗。

其实不仅是这首诗，就是连卓文君和司马相如的爱情，也是后人屡屡争议和关注的焦点之一。司马相如和卓文君之间到底是阴谋，还是爱情？其实从"琴挑文君"的过程，以及这首《白头吟》，甚至这首《白头吟》带来的后果，我们都可以从人性的角度去反推，去揣摩他们的心灵和心路历程。

根据司马迁《史记》可知，司马相如追求卓文君的过程用了一些小技巧、小手段。卓文君的父亲卓王孙是当时的全国巨富。据考，卓王孙最早在四川临邛开铁矿，是矿业之父，当时的铁矿大王。作为全国巨富的女儿，卓文君是标准的"白富美"，但是她十七岁出嫁之后，不到一年丈夫就去世了。这个含着金钥匙出生的卓文君，在命运面前突然变成了一个弃儿。

这时，命运又把一团叫作司马相如的小火苗送到了她的面前。

司马相如和临邛县令王吉是好朋友，他知道司马相如要追求卓文君，两人就设计了一个双簧。司马相如很高调地来到临邛，王吉作为当地行政首长很高调地接待，以至于引起卓王孙的注意。

卓王孙相当于商会会长的领军人物，为了拍马屁，在家中举办大型的宴会，邀请这位盛名一时的司马相如到家中赴宴。在宴会上，王吉又做足了派头，对司马相如尊崇之至。司马相如不仅姗姗来迟，而且在席间弹琴一曲，即著名的《凤求凰》，也见于《玉台新咏》。名为给众人演奏，实则"以琴心挑文君"。

这里体现出司马相如琴艺的高超，他的音乐有两层内涵。第一层为宾客演奏，但在这表面的含义之下，还有一层隐藏的内涵，就是他的琴是专门弹给闺房里的卓文君听的。"琴心挑之"，能达到这种境界，在一首曲子里暗含两重含义，那一定是音乐界的高手。

中国古代四大名琴，一是齐桓公的"号钟"，二是楚庄王的"绕梁"，排名第三名琴的，就是司马相如的"绿绮"，第四位的就是蔡邕的"焦尾"，"焦尾"琴那么有名，只在史上排第四位。

大家一般知道司马相如的汉赋水平高，其实他的琴艺比他的文章还要好。而卓文君恰好是他的知音。满堂宾客没有人能听出琴音背后的深意，唯独卓文君听得出来，这就是知音。

当夜，卓文君夜奔相如，两个人私奔了。

回到司马相如的成都老家，卓文君才发现有一种贫穷叫家徒四壁。司马相如其实非常穷，家里除了四面墙，什么东西都没有。可是，富贵出身的卓文君大概不会因此而伤悲，也没有觉得上当受骗。她的情郎如果在经济上需要她，那更能突出她的作用和价值。

于是她和司马相如商量，从成都又回到临邛，倒逼她的老爹卓王孙。卓王孙因为女儿跟司马相如私奔，觉得非常丢脸，与卓文君断绝了父女关系。于是卓文君就在她爹家门口的对面开了个小酒店。

堂堂的天下第一才子司马相如，着犊鼻裈，穿着大裤衩，当店小二。而名动一时的"白富美"卓文君则"文君当垆"。后来在朋友的劝解下，卓王孙终于回心转意，给了司马相如、卓文君一大笔财富，从此相如和文君过上了幸福的生活。

故事如果只是这样，我们还有理由揣测，卓文君实在是因为木已成舟，情非得已。这背后到底有没有爱情，也很难下一个定论。但是，接下来就该《白头吟》登场了，这是一个最有力的证据。

司马相如娶了卓文君之后，得到卓家财力上的大力资助，他的天才得以充分发挥，为汉武帝所赏识，后来委以重任，甚至出使巴蜀，为大汉王朝在西南扩张作了巨大的贡献。有很长一段时间，因为司马相如的功劳，朝廷让他在茂陵休养。

司马相如在茂陵期间，发生了一次感情危机。

据说司马相如在茂陵看中了一个女子，想纳她为妾，于是就给卓文君写了一封家书。卓文君打开家书一看，上面只有一堆数字，"一二三四五六七八九十百千万"。换了别人看不懂，只有聪慧如文君，一眼即明。因为这一堆数字包括的数字单位里，少了一个"亿"。百千万亿，失亿与失意，彼此谐音。古人特别喜欢用谐音，那就是说我不想你了，我有别的人了。司马相如，这个曾经以文君为知音，用尽了手段去追求卓文君的男人，也和天下很多男人一样，喜新厌旧，另有新欢。

面对突如其来的婚变，聪慧如卓文君，该怎么办呢？据说，卓文君冷静地回了一封家书。而这封家书的内容有两种版本，写了两首诗。

有一种版本说她写的是《怨郎诗》。司马相如写了一堆数字，她就还了一首数字诗：

> 一别之后，二地相悬。只说是三四月，又谁知五六年。七弦琴无心弹，八行书无可传，九连环从中折断，十里长亭望眼欲穿。百思想，千系念，万般无奈把郎怨。
>
> 万语千言说不完，百无聊赖十倚栏。重九登高看孤雁，八月仲秋月圆人不圆。七月半烧香秉烛问苍天，六月伏天人人摇扇我心寒。五月石榴似火红，偏遇阵阵冷雨浇花端。四月枇杷未黄，我欲对镜心意乱。忽匆匆，三月桃花随水转。飘零零，二月风筝线儿断。噫，郎呀郎，巴不得下一世，你为女来我为男。

这是由一到万，又由万到一的数字回环诗。我们有理由相信，这肯定不是卓文君写的。这种纯粹的文字游戏一定是好事者为之，因为它既不符合卓文君的性格特色，也不符合那个时代的表述习惯。

　　而另一种较为可信的版本说，卓文君所回复的那封家书就是这首《白头吟》。"皑如山上雪，皎若云间月"。这是我们的爱情，曾经纯洁皎洁如云中的月和山顶的雪一般，可是，谁能想到"闻君有两意"，你却背弃了爱情的誓言。换作一般的女子，面对男人的背叛，或者哭泣垂泪，或者悲痛伤感，就像《有所思》里的那位乐府中的女子一样。但卓文君不是一般的女子，她说"闻君有两意，故来相决绝"。既然如此，我们来坦坦荡荡地分手吧，不是你要抛弃我，是我要骄傲地离开你。

　　"今日斗酒会，明旦沟水头。躞蹀御沟上，沟水东西流。"我真的佩服卓文君的镇定和自信，她居然带了酒菜，和背弃自己的丈夫进行最后的晚餐。今天晚上我们平平静静吃一顿分手饭，明天就像沟头的流水一样，各自走向人生的方向，就像沟水各自向东向西流去。人生不过就是向左走向右走，这又算得了什么呢？

　　前八句是写卓文君所面临的婚变，以及她此时的态度。后八句是卓文君态度的延伸，也是她情感的升华，是分别对天下的女子和男子的一种情感表露。

　　"凄凄复凄凄，嫁娶不须啼。愿得一心人，白头不相离。"这是对天下的女子说的。事实上，古代的婚姻礼仪里，女孩子出嫁的时候，要用哭泣来表达对家人、对父母养育之恩的不舍。卓文君跳出传统的窠臼，站在更久远的人生角度上来说，女孩子何必在那时候哭哭啼啼呢？如果能嫁得一个可以白头不分离，终生相伴的人，不是人生最大的幸福吗？人生最幸福的事，就是和那个爱你的人陪伴着慢慢变老。

卓文君说，"愿得一心人，白头不相离"，这或许是她的遗憾。接下来的四句，又对天下的男子说："竹竿何袅袅，鱼尾何簁簁！"古人经常用钓鱼的鱼竿和鱼饵的状态，来比喻男女之间的缱绻之情。爱情是那么美丽、那么温柔的事情，男子汉们，你们应该"男儿重义气，何用钱刀为"。真正的好男人，应该情深意长，温情款款，应该给他爱的女人一生的呵护与依赖。那些靠权力、金钱、名利、地位而获得的爱情，都不是最美的爱情。

这是两千年前的女子，其见识和观点多么让人赞叹和钦佩！据说，文采斐然的司马相如，汉朝的第一才子司马相如，读到这封家书之后，也羞愧难当，终于回心转意。后人所辑的《司马文元集》，也就是司马相如的文集里就有一封《报卓文君书》。他在回信中终于袒露心扉，回忆与文君的相爱历程，并自愧地说："诵子嘉吟，而回予故步。当不令负丹青，感白头也。"

一首《白头吟》，挽回一个男人的心。这是多么伟大的爱情奇迹，因为再深情的呼唤，也永远叫不醒一个装睡的人。司马相如最终悬崖勒马、回心转意，既证明了卓文君的智慧与无穷的魅力，不也同时证明他们可以挽回的爱情是真挚而真实的吗？

据《史记》和一些史料记载，回心转意的司马相如回到卓文君的身边，并与她一起白头到老。

爱情不止有美好的期盼，坚贞的誓言，还应该有智慧、从容与包容。两千前这个聪慧女子的风采，让人神思遐想，真是最好莫如卓文君。

汉代李延年有首名作《佳人曲》。这不仅是一首诗，也还是一首歌。它的谱曲填词都来自汉代的一个音乐天才——李延年。

诗云：

北方有佳人，绝世而独立。

一顾倾人城，再顾倾人国。

宁不知倾城与倾国？

佳人难再得！

《汉书·外戚传》记载说李延年"性知音，善歌舞"。年轻的时候，李延年犯过法，被处宫刑，然后到狗监任职。汉代的狗监很有意思，比如说有一个狗监叫杨得意，就给汉武帝推荐了司马相如。而对汉代影响很大的李延年，居然也在狗监任过职。后来，因为他的音乐天赋被汉武帝发现，就让他参加一些祭祀活动。

李延年的音乐水平确实不一般，司马相如等人在祭祀活动中所作的诗篇，他总是能够随时谱曲，并唱出来，甚得武帝欢心。而且，他总能把那些常套的乐曲变得很有新意，《汉书》记载李延年"每为新声变曲，闻者莫不感动"。

　　一天，武帝百无聊赖之时，李延年在他的面前，唱出了这样一首《佳人曲》："北方有佳人，绝世而独立"，这是一位怎样的佳人啊，仿佛天地之间就只剩下她美丽的倩影。她初始的美宛如神女一般，有圣洁，还有成熟。

　　"一顾倾人城，再顾倾人国"，那美丽的佳人，只要一回顾，一展眸，就能让举城举国的人为之倾心，为之倾倒，为之倾覆。这真是妙想联翩，夸张到极致，佳人之美不需半分的描述，便能在脑海中留下无穷无尽的想象。这一句直接产生了一个著名的成语"倾国倾城"。

　　既然已经美到倾国倾城，接下来实在难以为继。李延年最聪明的地方在于，他用一句遗憾作结。"宁不知倾城与倾国？佳人难再得！"那圣洁的美仿佛惊鸿一瞥，但已知其美，便再难以忘怀。当倾国倾城的佳人，已在脑海中栩栩如生的时候，却突然被这样问及：你难道不知这具有倾国倾城貌的佳人一旦错过，就再难得到了？

　　汉武帝被这样的一咏三叹，直接击中心灵，于是叹息曰："善，世岂有此人乎？"旁边的平阳公主紧接着汉武帝的感慨说："延年有女弟。"女弟是妹妹的意思，潜台词就是说，李延年的妹妹其实就是歌中那个北方佳人啊。于是，武帝急召李延年之妹，一见果然惊艳于她的倾国倾城之色，而且她也和哥哥李延年一样，擅长音乐与舞蹈。汉武帝遂宠幸之，纳为夫人，这就是汉代著名的李夫人。

李夫人身后极尽哀荣，霍光甚至揣摩汉武帝的意思，追封她为皇后。难道靠哥哥李延年的一首《佳人曲》，就能获得如此的人生奇遇吗？当然，一般史家说来，李夫人得宠首先得益于她哥哥的那首《佳人曲》，但也不尽然。

我们通过下面这个小小的细节，大约可以看出其中的奥妙。

《汉书》记载说，李夫人病重的时候，汉武帝亲自去探望她，李夫人蒙着被子辞谢："妾长期卧病，容颜憔悴，不可以见陛下，希望能把儿子和兄弟托付给皇上。"

汉武帝说："夫人病重大概不能痊愈，让我见一面再嘱托后事吧。"李夫人却坚持说："容貌未曾修饰，不可以见君父，妾身不敢以轻慢懈怠的姿态见皇上。"汉武帝不肯，仍央求道："让我见一下吧。如见我一面，我加赠千金的赏赐，并授予你的兄弟尊贵的官爵。"话已说到这个地步，李夫人仍然坚持："授不授官都在于皇上，不在于见妾一面。"

汉武帝还要坚持一见，李夫人便转过脸去，叹息落泪，不再说话。雄霸天下的汉武帝也只能无奈地起身离开。

汉武帝走后，李夫人的姊妹埋怨她说，怎能如此怨恨今上，甚至最后一面也不肯见，怎么能不当面把亲人兄弟嘱托给皇上呢？

这时李夫人叹息说："所以不欲见帝者，乃欲以深托兄弟也。我以容貌之好，得从微贱爱幸于上。夫以色事人者，色衰则爱弛，爱弛则恩绝。上所以挛挛，顾念我者，乃以平生容貌也。今见我毁坏，颜色非故，必畏恶吐弃我，意尚肯复追思闵录其兄弟哉！"这一段话说得太深刻了，可以看出李夫人并不只有倾国倾城之貌，而且还有着一颗玲珑剔透之心。其意是说，我之所以不见今上，正是为了兄弟们考虑。她用男欢女爱，用容颜易老，说了一个颠扑不破的千古真理——得到了就会有失去，得不到的才永远存在。

当爱恋戛然而止，当美丽沉淀为记忆，永恒的距离不变，相思就永远不会忘记。李夫人不肯见汉武最后一面，正是要把自己的美丽，永远留在汉武帝刘彻的心底。

多么聪明的李夫人，她不仅在哥哥的音乐里成为一种永恒，也在雄霸天下的汉武帝心中成为一种永恒。《汉书》记载，李夫人逝世之后，武帝对其思念不已，不得不命画师将她生前的形象画下来，挂在甘泉宫内，日夜三顾徘徊感慨，以致后来还请方士来招魂。后人根据这段记载推测，方士李少翁当时实际上是在表演一出皮影戏，但晋人王嘉的《拾遗记》中则说，汉武帝召李夫人之魂相见，找到了方士李少君。李少君花费十年时间，在海外找到了能够让魂魄依附的奇石，刻成李夫人的模样，放在轻纱帷幕之中，果然恍若李夫人再世。

灯火阑珊中，汉武帝刘彻看到李夫人飘然而至的身影，突然泪如雨下，并作《李夫人歌》："是邪，非邪？立而望之，偏何姗姗其来迟！"这也是成语"姗姗来迟"的典故所出。刘彻所作的《李夫人歌》虽则短短三句，却一样一往情深，打动人心。

汉武帝从不讳言他爱的就是李夫人的倾国倾城之色，李夫人更有临终"色衰爱弛"之说。这看上去浅浅的爱，却为什么让当事人深深怀念，难以忘怀，又让天下人忘记他们的身份，为之感慨呢？

在写出"姗姗来迟"之语后，汉武帝又写了《落叶哀蝉曲》纪念李夫人。诗中云："罗袂兮无声，玉墀兮尘生。虚房冷而寂寞，落叶依于重扃。望彼美之女兮，安得感余心之未宁？"并让乐师把这首和前面的《李夫人歌》一起配上音乐，让宫女们每日每夜在后宫中传唱。

直到元封年间，武帝对李夫人的思念依然无法抑制，还专门写下一篇《伤悼李夫人赋》，这几乎可以算是中国文学史上第一篇悼亡赋。其实不光是汉武帝自己，他与李夫人的感情后来也成为无数文人墨客提笔兴咏的佳话。白居易说："夫人病时不肯别，死后留得生前恩。君恩不尽念不已，甘泉殿里令写真。"而唐人张祜则说："延年不语望三星，莫说夫人上涕零。争奈世间惆怅在，甘泉宫夜看图形。"写下了《诗品》的司空图云："秾艳三千临粉镜，独悲掩面李夫人。"至于写情冠绝古今的李商隐《汉宫》则云："王母不来方朔去，更须重见李夫人。"

李夫人的故事，不由让我想起《世说新语·惑溺篇》里奉倩殉色的故事。

荀粲乃三国荀彧之子，娶了曹洪的女儿，夫妻两人感情很深。冬天的时候，有一次曹氏生病发高烧，体温很高，需要降温。荀奉倩就先到院子里把自己的身体冻冷，然后回来用身体贴在曹氏身上，给她散热。我当年读到《世说新语》的时候，觉得这种物理降温的方法实在很奇特，也实在很温馨。

究竟是什么让荀粲对曹氏这么痴情？

原因很简单，就是他觉得曹氏长得太漂亮了，他甚至公然宣称他只爱他老婆的美色，说"妇人德不足称，当以色为主"。别人爱学识、品德、修养，而荀奉倩就只爱美色。

别人的爱情深，我的爱情浅，我只爱她那一点美色。这和任何时代的主流观念都是相悖的，可是只这么浅的一点爱，却让他们的爱情和婚姻散发出异样的光彩。曹氏病逝之后，荀粲不饮不食，思念成疾，没过多久也死了。虽然仿佛只是情浅之人，可他们依然用生命和岁月捍卫了自己爱情的理想。

这样的人生，哪里比那些所谓的伟大人物逊色。

所以"一顾倾人城，再顾倾人国"的李夫人，果然是"宁不知倾城与倾国？佳人难再得！"

《燕歌行》是一首不得不讲的七言诗，因为它是中国现存最早的文人七言诗。而其后来成为歌行体的名作，其实也是从曹丕的这首诗开始的，当然他有两首《燕歌行》，这是其一。

而且，这首诗还涉及一个重要的话题，就是那"盈盈一水间，脉脉不得语"的牛郎织女的故事。

诗云：

秋风萧瑟天气凉，草木摇落露为霜，
群燕辞归鹄南翔。
念君客游思断肠，慊慊思归恋故乡，
君何淹留寄他方？
贱妾茕茕守空房，忧来思君不敢忘，
不觉泪下沾衣裳。
援琴鸣弦发清商，短歌微吟不能长。
明月皎皎照我床，星汉西流夜未央。
牵牛织女遥相望，尔独何辜限河梁？

曹丕《燕歌行》（其一）

生不要在帝王家

说到《燕歌行》，首先就是这个诗题的读音。《燕歌行》是一个乐府题目，属于《相和歌辞》中的《平调曲》，所以一个"燕"字，到底是读 yàn 还是 yān，历来争讼不已。

《燕歌行》和燕国、燕赵之士其实并没有太大的关系。据考，它最早应该是燕乐的意思，也就是宴享之乐，来自《周礼》的记载。开始主要写思妇的题材，后来发展又引申为对燕子的描写，再往后发展，到了南北朝时期，又写大雁，最后写到边地戍卒，以高适的《燕歌行》最为有名，就变成了边塞之作的代表题目，于是，大家就以为这个燕是燕国的燕（yān），很多人把它读成《燕（yān）歌行》。

其实，曹丕的这首《燕（yān）歌行》就是一个明证，它最早是一种思妇题材，而曹丕正是用《燕歌行》的思妇题材，借用牛郎织女的典故写了一个思妇念良人的故事。

我们简单翻译一下，这首诗是说：

秋风萧瑟，天气清冷，草木凋落，露白霜凝。燕群辞归，鸿鹄南飞。

我思念出外远游的良人啊，让我肝肠寸断，相思成灰。我想你一定也是忧心忡忡，怀念故乡。那么君为何故，淹留他方？

我孤零零地独守空房，忧来思君，片刻不忘。不知不觉，珠泪滚落，滴滴晶莹，湿我衣裳。

拨弄琴弦却声声哀怨。短歌轻吟，似续还断。

唯有那皎洁的月光照着我的空床，星河沉沉西流去，辗转难眠夜漫长。

你看那牵牛和织女远远相望，相爱的人啊，为什么被那天河阻挡。

这么好的一首七言诗，这么深情的诗作，而且是现存最早的文人七言诗，说实话，我真的不愿它是曹丕所作。因为一提起曹丕，大家就想到他是怎么逼死他的弟弟，怎样去对待那个美丽的甄宓。

如果说面对曹植、曹彰，曹丕的举动还有值得商榷的地方，但他面对三国时期著名三大美女之一的甄宓，他的心狠手辣就让人齿冷。

甄宓的"宓"字也可读 mì，它的读音就和《燕歌行》的"燕"字一样，也让人比较头疼。它读 mì，是比较安静的意思，但所谓"宓妃留枕魏王才"，这个宓妃最初指的是伏羲的女儿溺洛水而死，就是洛水之神，所以洛神又叫宓妃，这个"宓"就通"伏羲"的"伏"。所以，甄宓的"宓"不读 mì，而读 fú。《三国演义》里写道，曹丕抢先曹操一步，官渡之战之后进入邺城，霸占了甄宓。曹操无奈地说："此真吾儿媳也。"《世说新语》里写得就更露骨了。

《世说新语》里记载了一个曹公屠邺的故事，就是说曹操官渡之战胜利之后，下令屠杀邺郡，还命人速去把甄宓弄来。

甄宓此前嫁给了袁绍的儿子袁熙。手下人去了一趟回来报告说，五官中郎将（即曹丕此时所任官职）已经把她带走了。曹操听了，忍不住恨恨地说了一句话："今破贼，正为奴。"意思是说，我这次费那么大劲打仗，为了救这个女人，没想到被儿子占了先。这话不难看出曹操的失望，也证明了甄宓的魅力之大。

那么，作为和大乔、小乔并称三国三大美女之一的甄宓，既然被曹丕抢了先，曹丕会不会对她疼爱有加，一往情深呢？说起来，甄宓的命运真的很悲哀。起初曹丕艳羡甄宓的美色，对她还不错，但没多久就开始冷落甄宓了。

这个时候他又有了新宠。当时南郡太守郭永的女儿叫郭嬛，这个嬛就是《甄嬛传》的嬛，当然也有人认为宜读为xuān。郭嬛在帮曹丕赢得帝位的过程中，出了很多主意，而且比甄宓年轻，所以很受曹丕的喜欢。

曹丕称帝之后，按道理甄宓是帮曹丕生下长子的人，应该是皇后。

可是郭嬛一心想排挤甄宓，为了当皇后使了很多手段，经常在曹丕面前造甄宓的谣。曹丕的耳根很软，渐渐对甄宓越来越疏远。

一次，郭嬛又造谣中伤甄宓，甄宓就当着曹丕的面把郭嬛痛斥了一番。曹丕毕竟是皇帝，当时脸就挂不住了，过后就赐药毒死了甄宓。《三国志》里虽然只用了"后有怨言，帝大怒，遣使赐死"这十几个字，简单交代了甄宓的死因，但《汉晋春秋》里记载得非常详细，说曹丕不仅把她毒死了，而且在埋葬她的时候，用头发把她的面盖住，嘴中塞满了麸糠，意思是让她在阴曹地府也不能再开口说话。这说明甄宓死得很惨，而且这时候曹丕对她已经没有一点感情了。

据说，才高八斗的曹植一直暗恋甄宓，他最早表露出了对甄宓的喜爱，但曹操却把甄宓许配给了曹丕。有野史记载，甄宓死后，曹植有一次从自己的属地来到都城见曹丕，曹丕突然良心发现，把甄宓以前用过的枕头送给了曹植。曹植睹物思人，于是就有了创作《洛神赋》的冲动。在他回转的路上，在洛水边休息，做了一个梦，梦到甄宓与他在洛水相会。这就是李商隐那句著名的"宓妃留枕魏王才"的由来，大画家顾恺之也因此创作了名垂千古的《洛神赋图》。

综合来看，曹丕在称帝之后确实心狠手辣，不过，他却能写出《燕歌行》这样的深情婉转之作，而且不只是《燕歌行》，曹丕的五言和乐府诗都写得非常清丽动人，他还著有《典论·论文》，是中国历史上最早的文学批评理论著作。"建安七子"的说法就是来自他的这篇名作。还有，比如他提出了著名的"文人相轻，自古而然"，提出了著名的"文气论"，"文以气为主，气之清浊有体，不可力强而致"。他还肯定文学的历史价值，最有名的一句话叫作"盖文章，经国之大业，不朽之盛事"。所以，鲁迅先生曾经评价说，曹丕是这个文学自觉时代的代表。

曹丕不仅文采斐然，文学理论水平高，情诗写得好，就生活的一些细节来看，他也确实是一个非常讲感情的人。建安二十二年（217），"建安七子"中的王粲去世。王粲是曹丕的好朋友，曹丕亲自到他的坟前去吊丧。作为一国之主，曹丕带领文武群臣在王粲的墓前哭祭。之后，他突然对群臣们说，王粲生前喜欢听驴子叫，喜欢学驴子叫，要不我们每个人都学一声驴叫，来为他送行吧。然后，曹丕率先在王粲的墓前学了两声驴叫。而后，所有人都跟着他学驴叫，为王粲送行。这时候，他不是一个帝王，而是一个朋友，一个深情款款的人。

说实话，在中国古代八十多个王朝，将近六百个帝王中，能够为朋友学驴叫的，恐怕也只有曹丕一个人了，这也算是千古绝响。

这样的曹丕，和那个逼着曹植写《七步诗》，毒死弟弟曹彰，害死妻子甄宓之后，还要"以发披面，以糠塞口"的狠毒的曹丕，怎么能是一个人呢？那么狠毒的曹丕，又怎么能是替思妇写下"明月皎皎照我床，星汉西流夜未央。牵牛织女遥相望，尔独何辜限河梁"的曹丕呢？

我们读诗、读史的人，或许觉得这很矛盾，很分裂，其实这背后又有合理之处。

道理就在于，一个深情而真情的男人，千万不要离政治那么近，不要离名利、野心、权势那么近。

曹丕在登帝的过程中越来越狠毒，尤其是在他当上帝王之后，他的心变得如铁石冰冷。事实上，他的《燕歌行》《典论·论文》，包括他许多感人至深的乐府、五言，尤其是像《燕歌行》这样的情诗创作，都是作于他青年的时候。

此时年轻的曹丕正是五官中郎将，他采用乐府的题材，学习民歌的精神，开创性地以句句用韵的七言诗形式，写作了这首著名的情诗，不仅使之成为中国历史上最早、最完整的七言诗，也是思妇题材和牛郎织女题材中里程碑的篇章。

这也不由得让我们慨叹，曾经那么细腻清越、缠绵悱恻的情诗诗人，后来却被政治、被地位改造成一个冰冷、残忍的刽子手。

可悲，可叹！

还是古人说得对，他寄语深情之男儿，"生不愿在帝王家"。

要说最早的情诗，也许要反复斟酌；但要说最早的爱情故事，恐怕非牛郎织女莫属。但是，这个故事其实原本离爱情有些远，让其成为爱情的一个里程碑，是因为汉乐府中的那首名作《迢迢牵牛星》。

诗云：

迢迢牵牛星，皎皎河汉女。

纤纤擢素手，札札弄机杼。

终日不成章，泣涕零如雨。

河汉清且浅，相去复几许！

盈盈一水间，脉脉不得语。

我个人非常喜欢这首质朴而深情的名作。诗中描写了遥远的牵牛星和明亮的织女星。织女伸出细长而白皙的手，摆弄着织布机，发出札札的机杼声。可是她一整天也没能织成一匹布，哭泣的眼泪如同下雨般零落。这银河看起来清又浅，两岸虽然只隔着一条清澈的河流，可相爱的人只能含情凝望，却无法用语言交谈。

抬头仰望璀璨的星空，就可以看到明亮的牛郎星和织女星，牵牛星是"河鼓二"，在银河的东边；织女星又称为"天孙"，在银河的西边，刚好隔河与牵牛相对。在中国，关于牵牛星和织女星的民间传说，起源是很早的。《诗经·小雅·大东》就明确写过，但带有鲜明的政治喻义。从先秦到秦汉，牵牛织女的故事慢慢发展，到曹丕、曹植的诗里，牵牛和织女已经彻底成为夫妇了。

对于这个民间传说，我相信很多人都非常清楚。简单地说，就是很久很久以前，有一户贫苦的人家父母早丧，弟弟跟着兄嫂度日，每天出去放牛，大家就叫他牛郎。

牛郎长大了，嫂子不喜欢他，哥嫂就和他分家，牛郎老实善良，唯一分到的家产就是他经常放的那头老黄牛。这个老黄牛其实不凡，是天上的金牛星，因为触犯天条被贬人间。他有感于牛郎对于他的饲养和爱护，除了感恩图报辛勤耕作之外，还要挖空心思为牛郎撮合一段美满姻缘。

从这个出发点可以明显看出，这段爱情其实有天注定的成分，就像《大话西游》里的至尊宝也曾经说过，没办法，天最大，天注定的爱情就让它来吧！

"天意"让那个质朴的牛郎，接受这段看上去有些不太质朴的爱情，显得顺理成章。

为什么说这段爱情的开始，显得不那么质朴呢？因为有一天老黄牛突然开口说话，他对牛郎说："明天天上的七仙女会结伴，到东边山谷湖里去洗澡，你趁她们沐浴的时候，取走挂在树上的粉红衣衫，你就会获得属于你的爱情。"

第二天，牛郎虽然将信将疑，但还是按照黄牛的指示去了。果然有七个仙女在湖中嬉戏，他拿走了树上那件粉红衣衫。仙女们发现有人，纷纷穿回衣服飞回天庭。那个被偷走衣服、无法返回天庭的仙女就是织女。当牛郎告诉织女老黄牛的话之后，织女也就留在人间嫁给了牛郎。

牛郎是一个放牛的小伙子，织女则是一个织布的姑娘。放牛和织布是他们从事的行业，而郎和女指的是他们的性别，所以牛郎和织女其实指的是早期农业社会中男性女性的社会属性，他们的相遇是男耕女织下所产生的情感需求。那么，这一时期男女的情感就带有了父系社会以来明显的从属性，织女的情感需求其实无条件地服从于牛郎。哪怕织女是天上的神仙，而牛郎只是地上的一个放牛的穷小伙子。

这样一来我们就可以理解，为什么美丽的织女要无条件接受这个在她洗澡时偷了她衣服的牛郎的爱情。其实，直到今天我们依然难以接受这样的情节，但这就是民间传说，在它长期形成过程中，在它的情节和故事的表层之下，有着深层次的文化内涵。在这个著名的爱情故事漫长的形成期里，牛郎和织女作为一种符号性的价值，其实要大于他们的爱情内涵和意义。

从人类发展史的角度看，农业社会作为一种典型的父系社会，也就是后来的男权社会的主体模式已经形成。在这种社会形态下，男耕永远比女织重要，男性的情感需求也高于女性。

老黄牛的突然开口，就是用天注定的方式，为男性的情感需求提供正当性，而牛郎对这种天赐良缘顺理成章地接受，也表现为一种男性情感需求的理所当然。在这种情况下，织女的爱作为一种符号，出现在男性的情感需求面前，就成了支持这种情感价值取向的有力证据。

当然我们并不否认织女对牛郎的爱，她为牛郎生了一男一女两个孩子，在后来生死离别中，又表现出对爱情的忠贞。但这种爱对于织女来说，应该是在婚姻生活的相濡以沫里产生，在男耕女织的劳动情趣里产生，而不应该在第一次洗澡偷衣服时的相遇里产生。那时候的织女不是一个爱情中的女人，只是一个爱情的符号。这也告诉我们，至少在农业社会之初，男女的爱其实是不对等的。

我这样说并不是危言耸听，先秦时期的很多爱情故事，不论是好像能够善始善终的范蠡和西施，还是被称为红颜祸水的末代君王的妃子，比如妲己、褒姒、妹喜，无一不是被当作一种情感符号，甚至是政治符号出现。而这种情况一直到秦汉之后，才有了较为彻底的改观。就牛郎织女的故事而言，这首《迢迢牵牛星》，就是把爱情还给爱情、人性还给人性的一篇情诗杰作。

诗的开始说"迢迢牵牛星，皎皎河汉女"，白话翻译不能写出它的韵味。其实《古诗十九首》用的技巧非常高，它不说"迢迢牵牛星，皎皎织女星"，而说"迢迢牵牛星，皎皎河汉女"，一下从星宿的名字——牵牛织女拉回到人间的生活。牵牛星还是说星，到河汉女已经是在说人了，不知不觉间我们眼前浮现的不是两颗星，而是两段璀璨的人生。

如此，两个人物就出现了，而且配以这样的形容："皎皎"配织女的形象，光彩夺目，一下如在目前。而在这个过程中，牵牛星——牛郎也跟着织女一起形象鲜活起来。虽然"迢迢"和"皎皎"互文互义，但在这里是不能更换的。

河汉女的人物形象出现后，紧接着就是她的工作场景和情感场景，"纤纤擢素手，札札弄机杼"，这是说她在织布的样子。"纤纤擢素手"，所谓"指若削葱"非常漂亮，"札札弄机杼"的"弄"字非常精彩，是指在抚弄的样子。

她在抚弄的过程中，情怀别有所系，故而"终日不成章，泣涕零如雨"自然而然就出现了。一个织布中的女子，一个伤心中的女子，一个情有所牵、情有所系的女子，她的形象呼之欲出。汉末的古诗就是这么精彩，一两句就树立了形象，三四句就构造了生活的场景以及感人的情节，紧接着诗人的感慨，就显得自然而然又格外回味悠长："河汉清且浅，相去复几许？盈盈一水间，脉脉不得语"，真是言有尽而意无穷，余音绕梁，不绝如缕。

　　那宽广的银河，在诗人和情人的眼中，不过既清又浅罢了，可这清浅的一水相隔，却生生隔断了两颗思念的心，让他们相视相望而不得语。

　　当然，这既是诗人的感慨，也是当事人织女的临河而叹，诗人写得那么精妙，以至于我们沉浸其中，无暇细分，感觉这就是我们自己的感慨，所谓相思迢递百转柔肠，读诗的人也被轻易地带入了诗中。

　　当然，之所以能够让阅读者一读便走入诗中，这首诗还有一个重要的技巧。全诗总共十句，其中六句都用叠音词，"迢迢""皎皎""纤纤""札札""盈盈""脉脉"，而叠音词最能呼唤与传递情绪，我们如此朗朗上口地吟念诵读，便觉情趣盎然，故而念及"盈盈一水间"之时，连旁观者、读诗人都会"脉脉不得语"。

回头看那个泣涕如雨、无心织布、相思深情、对水兴叹的织女，不就是千千万万个爱情故事里那个对爱情一往情深、无比忠贞的人吗？

　　其实，打动我们的不仅有爱情之美，也有人性之美。这样一首了如白话的五言诗，通过人物形象的塑造，写出了人性之美的同时，也终于把爱情还给了爱情。

古代诗词中，不乏悲情之作，像陆游和唐琬的《钗头凤》，以及陆游的《沈园》二首，描写了悲剧性的命运，让无数的读诗人为之落泪。

而在此前，还有一对苦命的鸳鸯和他们的命运相似，也有一首诗写尽了爱情与婚姻家庭的悲情，那就是汉乐府名篇《孔雀东南飞》。

诗云：

孔雀东南飞，五里一徘徊。

……

十三能织素，十四学裁衣，十五弹箜篌，十六诵诗书。十七为君妇，心中常苦悲。君既为府吏，守节情不移。贱妾留空房，相见常日稀。鸡鸣入机织，夜夜不得息。三日断五匹，大人故嫌迟。非为织作迟，君家妇难为！妾不堪驱使，徒留无所施。便可白公姥，及时相遣归。

……

其实，这首诗原名并不叫《孔雀东南飞》，而叫《古诗为焦仲卿妻作》。那为什么后来又改为《孔雀东南飞》呢？

我们知道，《诗经》中很多诗歌题目都以起兴的第一句首字词为题，比如说，《蒹葭》"蒹葭苍苍，白露为霜"，《关雎》"关关雎鸠，在河之洲"，《子衿》"青青子衿，悠悠我心"等，都是如此，这是《诗经》以来的传统。而这首诗起兴的第一句就叫"孔雀东南飞，五里一徘徊"。另外还有一个原因，就是此句的意象太美了。

关于孔雀为什么向东南飞，还有一个很有趣的典故。据说古典文学大师陆侃如先生年轻时在巴黎求学，博士答辩的时候，一个导师突然就他的论文问了一个问题，说孔雀为什么向东南飞？陆侃如先生很有急智，随口就回答，因为"西北有高楼，上与浮云齐"。这个回答实在太精彩了。《孔雀东南飞》是汉乐府名篇。而"西北有高楼，上与浮云齐"则出自《古诗十九首》。因为西北楼太高了，把路堵住了，所以孔雀只能掉头向东南飞。

而安徽潜山当地的学者研究，认为刘兰芝家其实是住在焦家的东南方向，离婚之后被遣回家，自然是往东南方向。我个人觉得，东南在中国传统文化里有着非常深刻的意义，东方青龙木，南方朱雀火，象征着生机、活力和希望。同时，也蕴含了对爱情和美好生活的向往。

《孔雀东南飞》是汉乐府民歌中最长的一首叙事诗，我们在品读的时候其实可以借用西方戏剧的手法。

西方戏剧舞台表演特别能够展现情节，凸显人物，表现矛盾冲突。所以，可以把这首诗理解成一个四幕剧。第一幕是矛盾总爆发，第二幕是离别，第三幕是逼嫁，第四幕也就是故事的高潮——双双殉情，化为鸳鸯。

我们先来看第一幕：矛盾的总爆发。

一上来，主要人物纷纷出场，个个表态。焦仲卿是庐江府小吏，上班很忙，平常难得回一次家。他一回家，刘兰芝就含着泪向他控诉。诗中有两句"十五弹箜篌"和"十六诵诗书"很重要，说明刘兰芝知书达理。箜篌这种乐器，能演奏古代庙堂中非常高雅的音乐，有很高的境界。

　　但是，嫁到焦家之后，她所有的家务活都干，从早到晚每天织布，"三日断五匹"，这个可不得了。七仙女作为织布之神，为了跟傅员外打赌，也不过一天十匹布，刘兰芝一天平均近两匹布，这个速度已经让人惊叹了。可是这样，焦母还是嫌弃她慢，不断刁难。所以刘兰芝说，不是我做得慢，而是你们家的媳妇难做，"妾不堪驱使"，表明我独立的人格受到了伤害。

　　焦仲卿一听，就来到了母亲房间。作为老婆的代言人，他说我好不容易娶到这样好的媳妇，才过上一点好日子，母亲为什么就对她这么不满意呢？

　　结果这话一说，焦母也立刻爆发了。"此妇无礼节，举动自专由"，你这媳妇根本不行，缺点一大堆，反正我是没有办法跟她一起生活，你趁早给我把她休了。我们邻居家有个叫秦罗敷的，长得漂亮极了，你把刘兰芝休了，我马上把秦罗敷给你娶回家来。

　　焦仲卿一听就跪下说，你要让我休妻的话，我这辈子再不结婚了。这是表明姿态，坚决跟自己心爱的媳妇站在一边。焦母一听，立刻露出了封建家长制的霸道嘴脸，捶床大怒。她说，这个家是我做主，我是家长，你别想，一定得给我把她休了。

焦仲卿这下没办法，调回头来又回到自己房间，告诉刘兰芝：不是我要休了你，是我妈妈要休了你，我也没办法。这样吧，我们先暂时离婚。请注意，在汉代的法律里，如果男方把女方赶回家，就是事实上的离婚，就是休妻了。所以焦仲卿说我们先离，你先回家，等我以后再把你娶回来，你要听我的话。

焦仲卿真是一个可怜的男人，作为儿子，作为老公，他不仅不能像一个外交家一样充分地去斡旋，反倒像一个传声筒，把老婆的话直接传给妈妈，把妈妈的话又直接传给老婆，简直就像在煽风点火。而且解决问题的办法，居然是劝刘兰芝先离婚，先回家。

对此，刘兰芝的态度是什么？她回应道，不要再说了，我回去就是了，而且最后清点了她的嫁妆有多少，可见刘兰芝的家庭背景还不一般。

事情到了这个地步，已经无可挽回，紧接着就进入了第二幕：离别。离别的对象，其实是刘兰芝分别跟焦母，还有小姑子，也就是焦仲卿的妹妹，以及焦仲卿的离别。

被休回家已成事实，这在古代是非常屈辱的一件事，但刘兰芝这个完美女性形象就像林徽因说的那样，即使面对屈辱，也要在沉默里慢慢地学会坚强。

她的离开带着尊严，带着自己的骄傲。她盛装打扮完美出场，尤其是一大早起来精心装扮，以自己最美貌的面目告别她的婆婆。离开的时候，她说了一堆话，说我来到你们家以后的境遇，说得都很客气，但其实都是反话。听了这些话，"阿母怒不止"，焦母很生气。

掉头与小姑作别的时候，说的都是有感情的话。她说，我刚嫁过来时，小姑子才扶着床那么高，现在长得快和我一样高了，以后和伙伴们一起玩乐的时候，不要忘记曾经和嫂子一起共度的时光。所以，刘兰芝其实不是不会说情语，但是她不会跟她的恶婆婆说。

与婆婆不卑不亢地告别，与小姑子深情地告别之后，就该和爱情告别了。

刘兰芝还是深爱着焦仲卿的，虽然这个老公挺窝囊。他送刘兰芝快到回家路口，分手告别的时候，还对她说："誓不相隔卿，且暂还家去。吾今且赴府，不久当还归。誓天不相负！"还是老一套的说法，不是我要休了你，是我妈要休了你。现在这个局面只能先离婚，我还要赶回去上班，回来之后一定跟你复婚，你一定要听我的。就这馊主意，还翻来覆去地念叨，甚至还叮嘱刘兰芝一定要听他的，有点大男子主义。

这个时候，就体现出刘兰芝的深情和理智了。她说"感君区区怀"，还说"妾当作蒲苇，君当作磐石"，这就是海誓山盟，我对你的爱是永远不会改变的，我也希望能够和你重续前缘，等着你回来和我复婚。但是，刘兰芝有一个非常理智的认识，说"我有亲父兄"，这主要指的是她的兄长，"性情暴如雷，恐不任我意，逆以煎我怀"。后面的事很难料，你要有思想准备。然后两个人"举手长劳劳，二情同依依"，说明两个人是深深相爱的，深情缱绻，不忍分别。

刘兰芝说，后面的事很难料，那么到底会发生什么事呢？

我们接着来看离别后的第三幕：逼婚与逼迫。

从影视艺术的角度上来看，《孔雀东南飞》虽然是汉乐府时期的作品，也深得现代电影艺术的表现智慧。

第三幕情节迅速推进，而且有让人意料不到的效果。

刘兰芝回到家之后，她的母亲大为吃惊，"不图子自归"，这就是我们前面讲的，这样回来意即被休，这在当时是很丢人的事情。所以刘母悲伤地埋怨，我是如何培养你的，没想到你被人这样赶回家来，你到底犯了什么错？

可见刘母这时候的心情惊讶而羞愧，这怎么见邻居啊。这其实是一个母亲最本能的反应。对于母亲这样的追问，刘兰芝只回答了一句话，"儿实无罪过"，我不需要解释，我反正对得起我自己的良心，这可以看出刘兰芝的性格中有一种独立与坚强。

接下来情节急转直下，完全让人想不到这个被休掉的刘兰芝带着屈辱回到家里没几天，县令居然遣媒人来求婚了。"云有第三郎"，县令家的老三，"窈窕世无双"，据说长得无比帅。注意"年始十八九"，这个年龄应该比刘兰芝还小，刘兰芝"十七为君妇"。三年之后被休婚至少二十岁。这个县令家的老三比她还小，又是县令家的公子，居然来向离婚的刘兰芝求婚。

刘母很高兴，想让女儿赶快嫁了，前面不光彩的事也可以遮过去。刘兰芝却说，我和我的丈夫（她这时候还是把焦仲卿当作她的丈夫）海誓山盟，有人生之约，我不能违背我的誓言，焦仲卿是我的真爱，所以我不能答应这件婚事。

母亲没办法，只好向媒人谢绝了。可是过了两天，才回掉县令家的求婚，突然太守家又来求婚了。焦仲卿不过是庐江府的小吏，在古代官和吏可不一样，吏只不过相当于基层公务员，官才是高级公务员，县令就已经不得了，在汉代，太守就相当于省长、省委书记了，说"云有第五郎，娇逸未有婚"。这一次刘兰芝本来还是不同意，但是那个性情暴如雷的哥哥出场了。"不嫁义郎体，其往欲何云？"就是说你想什么呢，原来那个焦仲卿怎么能跟人家比！哥哥只巴不得早点把她嫁出去。

刘兰芝是一个自尊心非常强的人，所以她冷静地表态说，我当初嫁出去，现在又被遣回家，一切都要仰仗哥哥你，我怎么生存下去呢？当然只能你拿主意，所以她就决定嫁。

刘兰芝一答应，太守家特别高兴。迎亲物品的丰富珍贵，迎亲队伍的规模浩大，简直难以想象。

我们对比一下，前面说织一匹布多难，这里却有"杂彩三百匹，交广市鲑珍"。还有"赍钱三百万，皆用青丝穿""从人四五百，郁郁登郡门"。这个时候，刘母来问刘兰芝，明天都要成亲了，你为什么还没有做新嫁衣。

这个时候刘兰芝流着泪，拿起刀尺来，从早晨开始到晚上已经把新嫁衣做成，说明她的手艺高到什么地步。就在这个时候，这一幕剧里的另一种逼迫来了。

我们讲了这一幕应该叫逼婚与逼迫。那么县令和太守家来求婚，然后母亲和兄长，主要是兄长逼着她嫁，这是逼婚逼嫁。但是还有一场逼迫，其实是她心爱的人对她的逼迫。焦仲卿在省城上班，得到消息，很快赶了回来。

"新妇识马声，蹑履相逢迎。"快到刘家附近的时候，刘兰芝听到马蹄声或马的叫声就知道焦仲卿来了，可见两个人感情很深，隔着很远就知道他的马的声音。我们日常生活都有这样的经验，自己的家人日久生情，只要家里人上楼，隔着门也能听得出来楼梯上是他的脚步声，就会去给他开门，这就是心有默契的亲人。

见到焦仲卿之后，刘兰芝扶着焦仲卿的马鞍，从这个动作可以看出，焦仲卿未必下马了，而是刘兰芝扶着马鞍主动告诉焦仲卿，人世间的事十有八九不如意，这其中的变化种种曲折，你很难了解。"我有亲父母，逼迫兼弟兄"，这个父母兄弟都是偏义复合词，主要指的是母和兄，他们硬要把我嫁给别人，我其实也在痛苦和煎熬之中。

刘兰芝回家的时候，她的母亲埋怨她，她只说了一句话。现在焦仲卿问都没问，她上来就主动解释。这说明她在自己爱的人面前，是愿意放下姿态的。可是这样忍辱解释的刘兰芝，却反衬出焦仲卿的可笑，他这时候已经知道刘兰芝要另嫁他人，男人这个时候往往会失去理智。不知是被怒火还是被嫉妒冲昏了头脑，在刘兰芝主动解释的情况下，焦仲卿居然说，"贺卿得高迁！磐石方且厚，可以卒千年；蒲苇一时纫，便作旦夕间。卿当日胜贵，吾独向黄泉！"就是说恭喜你啊，以后可以飞黄腾达了。曾经的磐石蒲苇之言，磐石方且厚，可以支撑千年。蒲苇一时韧，你的誓言只不过说说而已。从此以后，我们当年的海誓山盟看来只有我能去遵守，你过你的好日子去吧。

一般情况下，女人会一哭二闹三上吊，但刘兰芝面对命运的磨难非常理智。反倒是焦仲卿，动不动就要死要活。焦仲卿句句话讽刺挖苦，刘兰芝所受的打击可想而知，所以她说"同是被逼迫，君尔妾亦然"。其实被逼迫的苦果主要还是刘兰芝来承受。看到心爱的人如此讽刺挖苦自己，刘兰芝说，好，你既然说死，那我们"黄泉下相见，勿违今日言。"这就是两个相爱的人说的最后的一段话。

这两个相爱的人的生死离别，最后的话充满了不理解和怨愤，都是相爱的人，却把彼此逼上绝路，着实令人悲哀。

紧接着就到了第四幕，也就是整个故事的高潮，双双殉情化为鸳鸯。

先是焦仲卿回家向母亲诀别，也是向母亲表态，我们的爱情悲剧、你儿子的死，都是你一手造成的。这个时候母亲很可怜，"零泪应声落"。焦母第一次的出场很霸道，捶床大怒。第二次，刘兰芝与她作别的时候，她虽然很生气，但她说不过这个儿媳，所以并没说什么。第三次，等她儿子与她生死离别的时候，她只能哭着求儿子说，你怎么能为了这个女人去死？东家有贤女，我马上就给你求婚。其实到了此时此刻，她还是不理解她的儿子到底要些什么。

当然反过来说，焦仲卿和刘兰芝就理解这个母亲吗？这个母亲虽然亲手扼杀了儿子的幸福生活，但是你看她的出场，她的姿态一次比一次弱，尤其到最后焦仲卿和刘兰芝双双殉情之后，"两家求合葬"，也就是葬在焦家的祖坟里了，说明焦母到最后也后悔，她不理解她的儿子和她儿媳的爱情，也葬送了她的儿子的生命。可是她毕竟是一个母亲，她对她儿子的爱简单又直接，面对最后的悲剧，也可以看出她的懊悔和伤痛来。

当然，这一幕中最唯美最凄绝的画面是刘兰芝的殉情，她就像《红楼梦》里说的"寒塘渡鹤影""冷月葬花魂"的预言一样，"举身赴清池"，所以很多人猜测林黛玉最后结束生命的方式大概也像刘兰芝一样。

这样一对比，焦仲卿又显得可悲了一些。即使是要死，即使已经与母亲作别了，到最后他也要等到刘兰芝的死讯传来，他才"自挂东南枝"。两人最终殉情之后，他们墓旁的梧桐树上长出两只鸳鸯，每晚凄凄鸣叫，断人心肠。这首诗最后一句很有意思，叫"多谢后世人，戒之慎勿忘"，就是劝诫世人从这场悲剧里吸取经验和教训。

什么样的经验和教训呢？不只是像我们过去所说的揭露了封建社会的黑暗，反映了封建家长制的黑暗，而且这首诗最深刻的地方是让亲人、爱人懂得彼此之间的相处之道。越是亲近，相处就越要有智慧。作为家长，固然要理解孩子们对爱情的追求，要给他们生活的空间；作为孩子们，也要理解一下父母。

比如刘兰芝，她从不主动跟婆婆交流。她很有才华，也非常美，要不然也不会被休掉之后，县令家和太守家纷纷来求婚。但刘兰芝性格中的那种高贵和骄傲，固然让她气质非常出众，但是在和家人、婆婆的交流中，会不会也因此产生障碍呢？

至于焦仲卿就更不用说了。在两个天敌一样的女人之间，所有的男人可能都像在夹缝中求生存，这就更需要一种斡旋的智慧。而他却像一个传声筒，把彼此的怒火直接传递给另一方。当碰到难题的时候，他解决问题的办法也非常可笑。当听到刘兰芝再嫁的消息，当刘兰芝放下一贯坚守的自尊，主动解释的时候，焦仲卿居然语含讥讽，全是挖苦。从某种角度上讲，是他自己把心爱的人、把他自己、把他们的爱情和幸福逼到了绝境。到了最后的最后，他也要等到刘兰芝"举身赴清池"的消息确认之后，才肯"自挂东南枝"。焦仲卿固然深爱刘兰芝，也爱他的母亲，可是他的爱显得那么没有智慧，那么褊狭，那么自私。

话说回来，对于这场爱情、家庭和婚姻的悲剧，最大的责任还是归因于焦母、刘母和刘兰芝那个暴力的兄长。对于爱人，对于家人，对于亲人，我们其实更需要宽容和理解，更需要一些换位思考。

爱不应该是伤害，不应该是彼此的苛求，而应该是温暖与滋养，这才是"多谢后世人，戒之慎勿忘"的地方。

唐

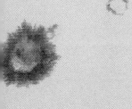

人性的流淌，暗夜的烛光

沉默中学会坚强

干净而永恒的爱情

绝代有佳人，幽居在我心

假如爱有天意

所恨不如潮有信，潮打空城寂寞回

当时遇见，青青在否？

让我，再看你一眼

人间自有情诗，此爱不关情事

最深的爱，最好的你

未果初恋，永世伤痕

刘郎一曲竹枝词，道是无情却有情

不可不信缘

万里桥边女校书，枇杷花里闭门居

用一首诗拯救我们的爱情

我们爱的不是爱情，而是爱情里你我的心甘情愿

入骨相思知不知

春风十里不如你

慈悲之恋，世上最远的距离

曾经最美的爱情，曾经最好的人间

人性的流淌，暗夜的烛光

王昌龄《闺怨》

我们讲王昌龄，会讲他豪情万丈的边塞之作《出塞》——它被后人称为唐人七绝"压卷"之作；会讲他深情宛致的送别之作《芙蓉楼送辛渐》——从"一片冰心在玉壶"里看出他的赤子之心。

但我个人特别欣赏王昌龄的另一类更让人赞叹的深情之作、人性之作。这在王昌龄的作品集中，甚至在整个唐诗乃至整个中国古代文学中，都别有特色、别有滋味。下面我们就来赏析他的情诗代表作《闺怨》。

诗云：

闺中少妇不知愁，春日凝妆上翠楼。

忽见陌头杨柳色，悔教夫婿觅封侯。

我经常感慨，王昌龄如果晚生一千年，恐怕也会像欧·亨利、莫泊桑或契诃夫一样，成为世界上最顶尖的短篇小说大师。因为他擅长用最简洁的笔触、最传神入画的片段，勾勒出人情与人性中最鲜活的一面来。

"闺中少妇不知愁。"《唐人绝句精华》注释里说："'不曾'一本作'不知'。"说明至少在宋人看来，原版的版本应该是"闺中少妇不曾愁"，后来在流传过程中，又产生了"不知愁"的版本。

那么，到底是"不曾愁"好还是"不知愁"好呢？此前的古人，包括有些学者大多以为原版的"不曾愁"比较好。因为从"不曾",写到"忽见",写到后来的懊悔,才更能见出时间的连贯有力。因为"不曾"强调的是时间上的状态;然后再到"忽见陌头杨柳色"的时间节点;再产生"悔教夫婿觅封侯"的后悔之情,时间的连续就很明晰。

但是,我们最熟悉的版本还是"闺中少妇不知愁"。在后来传播的过程中,为什么"不知"盖过了"不曾",成为影响最大的一个流传版本呢?

我认为"不知愁"会更好,因为"不曾"体现的是时间状态,而"不知愁"的"不知",体现的却是那个从少女刚刚变成少妇的女孩子,她的心性、情绪,以及心灵状态和情感状态。她大概成为少妇还没有多久,还没有经历过多少生活波折,家境可能也比较优裕。而且在盛唐时代,男人就像岑参说的那样,"功名只向马上取,真是英雄一丈夫",大丈夫边塞从军、马上封侯,是许多人的生活理想。所以她所爱的那个人,在新婚之后没有多久,就离开她去了远方,去追寻心中的理想与生活的梦想。而这一切在这个闺中少妇的眼中看来也尽属当然,并没有因此而生过离愁别恨,还是照样地在家族或者在自己的生活圈子里快乐地生活。

于是到了春天,在春光烂漫的时刻,她精心地装扮了自己,登上自家的高楼。一个"凝妆"的"凝"字,可以看出她的打扮着意而精心，她要美美地去欣赏美丽的春景，这更可以看出她的"不知愁"来。

"翠楼"指青色、绿色的楼房。古代显贵之家，楼房多饰以青色。这里以"翠"字代替"青"，是为了合辙押韵。这种翠色，更可以见出她的青春魅力和春光无限。所以"春日凝妆上翠楼"，是何等地明艳，何等地美丽！

但一切的转折，都从那个"忽见"的时间节点突然而生。

实际上，"陌头"的"杨柳色"几乎是春天最常见的春色，可是用一个"忽见"，就让这样的"陌头柳色"变得不寻常了。它突然勾起了一种情绪，一种心绪，一种人性中自然流淌的东西。那或者叫爱，或者叫怨，或者叫深深的愿望与渴望。

"杨柳色"固然是一种自然景色，但因"柳树"的"柳"字谐音"留别"的"留"，所以古人折柳送别又是一种固有的、常用的意象。

所以见"柳色"而想到所爱的人不曾"留"，如今面对这大好的春光，面对自己最好的青春、最美的生命，却不能与所爱所依的人相伴相守，只能孤芳自赏，这是人世间多么悲哀的事啊！

"悔教夫婿觅封侯"，人生苦短，为什么要追寻那些虚无缥缈的东西，最美的生命不就在你的身边吗？年轻的你我都不会明白，其实只有彼此才是可以握在手中的幸福。这样的怨怨然生发，自然流淌，可谓"言有尽而意无穷"。所以后人评说："'不知''忽见'四字为通首关键"，这也是使这首绝句特别具有短篇小说特点的一个关键所在。

除却技法，"不知"和"忽见"最为关键的，是从本质上写活了这个少妇的心态和情态。原来的"不知愁"，正见出她的天真烂漫，而由"忽见"所生的闺怨，才是最真实的人性流淌。说到这种无比真实的"闺怨"，从魏晋到隋唐，其脉络还是非常鲜明的。但自宋以后，随着理学大行天下，这种最自然、最本真的人性诉求，渐渐就被扼杀了。回头去看，这种闺怨诉求其实颇具人性的光辉。

魏晋时还有一则著名的"闺怨"。

《世说新语·贤媛》篇记载："王凝之谢夫人既往王氏，大薄凝之。既还谢家，意大不说。太傅慰释之，曰：'王郎，逸少之子，人身亦不恶，汝何以恨乃尔？'答曰：'一门叔父，则有阿大、中郎；群从兄弟，则有封、胡、遏、末。不意天壤之中，乃有王郎！'"

这也是一段典型的闺怨，虽然与王昌龄笔下的闺怨不同，但在中国古代男尊女卑的社会环境中，这种人性的自然流淌实在是难能可贵。

王凝之是"书圣"王羲之的二儿子，是王献之的哥哥，而他的妻子则是魏晋时大名鼎鼎的才女谢道韫。《红楼梦》里说"可叹停机德，堪怜咏絮才"，就是把林黛玉比作谢道韫。"咏絮才"则说的是谢道韫小时候，有一次谢安跟他的子侄们在一起聊天上课，突然下起大雪，雪花纷纷落下。

看到这个下雪的场景，谢安就启发式教育，问大家"白雪纷纷何所似"？这个雪到底像什么呢？这时谢道韫的堂弟阿胡，也就是谢朗，反应比较快，立刻就说"撒盐空中差可拟"。就是说这个雪就像有人从空中往下撒盐一样。然而，这时候才不过八九岁的谢道韫却摇摇头说，应该是"未若柳絮因风起"。与其说下雪像是有人从空中撒盐，不如说像柳絮在风中起舞。

我们知道，雪花落下去的时候会起起伏伏，飘浮起来，所以徐志摩在写《雪花的快乐》的时候，说"假如我是一朵雪花"，要"翩翩地在半空里潇洒"，要"飞扬，飞扬，飞扬，啊，她身上有朱砂梅的清香！"这才是雪花的状态，像柳絮那样飞扬、飘浮，所以后人就称像谢道韫这样的才女叫作"咏絮才"。

可是，即便是这么厉害的谢道韫，也有她的闺怨。

谢道韫的父亲是谢安的大哥谢奕，因为谢奕去世早，谢道韫、谢玄姐弟他们都是由谢安抚养、教育长大。

谢安非常器重这个侄女，所以颇为她的婚事操心。在东晋，谢氏与王氏是毫无疑问的两大望族，所谓"旧时王谢堂前燕"。出于门当户对的考虑，王羲之又是谢安的好朋友，谢安就想和王家结亲，想在王羲之的儿子里物色一个侄女婿。

谢安最初看重的是王徽之。王徽之是王羲之家的老五，也就是著名的"雪夜访戴"的主人公。用今天的话讲，王徽之最擅长的就是行为艺术。后来谢安考察了一下，觉得王徽之这家伙有些不靠谱，太不拘小节了，最后就改变了初衷，把谢道韫许配给了王羲之家的老二王凝之。

王凝之非常擅长书法，而且尤擅草书和隶书，先后出任过江州刺史、左将军、会稽内史。但是，王凝之表面上看上去虽然比较沉稳，却是王羲之七个儿子里最奇葩的一个。

为什么呢？

王凝之笃信五斗米教，平常就是每天踏星步斗，拜神起乩。谢道韫自嫁给王凝之为妻之后，两个人根本就不是一路人。至于识见、格局，更是差了十万八千里。

谢道韫嫁过去之后婚姻很不幸福。婚后不久，谢道韫要回娘家，整天闷闷不乐。谢安就感到很奇怪，对谢道韫说"王郎，是逸少之子"，你丈夫王凝之，那可是王羲之的儿子，不是庸才呀，你嫁了如意郎君，为什么不开心呢？

谢道韫在那个时代，在一千七百年前就直截了当地回答说："叔叔，你看我们谢家一族中，叔叔辈有您、有谢据，都是国家栋梁之材。兄弟中，有'封胡谒末'，有谢韶、谢朗、谢玄、谢渊，个个都很出色。但没想到天地之间，竟然有王郎这样的人。"意思是说，我们家族的这些年轻人，我所接触到的人，个个都是那么优秀。没想到，在这个优秀人才圈子里长大的我，最后竟嫁给了王凝之那样的糊涂蛋！

言下之意就是，她嫁的这个丈夫让她失望之极，所以她有闺怨，并且直截了当地就把它表达了出来。不过木已成舟，尤其在当时这种政治婚姻的结合，没有特殊的原因，不是凭个人的意愿想离婚就离婚的，连谢安也没有办法。

后来谢道韫在王家，和她关系最好的是谁呢？

不是王凝之，而是她的小叔子王献之。王献之丰神俊朗、俊逸超群，而且是一个特别深情、特别痴情的人，他和发妻郗氏以及爱妾桃叶的感情都很好。

谢道韫与王献之之间，倒是有很多事都志趣相投。

比如说在魏晋盛行的玄学清谈辩议中，王献之辩不过来客的时候，谢道韫就会亲自上场，为他代为辩论，王献之对自己这个嫂子也佩服得五体投地。可是这样才学一时无两、有"林下之风"的谢道韫偏偏嫁的却是王凝之。后来孙恩叛乱，带兵攻打会稽郡。作为会稽内史的王凝之，面对强敌进犯，不是积极备战，而是天天闭门在那里祷告，说到时候可以撒豆成兵，自有天兵天将来助守城。

谢道韫劝谏王凝之多次，王凝之一概不理。谢道韫只好自己招募数百家丁，天天加以训练。后来孙恩大军长驱直入，冲进会稽城，王凝之和他的子女也都被杀了。谢道韫目睹丈夫和儿女蒙难惨状，手持兵器，带家中女眷，奋起杀贼，最终因为寡不敌众而被俘。这时候她还抱着只有三岁的外孙刘涛。

面对孙恩等恶徒，谢道韫义正词严地呵斥，说大人们的事跟孩子无关，要杀他的话，就请先杀掉我。

这时候，连海盗出身的孙恩都被谢道韫的气势震慑住了，继而由衷生出了景仰之情。最后，不但没有伤害谢道韫和她的外孙，还派人把她们好好地送回了会稽郡。从此谢道韫寡居会稽，抚养外孙，足不出户。

后来继任的会稽郡守刘柳，听说谢道韫的才名，亲自来谢道韫隐居之处，拜见请教。此时已经年老的谢道韫，着素服布衣，侃侃而谈。事后，刘柳逢人就夸，说"内史夫人风致高远，词理无滞，诚挚感人，一席谈论，受惠无穷"！可见，历尽沧桑的谢道韫到了晚年，她的才学气质依然不改"林下之风",让人万分敬佩。

可是尽管才名如此之大，依旧难以改变她现实婚姻生活的不幸。她的那句"不意天壤之中，乃有王郎"，其实也是一种闺怨，是一种人性的自然流露。放眼中国的古代历史，尤其是作为女性，她们内心情绪、情感以及人性诉求的自然流露，从华夏文明的历史观照来看，实在是难能可贵。

不论是"不知愁"的闺中少妇，还是有着"林下之风"的千古才女谢道韫，人生总有不如意处，生活总有黯然失色的时候。在艰难中、在黑暗中勇敢地吐露心声、真实地表达自我，这就是此心光明，这就是黑暗中人性的烛火！

说到王维的情诗，很多人会先想到《红豆》。其实他还写有一首很特别的诗，题目叫作《息夫人》。

诗云：

莫以今时宠，能忘旧日恩。

看花满眼泪，不共楚王言。

这首《息夫人》说的到底是什么呢？这就要说到这首诗的创作。

时间是公元737年的一天晚上，地点是在唐代岐王的家中，事件是岐王请了一帮文人吃饭。

春秋战国时期，王公贵族喜欢养门客，到了唐代，这个风气又开始复兴，杜甫诗里就说，"岐王宅里寻常见"，所谓"寻常见"，就是文人名士们经常在那里聚会。

这天晚上，岐王又和一群文人喝酒聊天，说着说着就说到女人的话题上。男人在一起总喜欢聊女人，很快就聊到红颜祸水的话题。

一位老兄慷慨激昂地说，红颜祸水最典型的表现是女色误国，你看吴王夫差好好的天下不就毁在西施的手里吗？上推到夏商周，末代君王无不栽在女人的手里。妹喜迷惑夏桀，妲己迷惑商纣王，褒姒迷惑周幽王，哪一个不是女色误国，断送大好江山？就算是息妫息夫人，好像错不在她身上，但息国与蔡国因她而灭亡却是不争的事实。这女色误国、红颜祸水，我辈不可不谨记啊！

岐王听了这话点头称是，其他人也纷纷附和。

这时，岐王就对在场的一位关键人物王维说，你何不就此作诗一首，以警后人。听了这话，一直默不作声的王维站起身来，只见他丝毫不犹豫，取过笔墨纸砚当即挥毫写下一首旧作，也就是这首《息夫人》。

当时所有人看了这诗，立刻都鸦雀无声了，那个夜晚也因此留在了历史的灯火阑珊处。

时间到了晚唐，地点仍然是一个文人骚客的诗酒聚会上。

又有人谈红颜祸水，女色亡国，又有人谈起息妫息夫人，所有文人都力推当时的大文豪杜牧赋诗一首，杜牧也不推辞，就像王维一样挥笔立就，写成一首七绝。

诗云：

细腰宫里露桃新，脉脉无言几度春。
至竟息亡缘底事？可怜金谷坠楼人。

同样是大文豪，同样是写息夫人，王维与杜牧的诗却大相径庭，区别在哪儿呢？

我们先按下不表，先来看息妫息夫人到底是谁，为什么在千年以后还让文人们津津乐道？息夫人的故事出自《左传·庄公十四年》，当时楚国的周围有两个小国，一个息国，一个蔡国。

息国的国王叫息侯，相传他的祖先是周文王之子羽达。息侯和蔡侯之间本没有多大交往，但是后来两个人的关系发生了重大改变，因为他们娶了一对姐妹花，就是陈国国君陈侯的两个女儿，息侯和蔡侯因此就成了连襟。

蔡侯娶了息妫的姐姐，娶姐姐的时候并没有见到息妫，只是听说小姨子很漂亮，仅此而已。两国之间因为有亲戚关系，所以书信来往，礼仪问答倒也一直相安无事。

坏就坏在有一天息妫突然思念起姐姐来，想到姐姐那儿串串门，走走亲戚，可是难以想象的是，蔡侯身为一国之君，却是一个彻头彻尾的流氓。在给息妫办的接风宴上，蔡侯一见到息妫立刻目瞪口呆，惊为天人。

男人被女人的美丽所震撼之后，一般会走两个极端。

一种是像段誉看到王语嫣之后，敬爱之情上升为一种圣洁的情感，只肯远远地追随王语嫣，开始的时候连碰一下手都觉得是一种亵渎。另一种就是像蔡侯见到息夫人之后，喜爱之情立刻就变成污浊的无耻情调。所以他在酒席宴上，就开始污言秽语，动手动脚。

　　大概他平常在蔡国耍流氓耍惯了，也没人能管他，所以任意妄为，在酒席上极尽无耻之状。息妫受不了他的侮辱，离座拂袖而去。

　　回到家之后她向息侯一哭诉，息侯勃然大怒，做姐夫的居然调戏小姨子，是可忍孰不可忍，于是息侯就要发兵去打蔡国。说起来息侯原来也是一个昏君，在息夫人的规劝下，渐渐改邪归正，息国的国力有了一些起色，但息国毕竟是一个力量很小的诸侯国，不要说和楚国比，比蔡国还不如，息侯这时有心杀贼无力起兵，于是他也不跟息夫人商量，就一根筋地跑到楚国去借兵。

　　楚文王一听就欣然答允。鹬蚌相争，渔翁得利，反正春秋无义战，管你们谁对谁错，去打吧！

　　他也不问息侯原因，反正有热闹不看白不看，就让大将斗丹率兵帮息侯把蔡国给灭了。蔡侯成了阶下囚，被送到楚都郢城软禁了起来。按道理此事就尘埃落定了，恶人有恶报，也该了结了。哪知道，一波刚平一波又起，真正的悲剧才刚刚开始。

　　有一天，楚文王刚巧碰到了蔡侯，顺口就聊了起来。

　　文王问，我倒忘了问你了，你和那个息侯是怎么回事，他为什么非要灭了你？

小人就是小人，蔡侯一听有说话的机会就起了坏水。

他对楚王说，你不知道，我是为了一个女人才亡国的。虽然亡国了，但是"牡丹花下死，做鬼也风流"。他把息夫人的美丽极尽夸张之能事，在楚文王面前描述了一番，末了还来了一句：我虽然亡国了，但我真正见过天下第一美女，死而无憾。楚王你虽为泱泱楚国之君，可是没见过息妫息夫人，就算白活了！

楚文王一听这些话，立刻抓肝挠肺，怎么也睡不着了。

他虽然没有蔡侯那么无耻，但本质上和蔡侯一样都有流氓本性，于是就派人去对息侯说，我听蔡侯说，贵夫人很漂亮，能不能借我看看？

这像人话吗？有借人家老婆看的吗？

息侯当然不肯，而且坚决不肯。于是，楚文王让斗丹二次出兵，又把息国给灭了，把息侯也掳到了楚国。斗丹冲进息国王宫的时候，息夫人正欲自尽，斗丹就对她说："夫人不欲全息侯之命乎？"你难道想想息侯也死吗，你不要救你老公吗？

息妫一听这话，便只能随斗丹来到楚国。文王一看果然大喜，从此之后"三千粉黛无颜色"，楚文王封息夫人为王后，此后数年宠爱有加。

换作一个普通的女子，故事到此大概也该结束了。

因为在男权社会，女人根本就没有话语权，更没有在这种暴政下反抗命运的权利和机会。故事到了这儿，从艺术的角度而言，已经有了丰富的悲剧审美内涵。但事实上，主角不是其他人，而是息夫人，所以真正的高潮还没有到来。

我们平常看惯了电影和电视剧，对高潮部分的情节大多有所预料，但你肯定想不到，这个故事里的高潮居然只是无声和不言。

《左传》里记载息妫嫁给楚文王之后，"生堵敖及成王，未言。"楚子问之，对曰："吾一妇人而事二夫，纵弗能死，其又奚言？"也就是说她嫁给楚王之后，生了两个孩子，其中一个就是后来鼎鼎有名的楚成王。

但是，她在嫁给楚王的数年时间里，从来不跟楚王说一句话。有人就问她为什么这样，她回答说，我作为一个忠贞的女子，不幸嫁过两个丈夫。面对命运的捉弄，我既然没能去死，又有什么脸面去强颜欢笑、去对君王言呢？

其实这话说的是反语，她的不言、不说，实质上是一种不屑，她的无声实质上是一种沉默中的反抗。这才是那个真实的息妫，这才是那个"看花满眼泪，不共楚王言"的息夫人。

至于息夫人的结局至今已不可考。

据说终于有一天，她趁着文王外出行猎的机会，一个人溜出宫外，与息侯见面，一对苦命的夫妻劫后重逢，唯有相拥而泣，又知道破镜终难圆，最后双方殉情自杀。鲜血流在地上，朵朵状如桃花。

楚人就在他们的溅血之处，遍植桃花，并建桃花夫人庙来纪念他们。于是息夫人又被称为"桃花夫人"。

说完息夫人的故事，就要回到开头提到的那两首诗了。

杜牧诗中所说的细腰宫就是楚宫，"楚王好细腰，宫中多饿死"。前两句说的是息夫人居住在楚国王宫里，面对花开花落，无言以度春秋的场景。后两句是议论，也就是杜牧对这件事的观点，他说，虽不知道息夫人是怎么死的，但毕竟息国与息侯的灭亡命运都是因她而产生的，从这点来看，息妫不在当时就殉节自杀，这就比不上后来坠楼的绿珠了。

绿珠坠楼是《世说新语》里的故事，绿珠是石崇一手培养的歌女，石崇则是那个爱与人比富的纨绔子弟，是个典型的暴发户。后来石崇为孙秀所杀，绿珠跳楼自尽，为主人尽忠。

先不说绿珠为石崇殉节值不值得，就杜牧本人而言，也说自己"赢得青楼薄幸名"。你既然也是青楼薄幸人，并不对情感忠贞，又有什么资格去指责息妫呢？所以，站在道学和男人的立场上理解息夫人是很困难的，只有站在真情的立场上，才能真正去理解那位息夫人。

幸好公元737年的那个晚上，岐王宅里，毕竟还有一个真情的人，他就是王维。

"莫以今时宠，能忘旧日恩。"息夫人的处境真可谓两难，面对两个深爱自己的男人，一个因自己而做了亡国奴，一个对自己百般宠爱还生了两个孩子，真是爱又爱不得，恨又恨不得。

"看花满眼泪，不共楚王言。"这两句是说，虽然在矛盾里，在两难的处境里，虽然内心有着无限的凄楚，她也要在沉默中慢慢地学会坚强，也要在爱与恨之间恪守自己最脆弱，却又同时是最牢不可破的底线。

我喜欢一位作家的一段评论，他说文天祥的"人生自古谁无死，留取丹心照汗青"，这是男人的贞洁；而息夫人的"看花满眼泪、不共楚王言"，则是属于女子的坚定。

说得真是太好了。

看花满眼泪，不共楚王言。

李白虽然是谪仙人，向来浪漫挥洒，十分天纵不群。但情诗、情词写来却也是别有一番韵致风味。

我生活在南京，算来在故都已经生活三十年了，对这个城市的一草一木，一花一树，一城一砖，都有着别样的感情。我经常在明城墙上散步，走过中华门，走过长干桥，走过古长干里，每每会想起李白那首千古流芳的《长干行》。

诗云：

　　妾发初覆额，折花门前剧。
　　郎骑竹马来，绕床弄青梅。
　　同居长干里，两小无嫌猜。
　　十四为君妇，羞颜未尝开。
　　低头向暗壁，千唤不一回。
　　十五始展眉，愿同尘与灰。
　　常存抱柱信，岂上望夫台。
　　十六君远行，瞿塘滟滪堆。
　　五月不可触，猿声天上哀。
　　门前迟行迹，一一生绿苔。
　　苔深不能扫，落叶秋风早。
　　八月蝴蝶黄，双飞西园草。
　　感此伤妾心，坐愁红颜老。
　　早晚下三巴，预将书报家。
　　相迎不道远，直至长风沙。

干净而永恒的爱情
李白《长干行》（其一）

125

李白的这首《长干行》，因为取自乐府旧题，读来明白如话，浅显晓畅，是历来传诵的名篇。但其实从训诂学的角度来看，这首诗存在着重重的难题。

　　《唐诗三百首》里记载的李白《长干行》就有两首，最著名的是这首。还有一首"忆昔深闺里，烟尘不曾识。嫁与长干人，沙头候风色"，也是一首歌行，但风格和内容与第一首的差异较大。所以有人怀疑，第二首是李益所作。

　　另外一个难题就是，长干行的"干"字的读音。为什么要读长干（gàn），不读长干（gān）？其实"长干"两字牵扯到李白这首诗的情感主旨与终极归宿，这是一个非常根本的问题，我们留到最后再说。

　　"妾发初覆额，折花门前剧。郎骑竹马来，绕床弄青梅。同居长干里，两小无嫌猜"，所谓"青梅竹马""两小无猜"，六句诗里就沉淀出两个成语。

　　前四句是回忆青梅竹马的场景。"妾发初覆额"，头发刚刚盖住额头的时候，这就是"黄发垂髫"中的那个"垂髫"的年龄，应该是四五岁或者六七岁，不能再小了。如果是两三岁的话，不应该有这么清晰的记忆。一般通行的解读，都把它理解成，这是长干女在回忆往事，回忆纯真欢乐的儿时生活。

　　长干女说，我小时候常常在门前采些花花草草，玩游戏，对方有个小竹竿放在胯下当马骑，叫作竹马，男孩子小的时候都玩过这种游戏。我们追逐嬉戏，这就是青梅竹马的状态。因为我们都住在长干里，是邻居，从小无拘无束，不避嫌疑，两小无猜。

一般从训诂释义的角度，很多作家在解读时把注意力都放在"床"字上，"绕床弄青梅"，包括"床前明月光"的"床"到底是什么，学术界争议非常大。有的说是供人躺着的器具，有的说是供人坐的器具，还有一种非常流行的说法，将"床"解读为井边的围栏。

我认为，《说文》解释"床"的本意说，"床，安身之坐者"，说明床最早一定是用于坐的器具，就是板凳。因为许慎强调的是安身之坐，也说明它是一个重要的支撑，所以床的引申义就变成了车床、机床，以及琴床，它有支撑的作用。所以，即便是"井床"，也不是井边的木栅栏，而是辘轳，是打水上来的那个支撑它的底座。当然，井口周边的石砌的围栏，也可以称之为"井床"，那也属于一个重要的底座，因为往往是用石头砌成的，所以就经常被称为"银床"。

不论怎样，绕床的"床"一定和这个井有关，因为对古人来讲，院中的井往往是家的象征。"绕床弄青梅""床前明月光"，其实都包含着对家的记忆。不过，在这几句里，还有一个字非常关键，即"妾发初覆额，折花门前剧"的"剧"。

这里有几个问题，第一，"剧"这个字，现在很多词典把它解释为游戏的意思，但除此之外，"剧"本身在古文中，很少表示游戏。"剧"的甲骨文本意是虎与豕，就是与野猪剧烈相斗；或者人与虎，与豕相斗，所以《说文解字》云："剧，尤甚也。"我们常用的剧烈、剧痛、剧变，其实是表示程度和难度的。当然，有人说戏剧、话剧，那是一种游戏表演，但这些是外来词，不是古文中"剧"的本意。还有一点，"绕床弄青梅"若解读为两个小朋友在追逐打闹，掷青梅，这里的前提就等于是说青梅落了一地。

两个小朋友，个子很矮，还不可能摘到树上的青梅，而且说"折花门前剧，绕床弄青梅"，就说明这个院落里有梅树，当然就是青梅树。我们熟悉的腊梅树是不结青梅果的。梅树有很多种，青梅树既开梅花，也结青梅果。到了青梅熟透，变成黄梅的时候，就是"梅子黄时雨"，那时候的梅子才有可能落一地。青梅的时候，应该是早春的时节，梅子不可能都落下。所以根据"剧"字的训诂本意，包括这个青梅的时节，前四句就有可能变成这样一个场景——小的时候，我在门前玩梅花，你骑竹马来，我们绕着井栏跑，掷青梅。这种场景虽然很生活化，很真实，但因为太

128

普通，反倒未必能成为这个小姑娘心底最深刻的记忆。

但是假想一下，如果是另外一个场景呢？

长干女小的时候想去折树上的梅花，但是小女孩个子不够高，够不到，这个时候男孩子骑着小竹马来了。竹马是什么呢？是一根小木棍，然后他就用自己的小竹马来帮她。两人沿着井栏去够树上的青梅。这个时候，在长干女的回忆中，她的邻居小哥哥就不是简单地骑着竹马，和她绕着井栏追逐打闹，而是变成一个小侠客一样，来帮助这个邻居小妹妹。这样的场景，小姑娘长大之后，也就牢牢地烙印在她的回忆里，这才更合情、更合理，才是更温馨的"青梅竹马""两小无猜"。

我们回忆我们自己幼年的生活，如果只是和邻居小朋友在一起打打闹闹，追逐嬉闹，那种幼年的场景，虽然能让我们回忆的时候有所兴奋，但不至于感动。

我记得小的时候，条件很艰苦，那时刚上小学，经常回家还要去捡木柴烧灶。每到秋天，都要拿个麻袋去捡那些干枯的树叶，因为树叶特别容易点燃，作为引火，烧灶时特别好。

我邻居的一个小女孩就比我小一两岁，我每次去捡树叶，她都跟着我去。我们拿着长长的铁丝往地上一叉，一撸一串，很像我们现在吃的"撸串"，但是我们撸的是树叶。邻居的小女孩个子小，力气也小，捡不了多少树叶，我就先捡好，捡一麻袋树叶先倒给她，把她的麻袋装满了，然后再重新去叉树叶装自己的麻袋。这种小小的帮助，直到今天回想起来，内心还有一种别样的温馨和感动，这就叫作"青梅竹马""两小无猜"呀。

因此，前六句回忆幼年的生活场景，应该很生动，很鲜活，而且对于当事人来讲，一定是一种特殊的生动和鲜活。这样的回忆可以支撑长干女一生的情感。

接下去，直接从"青梅竹马""两小无猜"，到了"十四为君妇，羞颜未尝开。低头向暗壁，千唤不一回"。这四句写得特别妙。古代女子十四及笄，就可以嫁为人妇。这个十四岁的女孩子长大之后，如愿以偿嫁给了两小无猜的邻居哥哥。可是她虽然已为人妇，却整整一年的时间"羞颜未尝开"。哪怕那个小时候帮她摘花弄梅、从无嫌猜的夫君，叫她很多遍，她也不好意思回头，依然羞涩地低头向暗壁，面对着墙。

这种娇羞，我们今天可能很难理解。已经嫁作人妇了，有什么不好意思呢？这就是李白的生花妙笔，他写的是一个纯净的女孩子，她即使成为新嫁娘，成为他人妇之后，对那种所有人都觉得理所应当的角色转换，也需要很长的时间来适应。甚至对她再熟悉不过的夫君，因为角色的变换，以及夫妇的生活，也让她羞涩难当，这更体现了她的纯洁与纯粹。

这样一直到了十五岁。"十五始展眉，愿同尘与灰。常存抱柱信，岂上望夫台。"多么漫长的适应啊，一直到了十五岁，结婚一年之后，她才变得大方起来，常常笑逐颜开，所有的幸福也终于在眉眼间流淌，心中常常暗暗誓愿，两人即便如灰尘，也要同甘共苦，永不分离。

这个纯洁而纯粹的长干女，为了表达这种誓愿，用到两个典故。"常存抱柱信"，是说尾生抱柱而死的典故。庄子记载尾生和一个女子相约桥下相会，尾生先到，女子还没来，忽然水涨，尾生为了不失信，抱着桥柱继续等候，一直到被水淹死。后人就称守信为抱柱信。"望夫台"的典故就非常多了，一般都说丈夫出门在外，常年不归，妻子站在山上，长久眺望就能化为望夫石、望夫山。"常存抱柱信，岂上望夫台"，是说两个人对爱情的坚贞与信心。

可是他们毕竟是住在长干里的人家，在新婚两年之后，丈夫终于要远行经商了。"十六君远行，瞿塘滟滪堆。五月不可触，猿声天上哀。"这是长干女在想象她心爱的丈夫离家远行经商，要经过瞿塘峡滟滪堆。滟滪堆是三峡中最危险的一段。古人常常用滟滪堆，来讲长江行船的危险。长干女担心她的丈夫，说五月间三峡水涨浪急，堆石隐没，亲爱的人啊，千万要小心。沿江上下，两岸猿啼哀鸣，声声在天，让人心惊胆寒。猿猴的叫声犀利哀愁，古乐府说"巴东三峡巫峡长，猿鸣三声泪沾裳。巴东三峡猿鸣悲，猿鸣三声泪沾衣"，所以用"瞿塘滟滪堆"，想见其丈夫之艰难；用"猿声天上哀"，想见其思念之悲切。

越担心，越思念，越挂怀，于是长干女又把笔触拉回到自己身上。"门前迟行迹，一一生绿苔。苔深不能扫，落叶秋风早。"丈夫走后，她常常倚门而望，等待变成了生活中最重要的事，她在门前反复徘徊的足迹，一一长满了绿苔。苔痕深深，不能清扫，而时间飞逝，落叶飘零，扫不去青苔与相思的肠肝瘀滞的哀叹。

秋风来得是那么早，"八月蝴蝶黄，双飞西园草。感此伤妾心，坐愁红颜老"。春天里的蝴蝶就是五颜六色的，而到秋天里的蝴蝶却以黄赤居多，"八月蝴蝶黄"这个意象的选取实在是太精彩了。蝴蝶翩翩飞舞，双双飞到西园草地上，看它们成双成对，自由自在，而我对影自怜，只能更加伤心。

她伤心的是什么呢？同样是年华的老去，在东汉末年的乱离之世，"行行重行行"里的思妇，只求平安即好，说"岁月忽已晚，思君令人老"，而李白笔下的这个长干女却说"坐愁红颜老"。"坐"是因为的意思，我的伤心，就是因为我为你而生的容颜与年华，都在一天天老去。这里的"老"其实还遥遥呼应着两小无猜的美好，从"妾心只愁红颜老"里，其实也可以看到长干女心思的干净。即使她的忧愁，也都是那么直接简单。她说，那个曾经骑着竹马，来为我弄青梅的小哥哥，你再不回来，我的美丽容颜就都老去了。

这时候，对她心爱之人的期望，宛如又回到童年"折花门前剧"的时候，在所有不如意的时刻，在所有为难的时刻，她的那个心心念念的梦中人，哪怕只骑着一根竹马而来，都能像盖世的英雄，把她从现实的困境里带回幸福的天地。这种干净的希望，其实也是一种素朴的坚信。所以，思念中哀伤的长干女，到最后竟突然变了一种姿态。

"早晚下三巴，预将书报家。相迎不道远，直至长风沙。""三巴"就是巴郡、巴东、巴西，泛指蜀地。"早晚下三巴"，其实就是内心的呼喊，你快回来吧，无论什么时候，只要捎个信来，我就去迎接你，再远都不远，我会一直走到七百里外的长风沙。"长风沙"是地名，在安徽安庆市的长江边，陆游的《入蜀记》就说，金陵至长风沙七百里。

为迎接她心爱的人，那个曾经"折花门前剧"的小姑娘，那个新婚后曾经久久不知所措的小新娘，那个后来终于把两个人的爱情当成一生的追求和理想的女子，那个在思念里也有过无尽的忧思与彷徨的长干女，她说，我也可以溯江而上，迎着你回乡的步伐，不论多远，都要走到你的身旁。

这就是最长情的告白。

长干里土地肥沃，又有河流舟楫之便，紧接长江，而长江是当时古中国最重要的运输黄金水道，所以长干里这个地方可以算是当时最大的物流中心。虽然说商贾云集，但"商"和"贾"还是不一样。古人说"行商坐贾"，"贾"就是开店做买卖，而"商"主要是货运。长干里的人家便大多以舟为家，以贩为业，所以那个小新郎结婚两年之后就要溯江而上去从商，而身为长干女的小新娘在长期的爱情告白中也愿毅然溯江而上，迎接她心爱的人，"相迎不道远，直至长风沙"。

李白写的是怎样的一首《长干行》，他写的又是怎样一个长干里！

因为长干里在中国古代城市史与货运史上的独特性，自汉乐府以来就是很多诗人吟咏的一个话题。所以《长干行》《长干曲》本就是乐府杂曲歌辞中的名篇。不止李白，有很多人写过著名的《长干行》《长干曲》。

比如崔颢的《长干曲》四首，"君家何处住？妾住在横塘。停船暂借问，或恐是同乡。家临九江水，来去九江侧。同是长干人，生小不相识"。又如无名氏的《长干曲·古辞》："逆浪故相邀，菱舟不怕摇。妾家扬子住，便弄广陵潮。"长干里中居住的其实是中国历史上最早一批具有市民精神的商贾儿女。

而这种精神，这种纯粹，到了李白的《长干行》才终于把它淋漓尽致地表现了出来。

如今我一回回走过长干桥，走过长干里，仿佛还能看到李白笔下那青梅竹马、两小无猜的身影，仿佛还能看到那个一天天长大并最终如愿以偿，嫁给心爱人的小新娘，还有那个背负着与生俱来的商人使命，不得不奔赴远方的小新郎。他们的分离，不像中国古诗词中绝大多数写到的情况，因为战争，因为功业，因为求取功名。商人在中国传统文化中向来是不被看重的一个独特群体，只有拥有一颗赤子之心的李白，才能够从最本真的人性出发，把长干里中的爱情写得这样唯美而坚贞。

幸甚至哉！南京城拥有了《长干行》。幸甚至哉！《长干行》拥有了李白这样的作者。只有用一颗纯洁而包容的心，去感知最基本、最本真的人性，我们才能真正触碰到干净而永恒的爱情。

我们读李白的"相思相见知何日，此时此夜难为情"，读他的"入我相思门，知我相思苦"，就知道李白是天生写情诗的高手。而"李杜"并称，我们就不由地想问，杜甫有没有情诗之作呢？

说实话，杜甫被称为"诗圣"，写女子情感之作确实不多。偶有一篇，也是千古佳作。

我们下面就来读读他的千古经典之作——《佳人》。

诗云：

> 绝代有佳人，幽居在空谷。
> 自云良家子，零落依草木。
> 关中昔丧乱，兄弟遭杀戮。
> 官高何足论，不得收骨肉。
> 世情恶衰歇，万事随转烛。
> 夫婿轻薄儿，新人美如玉。
> 合昏尚知时，鸳鸯不独宿。
> 但见新人笑，那闻旧人哭。
> 在山泉水清，出山泉水浊。
> 侍婢卖珠回，牵萝补茅屋。
> 摘花不插发，采柏动盈掬。
> 天寒翠袖薄，日暮倚修竹。

绝代有佳人，幽居在我心

杜甫《佳人》

据考证，杜甫的这首诗大约作于唐肃宗乾元二年(759)，这时候"安史之乱"已经持续五年了。

前一年，杜甫由左拾遗被贬官，降为华州司功参军。第二年，杜甫毅然弃官，拖家带口，客居秦州，负薪采栗，艰难度日。也就是这一年的秋天，在秦州的杜甫写下了这首《佳人》。

秦州是今天的甘肃天水，这就不仅是北方，而且是西北。因此杜甫第一句所说的"绝代有佳人"，其实也是指北方之佳人。当然，杜甫的"绝代之佳人"和李延年的"北方有佳人"是有着本质的区别的。

李延年《佳人歌》说的是绝代佳人与浮世繁华，汉武帝因这首《佳人歌》宠幸李夫人，正是繁华浮世中的一段喧嚣之恋。

而杜甫笔下的绝代之佳人，却"幽居在空谷"，这一句如空谷幽兰的存在，表明了与俗世、与红尘、与浮世繁华毅然决然的隔绝。

"绝代有佳人，幽居在空谷"，这不仅是一种遗世独立的唯美的状态，更是一种气质、精神与态度。所以此联一出，即成千古佳句。

当然，杜诗号称"诗史"，即便写绝代佳人，杜甫笔触一落也能写出大时代的历史变迁来。

是什么让这个绝代佳人幽居在空谷？

接下来，佳人自诉："自云良家子，零落依草木。"良家女是出身名门的清白女子，而零落是世事离乱的人生背景。"关中昔丧乱，兄弟遭杀戮。官高何足论，不得收骨肉。"

关中丧乱即指"安史之乱"。当大乱横起，战火连天，昔日的名门望族又算得了什么？父兄子弟，即便官高禄厚又有什么用呢？最终还是逃不过惨遭杀戮，连骸骨都没能收进坟墓的悲惨命运。

"世情恶衰歇，万事随转烛。"这个"世情恶衰歇"的"恶"（wù）很容易读成"恶"（è），因为往往会想成世情险恶，变化无常。

这样解释虽然也说得通，但是因为下联曰"万事随转烛"，是说万事变化无常，就像那摇曳的烛光一样，所以这个"恶"（wù）字要与"随"字对应，就不能是形容词的"恶"（è）。

仔细揣摩，便知杜甫的笔力之深。

其实这一句既总结了关中上万骨肉分离，佳人所处家族的悲剧，同时又指向了夫婿喜新厌旧的家庭悲剧。

人世间谁不讨厌有始无终、人情凉薄的现实？可是万事的变化就像那摇曳的烛光一样，谁又能控制得住那人情的衰竭、世态的炎凉呢？

世事变幻让人难料，而难料的不仅有着离乱的时世，还有那负心的人！

"夫婿轻薄儿，新人美如玉。"那么快，薄情寡义的丈夫就抛弃了我，爱上了"貌美如玉"的新人。佳人感慨"合昏尚知时，鸳鸯不独宿"。

"合昏"即夜合花，夜合花又叫夜香木兰，原产于中国。

它的叶子朝开而夜合，花朵也仅开一两天，往往清晨开放，晚上闭合，香味幽馨，沁人心脾。佳人说，夜合花尚知花开百合，"鸳鸯鸟双栖，不只身独宿"。而悲惨的人间，"但见新人笑，那闻旧人哭"。

这一句，不由让人想起了汉乐府诗《上山采蘼芜》："上山采蘼芜，下山逢故夫。长跪问故夫，新人复何如？"

"但见新人笑，那闻旧人哭"，一新、一旧、一笑、一哭，这实在是千古而下，身为女子最无奈、最凄凉的感慨。"衣不如新，人不如故"，即便《上山采蘼芜》里的那个故夫能有这样的感慨，或许也是因为新人已旧，才能想起旧人的好来。

女人经常抱怨，说这世上的男人没有一个是好的。从男人"喜新厌旧"的特点上来说，倒也说得现实而深刻。男人的自然属性倾向于物种的延续，而男人的社会属性倾向于资源的占有。喜新厌旧，大概是男人这种"动物"与生俱来的痼疾。可是"衣不如新，人不如故"，又该是多么痛、又多么难的领悟！

身为女子，若能像卓文君那样"皑如山上雪，皎若云间月""愿得一心人，白头不相离"，才是人世间最好、又最值得钦羡的爱情。

因此杜甫笔下的佳人，也在回顾了家族与家庭的悲剧之后，做出有如山上雪与云间月的感慨："在山泉水清，出山泉水浊"。

关于这一联历来争议很大，《诗经·小雅·四月》里早就有"相彼泉水，载清载浊"的名言。但这个典故用在这首诗里，后人读来却各有理解。

一种观点认为，既然紧接着新人、旧人之叹，那就应该以新人为"清"，旧人为"浊"，加重"新人笑"与"旧人哭"的感叹。但这样一来，以泉水清比新人、以泉水浊比旧人，境界陡然下滑，完全和"绝代有佳人"的格调不相匹配。

第二种观点认为，佳人前面的荣华与后面的憔悴互为清浊，也就是说，清、浊指的都是这位绝代佳人，只是以她的命运改变为界限。前面的家庭生活为清，后来被弃居为浊。

第三种观点认为，这里的"山"就是比喻夫婿之家，佳人为夫所爱，世人便认为它是"清"。为夫所弃，世人便认为它是"浊"。这是以世人的眼光来看清浊，我认为也不可取。

在我看来，这里的"在山泉水清，出山泉水浊"本不难理解，只要摆脱前一句"新人笑""旧人哭"的纠缠，放在绝代佳人遗世独立的精神自喻中立刻就可以看得很清楚。这位佳人看透了世态的炎凉，看透了人情的冷暖，与这万丈红尘毅然决然地诀别，如那空谷幽兰，独自幽居，这不就是"在山泉水清"吗？

"沧浪之水清兮，可以濯我缨""吾心如清泉""静若千尺渊"，这都是精神高蹈者的自我宣言。

"出山泉水浊"不也正是对此前自己红尘命运的深刻反思与精练总结吗？

这一句"在山泉水清，出山泉水浊"的比喻与总结，并不是对上一句"新人笑""旧人哭"的纠缠，而是佳人对此前所有命运的回顾，以及对当下幽居空谷选择的坚定，这也直接引发了最后对佳人形象的再次塑造。

当然，还要交代佳人在幽居空谷的生活。

"侍婢卖珠回，牵萝补茅屋。摘花不插发，采柏动盈掬。天寒翠袖薄，日暮倚修竹。"

幸好佳人还有一个贴心的丫鬟跟随，她们只有通过变卖首饰相依为命。佳人如清泉一般不愿出山，呵护她的侍女便出山去集市中变卖珍珠换回生活物品，回来后又牵起藤萝，修补破落的茅屋。

这其实是暗说山中生活之艰难。在如此困难清苦的环境下，佳人"摘花不插发，采柏动盈掬"，这最后的形象塑造实在太精彩，她不去采摘鲜花装饰鬓发，却喜爱翠柏坚贞，尽情地采摘满怀。

尾联的"天寒翠袖薄，日暮倚修竹"最为令人拍案叫绝。

翠袖应该和修竹的颜色一样，都是青色的。而寒风吹动佳人薄薄的衣衫，日落黄昏中，只见她斜倚青竹的绝代情影。细思老杜笔下最后这个"天寒翠袖薄，日暮倚修竹"的佳人形象，实在当得起真正的"绝世而独立"。

老杜用笔深刻，说"绝代有佳人，幽居在空谷"，竟然不以"空谷幽兰"喻之，而在最后以翠绿的修竹喻之。这让我不禁想起陈子昂所作《修竹篇》、黄庭坚所书《修竹篇》，不禁想起王徽之的"因竹而探访"，想起苏东坡的"可使食无肉，不可使居无竹"。

文人墨客、仁人志士写竹，画竹，爱竹，写道"咬定青山不放松，立根原在破岩中"，又写"无人赏高节，徒自抱贞心"，老杜以修竹喻比，这才是洗净铅华、繁华落尽见真淳的绝代佳人。

当然，后世又有争论，说老杜是否真的遇到过这样的绝代佳人，还是以绝代佳人自喻，像古之"香草美人"之誉，以彰显自己在乱世流离中孤标傲世、洁身自好的精神独白，于此两说，莫衷一是。

《唐诗解》说："此诗叙事真切，疑当时实有是人。然其自况之意，盖亦不浅。"就是说老杜笔法写来，那样宛如目前，那样真切感人，不由得让人感觉真的有这样一位绝代佳人。

而老杜在流离失所中洁身自好，既心怀黍离之悲，又坚守高洁之志，所以书此《佳人》一篇，有自况之意。这同样在字里行间也非常明显。

我比较同意这种说法。

我想，在红尘流离之中，以杜甫的见识，以他的赤子之心，遇到这样一个绝代佳人也不是没有可能。所谓"同是天涯沦落人，相逢何必曾相识"，杜甫因她的命运感同身受，而落笔成千古名篇，实在也是自然而然的事情。

在这万丈红尘中，其实每个人，不论男女，都本应是精神世界里的绝代之佳人。

生命降落人世间，本为天使，然而"在山泉水清，出山泉水浊"，人与人的本质区别原本就在于—万丈红尘之中，能不能守得住自己清澈的精神世界。

绝代有佳人，幽居在我心。

假如爱有天意

"诗豪"刘禹锡虽然是千古公认的向民歌学习而创作《竹枝词》，并使之具有人格精神的开创者，但最早写作《竹枝词》的却是中唐的大诗人顾况。

顾况在诗歌理论上，主张"诗言志"及诗文载道，强调诗歌的思想内容，尤其注重教化。所以，他为人虽风趣，写诗却很少言情。这样的顾况，又为什么会有一首为上阳宫女写的情诗呢？这首诗就是《叶上题诗从苑中流出》。

诗云：

花落深宫莺亦悲，上阳宫女断肠时。

君恩不闭东流水，叶上题诗寄与谁。

顾况一生官位并不是很高，但当时年轻的白居易进京考进士，还是首先要去拜见顾况。

唐人的笔记《幽闲鼓吹》记载说："况睹姓名，熟视白公曰：'米价方贵，居亦弗易。'乃披卷，首篇曰：'离离原上草，一岁一枯荣。野火烧不尽，春风吹又生。'却嗟赏曰：'道得个语，居即易矣。'因为之延誉，声名大振。"这是顾况拿白居易的姓名开玩笑，可是读到白居易的诗句，不由得赞叹说：能写出这样的诗来，京城米价再贵、房价再贵，但有这样的才华，什么都不是难事了。

因为有了顾况的推许，年轻的白居易声名大振。从这件事便可以看出来，顾况是非常有趣的一个人。更有意思的是，他写的情诗并不多，他的诗论也不主张"诗言情"，但我们今天要来赏读的却是一首他的情诗，而且这首情诗和中国文化史、中国爱情史上一种重要的现象有着紧密的关系。

其实这就是生活的魅力。从诗题上我们可以看出，它的题目叫《叶上题诗从苑中流出》，是一种典型的记事诗题，看来所写的是自己的亲身遭遇。那么，他到底写的是什么事呢？

幸好孟棨的《本事诗》把这段奇事完整地记录下来："顾况在洛，乘间与三诗友游于苑中，坐流水上，得大梧叶，题诗上曰：'一入深宫里，年年不见春。聊题一片叶，寄与有情人。'况明日于上游，亦题叶上，放于波中，诗曰：'花落深宫莺亦悲，上阳宫女断肠时。帝城不禁东流水，叶上题诗欲寄谁？'后十余日，有人于苑中寻春，又于叶上得诗，以示况，诗曰：'一叶题诗出禁城，谁人酬和独含情？自嗟不及波中叶，荡漾乘春取次行。'"

通过这段记载，我们可以看到顾况这首诗，《本事诗》中记载的第三句，和《顾况集》中记载的第三句略有不同。《本事诗》中作"帝城不禁东流水"，而《顾况集》中作"君恩不闭东流水"。虽略有不同，诗意上并没有本质的差别。

　　这里是说顾况年轻的时候，有一次在洛阳跟几位诗友到宫苑外游春，在宫墙外下池村的御沟中，看到水中漂浮着一片大梧桐叶，而叶子上仿佛还有字迹。顾况就到水边把这片叶子捞起来，发现果然写着一首小诗。诗云："一入深宫里，年年不见春。聊题一片叶，寄与有情人。"

　　顾况看到这片梧桐叶以及题诗，感慨万千，第二天就来到宫墙外的御沟上游，把一片同样写着一首诗的梧桐叶放入水中，而这片梧桐叶上所写的诗就是这首《叶上题诗从苑中流出》。诗云"花落深宫莺亦悲"，这是以花喻人。所谓深宫深锁，锁着多少青春生命。所以张祜有《宫词》曰："故国三千里，深宫二十年。一声何满子，双泪落君前。"而后来的元稹既有鸿篇巨制《连昌宫词》，又有和张祜一样的五言绝句《行宫》，诗云："寥落古行宫，宫花寂寞红。白头宫女在，闲坐说玄宗。"那年轻的生命，便如那寥落寂寞的宫花，从缕缕青丝到最后的白头，那些被深锁的年轻生命，在无可奈何的命运中，被时间、被岁月荒芜，终至凋零，这是人世间多么可悲的事！

　　因此顾况第二句说，"上阳宫女断肠时"。上阳宫是唐高宗李治迁都东都洛阳时修建的。上元年间，唐高宗在这个地方处理朝政。后来，武则天被唐中宗逼迫退位之后，就一直居住在上阳宫中。唐玄宗也经常在上阳宫处理朝政和举行宴会。上阳宫南邻洛水，其实洛水也穿宫而过，御沟就这样穿过了上阳宫。王建曾有诗说："上阳花木不曾秋，洛水穿宫处处流。画阁红楼宫女笑，玉箫金管路人愁。"这里顾况所说的"上阳宫女断肠时"，绝对是实写其情。

接下来两句就是实写其事了。"君恩不闭东流水，叶上题诗寄与谁。"可是再深的深宫，也锁不住青春的向往，也锁不住东流之水，更锁不住那水中的叶、叶上的诗。可是写下这叶上题诗的你，这首诗、这段情，又是要向谁倾诉？顾况所云还是比较含蓄的，但是他的同情之意、慈悲之心，在诗中若隐若现。

他以为他能捡到那水中的叶上题诗，已是非常侥幸。他按捺不住心中的激动，回了这样一首诗，重新放入御沟的上游，让它流入宫中。

其实本来并不抱希望，只是循着心中的情感，本能地去这么做。哪知道，世间无奇不有。十多天后，有人在东苑游春的时候，又在水中捡到一片红叶题诗，知道顾况前有所作，立刻带回来交给他，谁知这片红叶上的题诗竟然就是回复给顾况的，诗云："一叶题诗出禁城，谁人酬和独含情？自嗟不及波中叶，荡漾乘春取次行。"这是慨叹自己的命运不如那水中飘零的梧桐叶，尚能乘着春景，来到有缘人的手中。那种对命运的希望、对情感的归依，其实已呼之欲出。

《本事诗》并没有交代最后的结果，但民间传说却并不希望这样美好的缘分没有结果。相传"安史之乱"爆发后，顾况在乱世流离中终于找到了那位与他传诗的宫女，帮她逃出了上阳宫，二人最终结为连理。而"红叶传情"也作为爱情的象征被广为传颂。

对于这样的红叶传情，今人会觉得匪夷所思，但其实命运的奇妙有时无所不在。《本事诗》认真地记载这些事，并不只是当作传说、传奇。根据唐人的习惯，他们是很认真地把它当作真事记载下来。对于这样奇特的缘分，《本事诗》在顾况"红叶题诗"的前面，还记载了一件与此类似的"衣上题诗"的爱情。

"开元中，颁赐边军纩衣，制于宫中。有兵士于短袍中得诗曰：'沙场征戍客，寒苦若为眠。战袍经手作，知落阿谁边？蓄意多添线，含情更著绵。今生已过也，重结后身缘。'兵士以诗白于帅，帅进之。玄宗命以诗遍示六宫曰：'有作者勿隐，吾不罪汝。'有一宫人自言万死。玄宗深悯之，遂以嫁得诗人，仍谓之曰：'我与汝结今身缘。'边人皆感泣。"这段记载是说开元年间，当时要赐给边军冬衣，因为人手不够，就让宫中的女子帮助缝制。冬衣寄到边疆，一个士兵从分到的短袍中看到了一首诗。这个士兵读罢衣上之诗，感动莫名，告知于元帅，元帅也为此感动，更向玄宗汇报。

唐玄宗李隆基也是一个多情、深情之人。他以此诗遍示六宫，询问是谁写了这首诗，并讲明绝不加以怪罪。这时候就有一位宫女承认这首诗是她所作。玄宗"深悯之"，然后就下旨把她嫁给那个士兵，二人终结良缘。这样的"衣上题诗"亦如"红叶题诗"，读之真让人感慨万千。

我一直相信，最好的爱情冥冥中自有天注定。像顾况的"红叶题诗"，在历史上其实发生过很多次，而且都有明确的文献记载。

晚唐时，又有一件"红叶传情"的故事。唐僖宗时有个落榜考生叫于佑。于佑当时心情沮丧，某日于东苑御沟之侧，见水中漂浮一片红叶，红叶之上隐约有墨迹。捞起来一看，红叶上果然有诗。诗曰："流水何太急，深宫尽日闲。殷勤谢红叶，好去到人间。"于佑读此叶上题诗，大为感动。

他不像顾况那么含蓄，便直接题了一首心意之作，写在红叶之上，到御沟上游放入水中。他写的是："曾闻叶上题红怨，叶上题诗寄阿谁？流水无情何太急，红叶有意两

149

心知。"

写完之后，他也渴望能像顾况那样收到红叶题诗的回复，可是他没有顾况那么幸运，再也没有等到过御沟中流出的红叶题诗。于是，心怀落寞、一腔愁绪的于佑，怀揣着早先的那片红叶，永远告别了科举的考场。

后来为了谋生，于佑到河中府贵人韩咏家去当家庭教师，也兼文字秘书。命运就是那么神奇。时逢天下大旱，皇帝遣散宫女三千，以显其施政的仁厚。其中有一个宫女叫韩翠萍，被遣散后无家可归，被同族的韩咏收留。

一天，韩咏突发奇想就给于佑做媒，于佑也爽快答应了。成亲之后，韩翠萍偶然在于佑的书箱里，见到了那片夹在书中的红叶，不由得大吃一惊，说："这是我所作的诗句，也是我亲手放在御沟中的红叶，相公是怎么得到的？"于佑就把捡到红叶的始末告诉了韩翠萍。

韩翠萍听后热泪盈眶，从自己贴身的锦囊中拿出一片红叶，说："真是千巧万巧，我后来也从御沟中捡到一枚红叶，不知道是什么人所作。"于佑一看，正是自己当年写的那片红叶。当时夫妻俩热泪盈眶，只觉一切皆有天定。

一枚小小的红叶，因替世人传情，获得了极为独特的文化价值。

自唐以后，用红叶或红叶题诗来表达爱意，几乎成了东方独有的文化现象。

二十世纪初，香山脚下，与张爱玲、萧红、庐隐一起合称为民国"四大才女"的石评梅，就收到了高君宇的一片红叶。红叶上写着两行字："满山秋色关不住，一片红叶寄相思。"收到红叶的石评梅心潮起伏，久久不能平静。她很喜欢高君宇，但高君宇在乡下有一个包办婚姻的妻子，她自己也有一段痛苦的感情经历。因此石评梅表示，宁愿牺牲个人的幸福，也不愿侵犯别人的幸福。

高君宇的红叶传情，遭到了石评梅的拒绝。她在红叶的背面写了一句现代诗，"枯萎的花篮，不敢承受这鲜红的叶儿"。不久，高君宇劳累过度，病逝京华，葬在了陶然亭。

石评梅整理他的遗物时，又看到了那片红叶。红叶依然，却已物是人非，只有那份曾经的感情还依然鲜艳、炽烈。

石评梅悲痛欲绝、心如刀割，怀揣那片红叶，亲笔在高君宇的墓碑上写下了一句话："君宇，我无力挽住你迅忽如彗星之生命，我只有把剩下的泪流到你的坟头，直到我不能来看你的时候。"

不久之后，石评梅也去世了，和高君宇一起葬在了陶然亭。

虽然他们没能像于佑和韩翠萍，像顾况和宫女那样结为连理，但因为那鲜艳的红叶，他们的命运同样也紧紧地连在了一起，这不就是生命的奇迹、爱情的奇迹吗？

假如爱有天意，不可不信缘。

李益是一个争议非常大的人物。

就才情与才华而言，李益在"大历十才子"中，甚至在中唐诗坛都非常突出。除边塞诗以外，在情诗创作中也多有佳作。《江南曲》就是他的情诗代表作之一。

诗云：

嫁得瞿塘贾，朝朝误妾期。

早知潮有信，嫁与弄潮儿。

这首《江南曲》非常有名，从中可以看出李益的才情和才华。

这既是一首拟乐府之作，也非常合乎五绝的要求，在创作近体诗的同时，又完全不影响其拟古乐府的民歌风格。可见，李益的诗歌创作的技巧，在近体与古体、乐府与绝句之间，已经到了运转自如、运化自如的境地。

《江南曲》是《乐府诗集·相和歌辞》的曲名，自汉乐府以来，有很多《江南曲》的名作，或长或短，像"江南可采莲，莲叶何田田，鱼戏莲叶间。鱼戏莲叶东，鱼戏莲叶西，鱼戏莲叶南，鱼戏莲叶北"。这是特别典型的民歌特色，借"莲"说"怜"，借"怜"说"爱"，故有东西南北的复沓。自民歌中来的《江南曲》，如果配上乐曲的话，其中情意一定缱绻有致，缠绵不尽。因为这种鲜明的民歌特色，后世诗人多有拟作《江南曲》。比如为"四声八病永明体"奠基的沈约、韩愈的弟子张籍都作有《江南曲》。但就唐人作《江南曲》而言，最为精彩、最为突出、最为有名的还是李益的这首。

民歌与乐府诗写情爱这一类题材的时候，大多直抒胸臆，直写相思、相恋、相念之情。李益继承了乐府的这种风格，写起来直白如话，但写的不是相思相恋，却是向前一步，写出了相怨之情。

"嫁得瞿塘贾，朝朝误妾期"，我真悔恨嫁作瞿塘商人妇，"商人重利轻别离"，只会天天把相会的佳期白白地耽误。瞿塘是瞿塘峡，长江三峡之一，"贾"就是商人，我们在《长干行》里讲过，在中国古代长江流域做买卖的商人，其实是古代中国早期形成商人群体最主流的部分。

一个"瞿塘贾"指代的其实是所有的商人，就像白居易在《琵琶行》里所说，"门前冷落鞍马稀，老大嫁作商人妇。商人重利轻别离，前月浮梁买茶去"。那个"同是天涯沦落人"的歌女，才会"去来江口守空船，绕船月明江水寒。夜深忽梦少年事，梦啼妆泪红阑干"。

而在李益的《江南曲》中，这位女子就比《琵琶行》中的那一位要决绝得多，她说"早知潮有信，嫁与弄潮儿"。这两句实在太过精彩，语言平易、朴实无华，但是内容却陡起波折，忽发奇想，忽出奇语。早知道潮水是有信的，那凌波逐浪的弄潮健儿，该是会随潮按时地来去。早知道嫁给这个屡屡延误归期，让自己无数次白白等待的经商的丈夫，还不如嫁给会随着潮水按时有信到来的弄潮儿！

这样的怨语，细想来既是痴语，也是苦语。虽然近乎想入非非，她也未必是真的要嫁与弄潮儿，只是心中一股怨气无由说出，脑海中想到潮有信与弄潮儿，便率而直言，脱口而出。正是因为其直率、真切，反而成了千古传诵的奇句名言。贺裳的《载酒园诗话》就评说：

"诗又有无理而妙者，如李益'早知潮有信，嫁与弄潮儿'，此可以理求乎？然自是妙语。"就是说这一句突如其来，仿佛无理，细想却甚奇妙，那个脱口而出"早知潮有信，嫁与弄潮儿"，充满了怨气的小女子情态，她的形象与情绪，一时间让人感觉如在目前。所以这一句之妙，就妙在她直言怨情、直抒情绪，却将人物的形象和盘托出。

每想到李益的这首《江南曲》，每读到这句"早知潮有信，嫁与弄潮儿"，我就不由自主地会想到另一个与李益有关的、极其鲜明的形象，那也是一个充满了怨气与怨情的女子，她的名字叫霍小玉。

后人读《霍小玉传》，经常会提到李益的这首《江南曲》，觉得李益写下这样的语句简直就是莫大的讽刺。而说到霍小玉与《霍小玉传》，这实在是李益一生的污点。蒋防的《霍小玉传》在《唐传奇》中影响十分巨大，声名绝不逊于《李娃传》与后来的《莺莺传》。因为影响太大，后世大多把它当作李益的亲身遭遇来看待。写下《江南曲》《夜上受降城闻笛》的李益，也因此常被看作是负心汉的代表。

《霍小玉传》说的是霍王的小女儿小玉，因为庶出（母亲是霍王宠爱的婢女），霍王死后，众兄弟因为她母亲的身份低贱，不愿意收留，分给她一些资产后就把她赶了出去。小玉虽流落尘俗，但资质艳美、情趣高雅，诗书、琴乐无不精通。

李益在长安应举时，经人介绍认识了小玉，小玉慕李益才情，李益羡小玉姿容。两个人一见倾心，琴瑟相合，遂郎情妾意住在了一起。然而，情投意合、两情相悦的爱情虽然无比甜蜜，沐浴在爱河中的霍小玉却无比清醒。当她对两个人的将来露出忧患之意时，李益往往指天发誓，甚至引谕山河，指诚日月，援笔成章，句句恳切，把爱情的誓言写下来，让霍小玉珍藏。

两人同居两年之后，李益"以书判拔萃登科"，被授郑县主簿。

这时清醒的霍小玉，与李益有一番长谈，说"以君才地名声，人多景慕，愿结婚媾，固亦众矣。况堂有严亲，室无冢妇，君之此去，必就佳姻。盟约之言，徒虚语耳。然妾有短愿，欲辄指陈。永委君心，复能听否？"这是说，以李郎你的才学和名声，多为人仰慕，愿意和你结为姻亲的人一定有很多。何况你堂上有严厉的双亲，家室里也没有正妻，你这次回家一定会缔结美满的姻缘。当初你给我盟约上的话，只是空谈罢了。然而我有个小小的愿望，想当面陈述，愿它永远记在你心上，不知李郎你还能听取吗？

这时李益惊讶地说，我有什么罪过？你居然说出这样的话，小玉你有话就说，我一定铭记在心。

这时，霍小玉说了一番话，就像"早知潮有信，嫁与弄潮儿"一样，十分出人意料。她说："妾年始十八，君才二十有二，迨君壮室之秋，犹有八岁。一生欢爱，愿毕此期。然后妙选高门，以谐秦晋，亦未为晚。妾便舍弃人事，剪发披缁，夙昔之愿，于此足矣。"她说，我今年才十八岁，李郎你也才二十二岁，到你三十而立之时，还有八年。

我和你一辈子的欢乐爱恋，希望在这八年里把它享用完。然后你去挑选名门望族，结秦晋之好，也不算晚。而我就抛弃人世之事，剪去头发，穿上黑衣，过去的愿望到那时也就满足了。

李益听了这番话，"且愧且感，不觉涕流"，对小玉说："皎日之誓，死生以之。与卿偕老，犹恐未惬素志，岂敢辄有二三。固请不疑，但端居相待。至八月，必当却到华州，寻使奉迎，相见非远。"李益立下誓约，非小玉不娶。他说好回家之后，过一段时间就派人来迎娶小玉，可一旦转身离去，与小玉却成永别。

原来李益回到家中，他的母亲素来严毅，早已为他定下姻亲，是出身范阳卢氏的表妹。卢氏既是唐代五姓七宗中的望族，与李益出身的陇西李氏可谓门当户对，加之母亲威严异常，李益不敢有丝毫反对。但名门望族结亲，聘礼需有百万之约。李益素来家贫，为了婚事又不敢违拗母亲，只得下江淮向亲友借贷，这一去遥遥无期。

李益"自以孤负盟约，大愆回期。寂不知闻，欲断期望。遥托亲故，不遗漏言"。既然事已如此，又辜负了小玉曾经约定的迎娶之期，李益便从此断绝了一切与霍小玉的联系，希望她能够就此死心，但霍小玉偏偏不是可以自绝希望的女子。她到处打探李益的消息，终于知道李益即将另娶的消息之后，也只求与李益一见。

李益后来又回长安，不论霍小玉如何相求，绝不相见，也不通消息。霍小玉心有不甘，遍请亲朋，多方招致，甚至为此积病成痾，卧床不起，可是李益狠下一条心终不肯相见，晨出暮归，欲以回避。

霍小玉日夜涕泣，期待见一次面，竟无因由。这件事一下子在长安流传开来，说"长安中稍有知者。风流之士，共感玉之多情；豪侠之伦，皆怒生之薄行"。后来因缘际会，一次李益在和朋友游春赏春之际，被一豪侠之士骗至霍小玉家附近。

眼看李益转头欲走，这个爱打抱不平的豪侠之士遂命奴仆数人，抱持而进，疾走推入车门，便令锁却，报云："李十郎至也！"这是硬生生地把李益绑架到了霍小玉的家。霍小玉本来重病在床，"忽闻生来，欻然自起，更衣而出，恍若有神。遂与生相见，含怒凝视，不复有言"。

这时，豪侠之士又令仆人送来酒肴数十盘，让二人在酒席宴中相见。霍小玉在众人面前侧过身来，眼看着李益良久，随即举起一杯酒浇在地上说，我身为女子，薄命如此。你是大丈夫，却负心到了如此地步，可怜我这美丽的容颜，小小的年岁，就将满含冤恨地死去。慈母在堂，不能供养。绫罗绸缎、丝竹管弦，从此也将永远丢下。我只有带着痛苦走向黄泉，这都是你造成的。今天我将与你永别，我死之后，一定变成厉鬼，让你的妻妾，终日不得安宁！说完，小玉伸出左手握住李益的手臂，把酒杯掷在地上，高声痛哭了几声之后便气绝身亡。

这一段话，这一种怨气与怨情，这一种决绝的形象，比"早知潮有信，嫁与弄潮儿"的形象来得更鲜明、更刻骨铭心。

这就是那个决绝的女子霍小玉，这就是小玉与李益爱情的终结与归宿。李益从此成了负心汉的代表，而且后来果如小玉所说，他和卢氏虽然成了婚，却总是猜忌卢氏与他人私通，为此常常粗暴地鞭打卢氏，百般虐待，最后诉讼到公堂把卢氏休掉。卢氏走后，不论再娶什么人，李益都嫉妒猜忌到极致，一生再也没有幸福的婚姻与家庭，世人便都以为这是李益辜负霍小玉所得的报应。

《霍小玉传》太过有名，况且又是与李益同时代的蒋防所作，虽然当时叫李益的有好几个人，但是，所谓"十郎"就明确所指是陇西李氏的李益，也就是写下《夜上受降城闻笛》的李益。因为李益族中排行就是第十，平常大家都称他为"李十郎"。

不过，说到把李益钉在历史耻辱柱上的《霍小玉传》，其实还有很多值得商榷的地方。比如霍小玉这个形象，按蒋防所说，她是霍王的小女儿，其实不是姓霍，那么她应该姓什么呢？霍王是唐高祖李渊的第十四子，是唐太宗李世民的异母同父之弟，叫李元轨，后来被封霍王。

小玉虽然是霍王与婢女所生，其实也应该姓李。而大唐李氏，李世民、李元轨，包括李渊这一支明确地从族系上排就属于陇西李氏，所以李益和小玉实际上都属于陇西李氏。按照唐朝的律法，两人本来就不可能结亲。

所以，蒋防的《霍小玉传》可能确实别有用心，但李益自身的晚节不保，以及他好猜忌的个性与愈发自私的性格，也被人找到了口实、留下了把柄。所以写下"早知潮有信，嫁与弄潮儿"的李益，最终却是在霍小玉"我为女子，薄命如斯！君是丈夫，负心若此"的呵斥中，以一个典型的负心汉的形象留名于后世，这也实在是一种莫大的讽刺。

人生在世何其不易，找到一个能够托付终身的人，更是难上加难，"早知潮有信，嫁与弄潮儿"。对于男人来说，也是同样，不如去做一个弄潮儿，又何必把大好青春、大好生命交与仕途、官场与名利场呢！

李益这样的人生，真是"所恨不如潮有信，潮打空城寂寞回"。

情诗之所以是情诗，是因为它来自人性最本真的情感，很多优美的情诗，也往往来自人生最本真的生活。

下面我们所要解读的就是一首来自真实生活、来自真实历史、来自传奇人生的情诗。这便是"大历十才子"之一韩翃的《章台柳》。

诗云：

章台柳，章台柳，昔日青青今在否？

纵使长条似旧垂，也应攀折他人手。

这首诗流传太广，导致后来有好几个版本。

比如第二种版本是："章台柳，章台柳，颜色青青今在否？纵使长条似旧垂，也应攀折他人手。"还有一种比较有名的版本："章台柳，章台柳，往日依依今在否？纵使长条似旧垂，也应攀折他人手。"对比之后我们可以发现，几个版本的不同之处都在于那个问句，"颜色青青今在否""昔日青青今在否""往日依依今在否"。

这一句看似平常之问，其实最是饱含深情，所以在后世竟衍生出各种各样的版本，这也可以反证其流传之广与深得人心。

历史上有两个章台：一是春秋时楚国的离宫，又叫章华台；另外一个著名的章台，就是战国时秦国王宫中的章台殿。《史记·廉颇蔺相如列传》中说："秦王坐章台见相如，相如奉璧奏秦王。"可见著名的"完璧归赵"的故事，就发生在章台殿。

章台因为太过有名，西汉时长安城内就有一条著名的章台街。《汉书·张敞传》记载说，张敞"罢朝会"之后，"过走马章台街，使御吏驱，自以便面拊马"，后世故有"章台走马"之说。崔颢有诗云"斗鸡下杜尘初合，走马章台日半斜"，欧阳修则有词云"玉勒雕鞍游冶处，楼高不见章台路"。章台最初是宏阔而雅正的，而韩翃的《章台柳》则是纯洁而美丽的。

韩翃的《章台柳》其实还有个小题叫"寄柳氏"，可见这个"章台柳"的"柳"还是个谐音双关，既指柳树，也指他倾心相爱的那个柳氏姑娘。所谓"章台柳，章台柳，昔日青青今在否"，那么昔日的韩翃与柳氏，他们的青春相遇，又是怎样开始的呢？

孟棨的《本事诗》和《太平广记》的《柳氏传》都记载了这个美丽的故事。当然，《太平广记》的内容来自唐人许尧佐的《柳氏传》。据《本事诗》和《柳氏传》记载，韩翃名属"大历十才子"，他"少负才名，孤贞静默，所与游者皆当时名士"。这是说韩翃年轻的时候即才华横溢，且长得俊逸潇洒，加之性格冲静、沉毅，虽然出身寒门，但所交游者大多是名门豪士。

据说天宝年间，年轻的韩翃西入长安求取功名，结识了一位姓李的公子，这位李生倾慕韩翃才华，每每邀其赴家宴。在李生的宴饮席上，他的一位美艳爱姬柳氏出场了。席间，她与韩翃四目相对、彼此凝视，目光中不知不觉就擦出了火花。柳氏追求人生可遇而不可求的爱情，主动向李生表明心迹。而李生虽然只是一个富户公子，却也真的不辜负生在文化开放的大唐。他豪情磊落，不仅亲手撮合，将柳氏嫁与韩翃，并掏出三十万钱以为嫁资。这样大度的李生，虽然是纨绔子弟，但慷慨之举、成人之美颇有几分侠义风范。

柳氏和李生的眼光确实都不差。韩翃虽然出身寒门，性格偏于内向沉静，但他却是一只"潜力股"。韩翃虽早年沉郁下僚，但后来一篇《寒食》名传天下，连德宗皇帝都非常喜欢。而那篇《寒食》堪称具有韩翃风格的千古名作，可以和杜牧的那首《清明》相互参看。

上巳节、寒食节与清明节的由来，以及介子推传说故事的背后，其实都是中国人、中国文化对生命与生机的崇拜，是要"熄旧火、祀新火"，这其中充满了对自然的敬畏以及对光明、对生命无限生机的追求。韩翃这首《寒食》讲的其实是"停薪""熄旧火、祀新火"这个转折的时间当口。"春城无处不飞花，寒食东风御柳斜"，说的是暮春时节，长安城里处处柳絮纷飞、落红无数，寒食节的东风吹拂着皇家花苑的柳枝；而"日暮汉宫传蜡烛，轻烟散入五侯家"，则是说夜色降临，宫里忙着传蜡烛，甚至皇帝要把新火赐予权贵之臣，所以袅袅青烟，早早就散入了王侯贵戚之家。

这一联里其实有两层意境，一是表面上的王侯贵胄之家的烟火气，而且他们能得到皇帝的"赐新火"，仿佛代表着无上的荣耀，当时长安城的贵戚豪门也都因此纷纷传颂韩翃此作。可是，韩翃内敛的性格与张扬的才气，使他的诗绝不像表面上写得那么简单。所谓"五侯"，有人认为是汉成帝时封王皇后的五个兄弟，王谭、王商、王立、王根、王逢时"皆为侯"，一时贵甲天下。

但也有另一种训诂解读认为，这里的"五侯"是跋扈将军梁冀之"五侯"，而梁冀之"五侯"后来为宦官所灭。所谓轻烟散入的五侯之家，其实正是天下之痛疽、朝廷之毒疣，但这一层深意却不容易读出。吴乔《围炉诗话》云："唐之亡国，由于宦官握兵，实代宗授之以柄。此诗在德宗建中初，只'五侯'二字见意，唐诗之通于《春秋》者也。"这就是盛赞韩翃的《寒食》实在是有"春秋笔法"。

后来，韩翃大志难伸，称病在家。一个姓韦的朋友突然半夜来敲门，而且叩门声很急。韩翃出来相见，这个朋友恭喜他升任驾部郎中，并告知皇帝命他起草文书与诰令，这是翰林学士才能享有的荣耀。韩翃听了很吃惊，认为一定是搞错了，姓韦的朋友透露内情说，最近皇帝刚好缺人，中书省两次提名，德宗皇帝都没批。最后，德宗皇帝亲批说："与韩翃。"当时官场还有一个和韩翃同名同姓的人，而且官列江淮刺史，位高权重，中书省就以为要用那个韩翃。结果，德宗皇帝又做了长长的批示说，要用的是那个"春城无处不飞花，寒食东风御柳斜。日暮汉宫传蜡烛，轻烟散入五侯家"的韩翃。所以姓韦的朋友说，这不就是您的名作嘛！结果，第二天诏令下达，韩翃果然因一篇《寒食》终得一展凌云之志。

这样的韩翃并非池中之物，柳氏慧眼识珠并敢主动追求，而且与韩翃两情相悦，终成眷属，实在也是人间奇女子，并成就了人世间的一段爱情传奇。

可是当年的韩翃还年轻，初遇柳氏时还没有功名，只是一介寒士。就在一切都向着美好徐徐前行的时候，渔阳鼙鼓动地而来，"安史之乱"猝然爆发，从此盛唐不再，大唐江河日下。韩翃此前尚未及授官，又逢家中有难，只能匆匆与柳氏告别，在战乱的时代浪迹天涯。

韩翃于漂泊之际入淄青节度使侯希逸幕府，被辟为掌书记。但是两京沦陷、柳氏无踪。韩翊念念不忘，后来好不容易有了柳氏的消息，便托人带去一囊碎金并这首《章台柳》，寄与天涯遥望的柳氏。诗中虽情意缱绻，却也别含隐忧：我那相爱的人啊，在这离乱的尘世间，你会不会还在等我？

这首诗、这封信，会不会寄到柳氏的手中？那个曾经慧眼识英才，大胆追求自己的爱情并最终收获幸福的柳氏，在沦陷的长安城里又是如何自保？她能否安然度过那战火中命如草芥的岁月，又如何守望她相爱的人呢？

万幸的是，这首《章台柳》终于交到了柳氏手中。面对韩翊"昔日青青今在否"的牵挂，面对"纵使长条似旧垂，也应攀折他人手"的犹疑，柳氏挥笔作答，写下了一首同样非常有名的《杨柳枝》。

韩翊问"昔日青青今在否"，柳氏便答"一叶随风忽报秋"。韩翊叹"纵使长条似旧垂"，柳氏便答"纵使君来岂堪折"。这是说时光飞逝、岁月流淌，昔日青青不在，岁月蹉跎如此。纵使江湖重遇，当年的青青之柳，大概早已不堪攀折！这样的语句里充满了深深的哀叹，以及对乱世流离中悲伤命运的深切感知。

当时长安沦陷，韩翊一去又杳无消息，柳氏深恐自己被乱兵所辱，就剪发毁形，寄居尼庵之中，因此方才躲过战乱，殊为不易。如今长安收复，韩翃亦终于遣人遗金赠诗而来。按道理柳氏应该高兴，为什么回复的《杨柳枝》却充满了深深的哀叹呢？

这就是柳氏的兰质蕙心之处了。

她当年不仅敏锐地把握了自己的幸福，如今也敏锐地感知到命运的无奈。《柳氏传》记载柳氏作答《杨柳枝》时"捧金呜咽，左右凄悯"，应该是既感动于韩翃的牵挂，又哀叹于自己如柳枝般任人攀折的命运。果然没多久，在韩翃回到长安之前，柳氏便因艳名被平乱有功的蕃将沙吒利掠到府中强纳为妾。等到侯希逸当了左仆射，韩翃随之回京，到了长安却再也找不到柳氏的下落，唯有哀叹不已。

一天，韩翃正在道上落寞独行，一辆篷车从他身边走过。忽然车中有人轻声问："莫不是韩员外吗？"原来车中所坐之人正是柳氏，她让女仆悄悄地告诉韩翃，说自己已被沙吒利占有，碍于同车之人，不便交谈，请韩翃第二日清晨在道政里门等着。

第二天一早，韩翃如期前往，只见柳氏的车来。柳氏并未下车，只于车中递给韩翃自己的妆盒，含泪曰："当遂永诀，愿置诚念。"此时，柳氏知前路无望、知命运无望，只能与心爱的人做最后的诀别。

韩翃知道沙吒利的威势，当时朝廷平叛，包括收复长安，皆借助蕃将之力不少。现在沙吒利强占柳氏已成定局，自己一介文士，又能如何？韩翃无限伤感，落拓而回。当日，淄青节度使帐下各位将领正好在酒楼聚会，派人去请韩翃。韩翃虽伤感，也只好勉强答应，但席间神色颓丧，出声哽咽。有个年轻的虞侯叫许俊，平生慷慨义气，见韩翃"意色皆丧，音韵凄咽"，便抚剑说："必有故。原一效用。"他慷慨地说，您有什么为难事，尽管对我说，我愿意为您出力。韩翃到此只得如实相告。

许俊是个天生的侠士，而且是个行动派，他立刻让韩翃写下给柳氏的字条，然后穿上军服，带上双弓，让一个骑兵跟着，直接来到沙吒利府前。等沙吒利出门，离家一里多路时，许俊就披着衣服拉着马缰绳冲进大门，又闯进里面的小门。许俊登堂入室，拿出韩翃的信交给柳氏看。然后，夹着柳氏跨上鞍马，一路飞驰来到酒楼，把柳氏送到韩翃面前，说"幸不辱命"。当时四座惊叹，而韩翃与柳氏此时唯"执手相看泪眼"。

许俊入门夺人虽然潇洒快意，但沙吒利毕竟位高权重。韩翃、许俊事后无奈，只得来找侯希逸。侯希逸听闻此事，大惊曰："吾平生所为事，俊乃能尔乎？"就是说，我平生敢干的事，你小子许俊也敢干啊！于是，侯希逸向皇帝奏明此事原委，说沙吒利违法乱纪，强占民女，而许俊见义勇为，夺柳还韩，虽然冒失了一点，但是心中充满了正义。代宗闻此，赐给沙吒利两百万钱以为安抚，并专门下了诏书，明确将柳氏判还给了韩翃，有情人终成眷属。

回头来看这段故事，让我感动的并不是韩翃和他的《章台柳》，而是柳氏和她的《杨柳枝》，还有许俊、侯希逸，甚至还有代宗皇帝。

当然，更让人感动的是柳氏，不以"今时宠"，忘却"旧日恩"。柳氏虽然知道"可恨年年赠离别"的命运，可她却努力维护着自己亲手赢得的爱情，在战乱中削发毁形，寄身尼庵，路遇韩翃，寄言相见。她是多么珍惜自己的爱情，多么不甘那样被人摆布的命运。

好在人世间有许俊这样的人，让柳氏又回到韩翃的身边。我们因此可以相信，人世间有一种善良而温暖的力量，可以为美丽而纯真的爱情护航。

前面我们讲过叶上题诗和衣上题诗的红叶传情。

下面我们再来讲一首因乐而传情的情诗，这就是被称为"大历十才子"之一的李端的名作《听筝》。

诗云：

> 鸣筝金粟柱，素手玉房前。
> 欲得周郎顾，时时误拂弦。

让我，再看你一眼
李端《听筝》

这是一首短小精致的五言绝句，写的事情也非常简单，就是在听一个女孩子弹筝曲。

现在有很多孩子在学古典音乐，我发现虽然男女都有学古琴的，但是弹筝的明显比学古琴的要多。确实，作为弹拨的弦乐器，筝就和瑟一样，不论是它的音量，还是它的表现特色，都要比古琴绚烂得多。

古人称筝，一般都称之为秦筝，认为它产生于秦地。唐代赵璘的《因话录》就说："筝，秦乐也，乃琴之流。"

再谈古琴，我们知道，伏羲制琴瑟。筝其实就是琴瑟的一种变流。古瑟五十弦，李商隐《锦瑟》也说"锦瑟无端五十弦"。所以《因话录》说："古瑟五十弦，自黄帝令素女鼓瑟，帝悲不止，破之，自后瑟至二十五弦。秦人鼓瑟，兄弟争之，又破为二。筝之名自此始。"这说的是筝这种乐器，尤其是秦筝，有一个很有名的传说，是说秦人有兄弟二人为了争一把瑟，把古瑟最后各分一半，就变成了筝。

当然这个传说也有父子争瑟的说法，比如《集韵》："秦俗薄恶，有父子争瑟者，各入其半，当时名为筝。"因为争着要，所以最后这个乐器加上竹字头就变成"筝"了。这个传说影响很大，也非常有名，但我个人觉得，这有典型的民俗夸张特点。就算是争古瑟，也不可能劈一半，劈一半剩下来的，又怎么能变成另外一种乐器呢？

当然还有另外一种说法，从文字训诂、音韵的角度来看就合理多了。汉末刘熙的《释名》是一部训诂的书，书中说："筝，施弦高急，筝筝然也。"就是说，筝的弹奏因为"施弦高急"，所以发音"筝筝然"。相对于瑟较舒缓的音色而言，筝因为音色、发音的特点，所以被命名为筝，这也确实符合汉字造字的时候，或象形，或拟音的这种特点。

至于筝这种乐器的原创者，汉代的《风俗通》里把它归于蒙恬："谨按《礼乐记》：'(筝)五弦，筑身也。'今并、凉二州筝形如瑟，不知谁所改作也。或曰蒙恬所造。"后来像傅玄的《筝赋序》里，也明确地说是"以为蒙恬所造"。在古代蒙恬造筝的这个说法非常有名。

说起来蒙恬也很神奇，我们知道毛笔是他改良的，筝也是他改良的，而且他又是大秦名将，当时第一勇士，曾率三十万秦军北伐匈奴，收复河套，击退匈奴七百余里。可惜，我们不知道蒙恬自己的情感经历。不过我想这样一个文武全才，一个真正的男子汉，可以保家卫国，又精善音律，而且还善于发明创造，实在是世间难得的奇男子、大丈夫，想来他的人生、他的情感，也一定必有其精彩。

　　因为李端的这首诗叫《听筝》，所以我们先要把"筝"说清楚，事实上它虽然属于琴之流，但是它和瑟一样，甚至比瑟在表现上更为丰富鲜明。

　　到了唐代，文人诗文里提到弹筝之事已经非常普遍了，像李商隐的《无题》："八岁偷照镜，长眉已能画。十岁去踏青，芙蓉作裙衩。十二学弹筝，银甲不曾卸。"王昌龄的《青楼曲》也说："楼头小妇鸣筝坐，遥见飞尘入建章。"有意思的是，唐代有个诗人叫柳中庸，他和李端一样，也写过一篇《听筝》。

　　李端的《听筝》是一首五言绝句，而柳中庸的《听筝》则是一首七言律诗，诗云："抽弦促柱听秦筝，无限秦人悲怨声。似逐春风知柳态，如随啼鸟识花情。谁家独夜愁灯影，何处空楼思月明。更入几重离别恨，江南歧路洛阳城。"写得也非常不错。

既然有那么多鸣筝诗、听筝诗、写筝曲的诗，李端的这首《听筝》到底有什么独特的地方呢？

"鸣筝金粟柱，素手玉房前。""鸣筝"不用说，那这个"金粟柱"到底是什么呢？其实"柱"，就是定弦调音的短轴；而"金粟"是指那个短轴上面有金星一样的花纹。"素手"，是指"弹筝女子"的手纤细洁白；而"房"是筝上面架弦的枕，"玉房"就是玉制的筝枕。所以第一联的"金粟柱"和"玉房"其实都是筝的专业术语。"鸣筝金粟柱，素手玉房前"，说的是这个弹筝的女子纤手拨筝，表现的是弹奏的状态。

独特和出彩的地方在接下去的一联。这一联用了一个非常有名的典故。有一个成语，叫作"周郎顾曲"。《三国志·吴书·周瑜传》记载："（周瑜）少精意于音乐，虽三爵之后，其有阙误，瑜必知之，知之必顾，故时人谣曰：'曲有误，周郎顾。'"《三国志》里的周瑜，真是丰神俊朗，人间极品。可惜这样一个周瑜周公瑾，生生地被《三国演义》给耽误了。

《三国志》里的这段话是说，周瑜年少的时候就精通音律，精通到什么地步呢？即使是在喝了三盅酒之后，弹奏者只要有些微的差错，他都能察觉到，而且因为他水平太高了，本能地就会扭头去看那个出错的人、出错的地方。又因为周郎长得实在太帅了，他后来作为东吴水师都督大破曹军于赤壁，正是"遥想公瑾当年，雄姿英发"。

这样潇洒俊逸又精通音律的周郎，再加上他有这么独特的习惯，只要发现谁有错，就会回头去看，那些奏乐的女子，为了博得他多看一眼，往往就故意将曲谱弹错。不过话说回来，即使李端的《听筝》用了"曲有误，周郎顾"的典故，好像把那个弹筝的女子写得非常独特而又活灵活现，但说实话，也并不让人觉得有非常奇特之处，为何这首《听筝》会特别有名呢？

最好的诗，总是和生活、时代与人生息息相关。

李端的这首《听筝》就和曹植的《七步诗》一样，背后也有一个生动的爱情故事，这才使得这首诗在当时就为人所推崇和传诵。

李端是"大历十才子"之一，而且他是十才子中比较年轻的一位，因而被称为才子中的才子。他有一个好朋友叫郭暧，戏曲中有一出著名的《打金枝》，说的就是他的故事。

郭暧是大唐中兴名臣郭子仪的第六个儿子，而且还是代宗皇帝的女婿，唐代宗把女儿升平公主许配给了郭暧。

她既然是公主，当然就有些刁蛮任性。在公公郭子仪大寿之日，自恃皇家身份不前往拜寿，郭暧面子丢尽，怒而回宫，居然打了公主，这个就叫《打金枝》。

公主回娘家告状，要治郭暧的罪，郭子仪也绑子上殿请罪，但是代宗皇帝还比较明事理、顾大局，不以势压人，依据父母之道，先教育自家的孩子，反而到最后还加封了郭暧。

这出戏在民间非常有名，之所以有名，是因为它把民间的家庭矛盾用一种特殊的关系表现出来，这就非常吸引人，且充满了戏剧冲突，不过由此也可以看出郭暧这个人还是有几分血性的。

后来到了建中年间，"泾原兵变"即"朱泚之乱"，叛军攻入长安，唐德宗一直逃往奉天，奉天是陕西的乾县。郭暧夫妇未及逃走，叛军就逼着郭暧为官。郭暧坚辞不受，最后偷偷地潜出长安到了奉天。唐德宗特地嘉奖了郭暧。

所以郭暧这个人大节不亏，但平时作为富二代，沉迷于声色犬马，尤其喜欢帅哥美女，以及有才华之士。李端本身长得比较帅，又非常有才华，就和郭暧成了好朋友，成为郭暧府上的座上客。

李端曾有诗《赠郭驸马》说："青春都尉最风流，二十功成便拜侯。金距斗鸡过上苑，玉鞭骑马出长楸。熏香荀令偏怜少，傅粉何郎不解愁。日暮吹箫杨柳陌，路人遥指凤凰楼。"这诗写得漂亮，前面说郭暧是大器早成，二十功成便封侯了，然后斗鸡走马、俊逸风采。后面就夸奖他像风流少年荀彧和英俊的何晏一样多才多艺，当时的人对郭暧都非常仰慕，把他当成时尚的标杆。

李端是郭暧府上的座上客，郭暧每次宴饮郊游，一请他，他就去。

这是因为郭暧的府中，有一个叫镜儿的婢女，不仅容貌艳丽，还弹得一手好筝。每次席间宴乐助兴之际，李端时不时地忍不住要把自己的目光递送过去，镜儿也总会在李端目光的余光中，偶尔回望他一眼。

两个人眉目传情，况且又在酒席宴上，虽然是悄悄地，但是次数多了，郭暧就看了出来。但是郭暧不提，作为客人的李端也没办法，只能每次酒席宴上与镜儿相见。

终于又有一次，在宴会之上，快到曲终人散的时候，郭暧突然站起身来，当着满场的嘉宾对李端说，李兄心意，我已知之，李兄若能以"弹筝"为题，即兴成诗，而且在座的客人、在座的嘉宾都认为是好诗的话，我就"名剑赠侠士，美人送英雄"，把镜儿转赠给你。

李端一听，喜不自禁，看看镜儿，镜儿也满脸绯红。

郎情妾意，看来是你情我愿，但关键是李端能不能即兴吟出诗来，而且吟出怎样的诗。

这时候，李端突然把几案上的酒拿起来一饮而尽，不要说走七步了，一步都没迈，看着镜儿和她身前的秦筝脱口而出："鸣筝金粟柱，素手玉房前。欲得周郎顾，时时误拂弦。"

这诗一出，当场轰然叫好。

好就好在这个第二联用得巧妙，因为李端在席上总是偷偷地看镜儿，虽然他自己是偷偷地看，但是在场的人都看得出来、连郭暧都已经很明确地看在眼里，李端这里用了一个"曲有误，周郎顾"的典故，就聪明地化解了他此前偷看镜儿的尴尬。

诗中表明，他并非贪恋镜儿的美色，而是妙解音律，是镜儿的知音。这一句"欲得周郎顾，时时误拂弦"，既化解掉了李端和镜儿在席间彼此偷看的尴尬，又把二人的你情我愿，上升到了一种知音的层次。

这样一首五言绝句不仅精彩，而且就像润滑剂一般，一下使得所有的相逢、所有的心愿、所有的欲望、所有的场景，与所有可能的结果，都变得美好，都变得风雅而有趣。

郭暧一听，也大为称赞，所以当时就解赠镜儿，让有

情人终成眷属，所以诗与情、与乐、与爱密不可分，诗歌
与音乐，其本质都是情与爱的流淌。

　　"欲得周郎顾，时时误拂弦"，就像有首流行歌曲里唱
的一样，"让我，再看你一眼"。

中国古代有一种现象，就是很多人喜欢将一些典型的爱情诗解读为政治讽喻诗。之所以如此，是因为中国古代向来有将政治上的关系通过情诗来表达的习惯。

我们就来讲一首与"爱情"无关的"爱情诗"，这就是张籍的《节妇吟·寄东平李司空师道》。

诗云：

君知妾有夫，赠妾双明珠。

感君缠绵意，系在红罗襦。

妾家高楼连苑起，良人执戟明光里。

知君用心如日月，事夫誓拟同生死。

还君明珠双泪垂，恨不相逢未嫁时。

这一句"恨不相逢未嫁时"实在太过有名，成为千古名句。后人时时引用，表达的心情倒真的如诗中所写。可是写出这样句子的原作者张籍，写诗的时候心中却未必是真的恨。

世上的事往往就是"有心栽花花不成，无心插柳柳成荫"。张籍不为恨而写"恨不相逢未嫁时"，却成了后来无数伤心人的肺腑之言。为什么会这样呢？我们先来看看这首短短的七言歌行，到底写的是什么。

这首诗的表面意思，写的是一种有理、有据、有节地拒绝婚外恋追求的状况。

　　诗里开始说"君知妾有夫，赠妾双明珠"，你明明知道我已经有了丈夫，还偏要送给我一对夜明珠。这种贵礼背后的心意我不是不知道，所以"感君缠绵意，系在红罗襦"，我心中感激你情意缠绵，所以把你赠我的明珠系在红罗短衫之上。可是，你不要以为这样就意味着我接受了你的情感。"妾家高楼连苑起，良人执戟明光里"，"连苑起"是连着皇家的花园。就是说我爱的人和我嫁的那个家庭、那个家族，是很有背景的，你未必能惹得起，我家的高楼就连着皇家的花园。这些都是因为那个良人。"良人"是旧时女子对丈夫的称呼，"明光"是汉代"明光殿"，这里就指皇宫。所以"良人执戟明光里"，是说丈夫拿着长长的戈戟，在皇宫里值班。如此一来，丈夫与夫家的身份地位不言而喻。

　　我们知道，唐代是十分讲究家族背景与士族背景的，就像虢国夫人的嚣张，不仅凭的是和妹妹杨玉环的关系，更因为她是河东裴氏的儿媳。有时交代家族背景，尤其是与皇族的关系，在唐人那里是非常管用的。所以，虽然这个婚外恋的追求者可能自命不凡，但是女子的潜台词中却说，我夫家的背景不是你能想象的，不是你的地位与实力所能凌辱与侵犯的。这一句，可以算是非常直接的拒绝与回击了。

但是，别人毕竟赠予了一对双明珠，虽然背后有可能图谋不轨，但表面上毕竟还是善意的。所以在"妾家高楼连苑起，良人执戟明光里"的还击与坚硬的语气之后，诗人开始放缓语气，继而有理有据地分析说："知君用心如日月，事夫誓拟同生死。"这里的"用心如日月"是肯定对方的动机与追求的目的，至少在表面上说我知道你对我的爱是光明磊落的，没有什么不堪的成分。可以说，这种理性的判断对于对方来说是一种非常好的安慰。可是还有另一面，希望你能够知道，"事夫誓拟同生死"。虽然我知道你是真心朗朗地追求我，但很遗憾，我已和我的良人结下生死之愿。这是在告知彼此双方都有光明磊落的心，光明磊落的爱。既肯定了追求者，也肯定了自己对丈夫的爱，这样的分析真是充满了理性的光辉色彩。

但是，不论分析得再怎么好，结果终究是拒绝。所以为了安抚对方那颗有可能破碎的心，诗人最后还要说一句缠绵的情话。这一句不小心就说出了千古名言——"还君明珠双泪垂，恨不相逢未嫁时"。这是想隐约地表达一种"投我以木桃，报之以琼瑶"的情绪，却一不小心写得深情婉转、缠绵悱恻至极。这样的话语说出来，那种缠绵之意，言有尽而意无穷，直击每个人心中最柔软的那处空间。既感化了心灵，又消弭了矛盾，让一切危机消于无形，这简直就是拒绝艺术的最高表现。

张籍不愧才华出众，把拒绝追求、拒绝爱都能说得那么温婉感人。当然可能会有人问，难道一定是拒绝吗？难道不会是他确实有着"恨不相逢未嫁时"的情绪？

确实，诗里文本语言的夸张会让人产生这种感觉。但是这首诗的题目叫作《节妇吟》，"节妇"毫无疑问就是有节操的人，尤其是对丈夫忠贞的妻子。更关键的是，诗题中还交代了写作的对象——寄东平李司空师道。

"李司空师道"究竟是何人？他是当时权倾一方的平卢淄青节度使李师道。作为藩镇割据的一方诸侯，李师道同时又兼检校司空、同中书门下平章事的头衔，所以张籍称之为"李司空师道"。

中唐以后，唐王朝逐渐衰弱，导致唐代灭亡，最终有两个根由：一是藩镇割据，一是宦官乱政。而中唐以后"藩镇割据"之势渐成，地方尾大不掉，继而威胁中央，破坏统一。李师道等人用各种手段勾结、拉拢甚至威逼文人、官吏。许多不得意的文人、没有气节的官吏，往往要去依附这些地方诸侯。张籍作为韩愈的大弟子，自然是李师道以及很多地方诸侯重点争取的对象。韩愈坚持儒家正统思想，坚持"文以载道"，所以被苏东坡称为"文起八代之衰，而道济天下之溺"。韩愈以及韩门子弟都讲究儒家正统与"大一统"天下论，张籍毫无疑问也反对藩镇割据，主张维护国家统一。

显然，这首诗就是张籍在面对李师道的拉拢、利诱甚至是威逼时所作。

但政治上的事，用政治语言回答就很容易撕破了面孔，而用情诗来表达自己的政治立场，就显得辞浅意深、意在言外。既有理、有据、有节地予以拒绝，又细致入微、温婉曲折，别有动人之处。据说就是因为这首诗情词恳切，连李师道本人读了之后也深受感动，不再勉强张籍。所以，张籍的这一曲《节妇吟》表面上是一首爱情诗，其本质与爱情无关，是一首真正的政治诗。

但是，我们不禁还是要问，一首政治拒绝诗，为什么能写得这么缠绵悱恻，甚至比一般的情诗还要有情？尤其最后一句"恨不相逢未嫁时"，戳中了世世代代人心中的痛点与泪点，成为很多人生命中遗憾的代言。

这就要说到诗歌创作中的一条规律：用心之深、用情之深，自然能"处处皆情语""处处皆心语"。

张籍算是一个"痴情"诗人的典型代表。他才名很大，后来诗名更甚，尤其是他和王建的乐府创作被称为"张王乐府”，是中唐“新乐府”运动的典型与代表。张籍作为韩愈门下的大弟子，有着典型的儒家士大夫“家国天下”的情怀，以乐府诗体现民生疾苦。他最崇拜、最推崇的诗人，不是才华横溢的李白，而是沉郁顿挫的杜甫。

张籍学杜诗、学杜甫，痴到什么地步呢？据冯贽的《云仙散录》记载，因为太迷恋杜甫的诗歌，张籍把杜甫的名作一首首地抄下来，然后再一首首地烧掉，烧完的纸灰拌上蜂蜜，每天早上吃三勺。

一天，张籍的朋友们来拜访他，刚好看到他正在拌纸灰，很不理解，就问他为什么把杜甫的诗烧掉，又拌上蜂蜜吃了呢？张籍就回答说：吃了杜甫的诗，我就能写出和杜甫一样的好诗了！朋友们听后，啼笑皆非，但无不赞佩张籍的这份痴情痴心。有了这份痴情痴心，张籍落笔，每每所言虽不过是生活琐事或政务之事，却妙笔生花，总有深情宛致之语，就像唐人行卷之风中那个著名的问答故事。

在行卷风气下产生的最著名的一首诗，就是朱庆馀所写的《近试上张水部》。诗云：“洞房昨夜停红烛，待晓堂前拜舅姑。妆罢低声问夫婿，画眉深浅入时无。”诗中写道，洞房里昨夜花烛彻夜通明，等待拂晓时刻去拜公婆。打扮好了轻轻地问新夫婿一声：“我的眉毛画得浓淡可好，公婆看了可否高兴？”这是诗人假借新婚嫁娘与新婚夫婿的问答，希望得到主考官的重视与好评。

而朱庆馀这首诗是写给谁的呢？诗题中的"张水部"就是张籍，张籍时任水部员外郎。韩愈也有一首名作，叫《早春呈水部张十八员外》，就是那首"天街小雨润如酥"，也是写给张籍的。然而，张籍并不是那一年的主考官，朱庆馀却写给张籍，希望通过张籍弘扬他的名声，引起主考官重视。由此可见张籍的引荐作用之大，也可以看出张籍在士大夫、在文人中的影响之大。

朱庆馀别出机杼，而张籍更是因痴心痴情著名，他读了朱庆馀的这首《近试上张水部》之后，非常肯定这个年轻人的创意，于是也回了一首《酬朱庆馀》。诗云："越女新妆出镜心，自知明艳更沉吟。齐纨未足时人贵，一曲菱歌敌万金。"

朱庆馀刚好是越州人，所以一句"越女新妆出镜心"简直妙不可言。这是说你就像那个刚刚修饰打扮好，从清澈明净、风景优美的鉴湖中走出来的采菱女。采菱女当然知道自己的美丽和内涵，但面临人生重要关节的时候，也难免要有所疑惑与思量。我想告诉你，尽管有许多姑娘，身上也穿着齐地出产的精美绸缎做成的衣服，但是徒有其表，并不值得世人看重。唯有你这样的采菱女，"一曲菱歌"才值千金万金。这就是张籍给朱庆馀的一个肯定回复，你不像那些华而不实的人，你的才学我很欣赏。

所以朱庆馀的那首小诗要表达的意思是："张老师，您看我怎么样，这次进士考试有希望吗？"而张老师的回答简洁有趣，不过就是一句："我看好你！"张籍和朱庆馀，他们的问答不关情事，却写得浓情有趣，成为千古美谈。

撇开张籍的原诗而言，那一句"还君明珠双泪垂，恨不相逢未嫁时"实在感人至深。人世间有多少爱，多少恨，抵不过一句"错过"。于千万年时光的无涯中，于千万世无边的人海中，如果能刚刚好遇见，又不是"君生我未生，我生君已老"，也不是"恨不相逢未嫁时"，那样的相遇才可以真正地抚慰人生，才可以让我们在荒凉的人世间，放心地说一句："哦，原来你也在这里！"

如果说元稹对感情不忠贞，为什么他对亡妻韦丛的怀念又如此真切感人？

最美的情诗背后，难道不应有一颗最真的心？人终归是复杂的，但最美的情诗却是永恒的。此诚所谓"曾经沧海难为水，除却巫山不是云"。

下面我们要品读的就是唐代诗人元稹的名作——《离思》其四。

诗云：

曾经沧海难为水，除却巫山不是云。

取次花丛懒回顾，半缘修道半缘君。

这首诗的诗意其实不难理解。字面意思是说：曾经见识过沧海的波澜壮阔，别处的水就不足为顾；曾经见识过巫山的云蒸霞蔚，别处的云便不能称其为云。我仓促地从花丛中走过，甚至懒得回头去顾盼一下，其中的缘由，一半是因为修道人的清心寡欲，一半是因为曾经拥有过你。

如果只是从字面意思来看，诗也不足称奇，但如果读不出字句背后的伤感，也许你将错过最美的情诗。

一般认为，这首诗是元稹为悼念他那二十七岁死去的妻子韦丛而作。首联"曾经沧海难为水，除却巫山不是云"，其实暗藏了两个典故。

第一句"曾经沧海难为水"是从《孟子·尽心篇》的

"观于海者难为水，游于圣人之门者难为言"化来。孟子说，孔子登上东山，鲁国就变小了；登上泰山，天下都变小了。观看过大海的人，很难被其他水所吸引；而在圣人门下学习的人，便难以被其他言论吸引了。这里"观于海者难为水"其实是为了证明"游于圣人之门者难为言"，是一种比兴的手法运用。但元稹只取"观于海者难为水"，化为"曾经沧海难为水"，甚是巧妙，所以这一联最后还浓缩成一个成语，就叫"曾经沧海"。

第二句"除却巫山不是云"，巫山有朝云峰，下临长江，云蒸霞蔚。宋玉《高唐赋》说楚王"尝游高唐"，白天睡着了，梦见一妇人走入梦中，愿荐枕席。此女即巫山之女。最后在离别的时候，她对楚王说："妾在巫山之阳，高丘之阻，旦为朝云，暮为行雨，朝朝暮暮，阳台之下。"楚王醒来亲自去看过，果如其言，就在巫山之下为她立庙，庙号叫"朝云"。这也是"巫山云雨"的典故出处。宋玉所言巫山之云也就是朝云，其实是巫山之女的化身。

元稹所谓"除却巫山不是云"，字面的意思是说除了巫山上的彩云，其他地方所有的云彩都不足为观。其实，他巧妙运用了朝云的典故，把云比作心爱的女子，充分表达了对发妻韦丛的真挚感情。

除了这首《离思》，元稹还有许多诗作怀念爱妻，都写得真切感人。但是后人却普遍怀疑元稹对妻子的真情。因为在韦丛去世的当年，元稹就和著名才女薛涛有一场轰动当时的姐弟恋。

即便在韦丛死后，他刚刚才信誓旦旦地说过"取次花丛懒回顾，半缘修道半缘君"，却很快娶了同事的妹妹做小妾。

几年之后，元稹又再度续弦，娶了裴淑为妻。加之他年轻的时候曾经有一段著名的恋情，和一个叫崔莺莺的女子演绎过一场"西厢记"。我们熟知的王实甫《西厢记》就来源于带有元稹自述性质的传奇《莺莺传》。而在莺莺为他付出真情之后，元稹"始乱之，终弃之"，也最终为人所不齿。因此，后人大多认为元稹对感情并不忠贞。

那么问题就来了，既然元稹对感情不忠，为什么他对亡妻韦丛的怀念又如此真切感人？最美的情诗背后，难道不应有一颗最真的心吗？

其实，元稹的情感经历和他的成长经历与性格息息相关。

元稹的童年非常不幸，他出生在唐大历十四年（779），祖先是鲜卑贵族，汉化后以元为姓。我们知道拓跋氏汉化之后改姓为元，从北魏到隋代，地位都非常显赫，不过到元稹这一代时，家族早已经衰败。他的遗传基因里，多少还有些鲜卑族的特性在里面，因此元稹的性格是比较特立独行的。

　　元稹的母亲本来是填房，就是他父亲第一任妻子去世后再娶的，和他父亲相差二十岁。元稹出生的时候，父亲五十岁左右，而母亲刚三十出头。在这个老夫少妻的家庭里，元稹上面还有三个哥哥，大哥、二哥都不是他母亲所生，只有三哥元积和他是一母同胞。元稹八岁时，父亲去世，大哥、二哥拒绝养活他和母亲。万般无奈之下，生母只好带着他回姥姥家。从小父亲早亡，寄人篱下，家中贫困，甚至读不起书，我想这种人生经历在元稹的心中一定留下了深深的阴影。后来在舅舅和其他亲戚的帮助下，元稹奋发努力，希望通过科举来摆脱寄人篱下的日子。这种心境使得他在以后的人生中往往为了追求成功而急功近利，不择手段。

　　元稹后来考中科举，最好的运气是找到了一位好妻子，交了一位好朋友。好妻子就是韦丛，好朋友就是比他大八岁的白居易。元稹和白居易同为新乐府运动的领袖和旗帜性人物，也是人生知己，后来二人并称为"元白"。

　　元稹初入仕途，虽然官卑身微，但是却被朝中权贵韦夏卿看中，把自己最喜爱的小女儿韦丛嫁与他为妻。想来还是有道理的，因为元稹长得特别帅，白居易曾羡慕地称他为"仪形美丈夫"。而且他又多才多艺，据历史记载，元稹擅长书法、音乐，尤其是诗歌，他的诗歌在当时流传非常广，以至于皇帝在宫中经常让嫔妃吟唱他的诗，曾经御口亲封他为"元才子"。

但是元稹家中实在是贫困，再加上他刚入仕途，官职卑微，贫穷的生活和多次的生育极大地损害了韦丛的身体健康。在元稹三十一岁时，年仅二十七岁的韦丛就去世了。我们有理由相信，当时元稹对妻子的思念确实是发自真心的。韦丛刚刚去世的时候，元稹悲痛之下，才三十出头的他，突然开始生出很多白发。他邀请大文人韩愈为妻子撰写墓志铭，自己则写下很多感人至深的悼亡诗。

除了"曾经沧海难为水"这一组《离思》之外，元稹还写过《遣悲怀》三首，其中最有名的是第二首，诗中写道"昔日戏言身后事，今朝都到眼前来"，而尾联最为有名："诚知此恨人人有，贫贱夫妻百事哀。"就是说，曾经一起同贫贱共患难的夫妻，一旦永绝，比起共富贵的夫妻来说更加让人悲伤。"贫贱夫妻百事哀"这一句后来更成为中国文学中对家庭生活最有概括力的名句之一。

后来的元稹急功近利不择手段，甚至投靠宦官，为人所不齿，但是我想，在韦丛去世那一刻，他的伤痛是真实的，是真切的，他的痛彻肺腑并不是作秀，而是发自真诚的本心。

事实上，人生总有那样的时候——

> 为了心爱的你
> 痛彻肺腑的一瞬间
> 便抵过
> 人世间所有岁月的沧桑

唯美的爱情里，最难忘初恋情人。当沧海桑田，世事变幻，我们目及内心深处的伤痛与温暖，才发现，其实我们一直站立在原地，是时光，经过了我们。白居易的《夜雨》，相信很多人对这首诗并不熟悉，但我个人却非常喜欢，这是一首歌行体的古诗。

诗云：

我有所念人，隔在远远乡。
我有所感事，结在深深肠。
乡远去不得，无日不瞻望。
肠深解不得，无夕不思量。
况此残灯夜，独宿在空堂。
秋天殊未晓，风雨正苍苍。
不学头陀法，前心安可忘？

这首《夜雨》如果用现代诗翻译一下，应该是这样的——我有深深思念的人，却相隔在远远的异乡。我有深深感怀的事，牢牢地刻在心上。我不能去到她的身旁，每一天，徒然张望。我也不能化解内心的伤痛，每一夜，独自思量。这样枯灯黄卷的长夜，孤独与我一起，对坐空堂。秋天尚未来临，风雨竟已苍茫。如果不学那四大皆空的佛法，我如何能忘记，你曾经苦苦思念的目光……

真是"世间安得双全法，不负如来不负卿"。

白居易这首诗写于元和六年（811），此时白居易四十岁。有学者认为，这首诗既然说"独宿在空堂"，可以看出他是为一个相爱的女子而写的。现在大多数学者考证，认为这个女子就是白居易在他的诗作中多次提到的"东邻婵娟子"——一个叫湘灵的女子。而湘灵，就是白居易刻骨难忘的初恋情人。

　　白居易生于唐代宗大历七年（772）。他出生于河南新郑一个小官僚的家庭，父亲白季庚后来做到彭城县令，因为有功被升任徐州别驾。但当时徐州正有战乱，白季庚就把家迁到安徽宿州的符离安居，白居易在那里度过了他的童年、少年和青年时光。

　　事实上，白居易总共在符离生活了二十二年，所以他一直把符离当作自己的故乡。年轻的白居易在符离时读书十分刻苦，读得口都生了疮，手都磨出了茧。据说白居易年纪轻轻，头发都读白了。

　　白居易十八九岁的时候，曾经写过一首《邻女》，就是邻家的女孩的意思。

　　诗云：

　　　　娉婷十五胜天仙，白日姮娥旱地莲。
　　　　何处闲教鹦鹉语，碧纱窗下绣床前。

诗中写的就是他的邻居，比他小四岁的湘灵的美丽姿态。当时湘灵十五岁，白居易已经十九岁，两个人，一个阳光男孩，一个美丽少女，又是邻居，便日久生情，初尝恋果。

当然这段恋情不被人所知晓。他们的约会都是秘密的。有人便认为，白居易那首著名的"花非花，雾非雾。夜半来，天明去。来如春梦不多时，去似朝云无觅处"，说的其实是他和湘灵的约会。

纸包不住火，两人的感情最终还是被他母亲知道了。白居易毕竟是官僚世家，而湘灵只是普通农户家的女孩。唐代的门第观念很强，我们知道后来唐代著名的牛李党争，其实就是知识分子中贵族和庶族之间的斗争。两个人虽然青梅竹马，山盟海誓，结下终生之愿，但白居易母亲知道这段恋情之后，严防死守，最后逼着白居易外出求学，与湘灵分离。

据说白居易不得不与湘灵分离的时候，写下一首《潜别离》，这也是一篇名作。开篇说："不得哭，潜别离。不得语，暗相思。两心之外无人知。"可见白居易的痴情。最后又说："惟有潜离与暗别，彼此甘心无后期。"他暗暗地、悄悄地与心爱的湘灵伤心地别离，那种揪心，那种充满了愤懑和遗憾的感觉，都洋溢在字里行间，简直摧肝裂肺。

　　求学中途，白居易又曾回过故乡，也与湘灵重新见面，但是母亲不可能同意这桩婚事，两人多见一次面，也不过多增加一次伤痛而已。到公元 800 年，二十九岁的白居易考中科举。公元 803 年，经吏部考核授予他校书郎的官职。他回符离搬家，结束了长达二十二年的宿州符离的生活，也同样结束了他和湘灵长达十数年的感情。

　　白居易在古人中是非常特别的，为什么呢？

　　他是一个晚婚晚育的大龄青年。三十六岁之前，虽然母亲反复地催逼，他却一直不肯结婚成家，其实他内心中有一种挣扎和抗争。很多人都熟悉白居易的作品，其中《长恨歌》最是有名。

　　《长恨歌》为什么写得那样缠绵悱恻？正所谓："七月七日长生殿，夜半无人私语时，在天愿作比翼鸟，在地愿为连理枝，天长地久有时尽，此恨绵绵无绝期。"这哪是唐明皇与杨贵妃的爱情，这完全是白居易借他人之酒杯，浇自己心中之块垒。

　　另外一个很重要的证据是，这首诗写于白居易三十五岁。当时他已经任今陕西周至县的县尉，和友人陈鸿、王质夫到仙游寺附近游览，谈到李隆基和杨贵妃的故事。王质夫提议，他和陈鸿各写一首诗，一篇文，白居易写的是

《长恨歌》，而陈鸿写了一篇传记，就是《长恨歌传》。

这首《长恨歌》其实是白居易对自己长达数十年的初恋恋情，一种最后的绝望祭奠。

白居易三十五岁写完《长恨歌》之后，三十六岁终于放下初恋的伤痛，奉母命娶同事杨虞卿的从妹为妻。杨家据说也是名门望族，和弘农杨氏有关系，我们知道，杨贵妃其实就是弘农杨氏。

后来，白居易四十四岁时贬官九江，所谓"江州司马青衫湿"。据说在这一年，他在浔阳江头又偶遇湘灵，当时湘灵随父一路卖唱乞讨，江湖相遇，两个人"执手相看泪眼，竟无语凝噎"。

白居易四十五岁的时候写了著名的《琵琶行》，我以为应该和他前一年遇到湘灵的经历息息相关。《琵琶行》里说："夜深忽梦少年事，梦啼妆泪红阑干。"这是歌女在诉说自己少年的初恋。"我闻琵琶已叹息，又闻此语重唧唧。同是天涯沦落人，相逢何必曾相识！"这千古名句，哪是随意道出，分明有岁月和深情的伤痛与激烈。

白居易最有名的两大名作《长恨歌》《琵琶行》之所以感人，我想和白居易的人生经历，尤其和他几十年的初恋伤痛是分不开的。

虽然约定他年在符离老家再见，可是过了几年之后，白居易再回符离老家，已经再也得不到湘灵的音讯和消息了，两人在浔阳江头的江湖偶遇竟成人生最后一别。

二十年后，白居易还是难以放下这种情感。他六十四岁的时候，又经过宿州，重过故乡符离，写下一首诗，感伤地说："三十年前路，孤舟重往还。"其中有一句，想象湘灵还在思念他的情状："啼襟与愁鬓，此日两成斑。"四十七年前的恋人却已不知道在哪里了。

白居易晚年寄情诗酒，放纵私欲，家中有许多侍妾，最出名的便是"樱桃樊素口，杨柳小蛮腰"。根据弗洛伊德的精神分析学说，我想这种放纵，一定是对少年时初恋伤痛那种难以遣怀的郁闷的补偿。

湘灵是白居易的终身之痛，绝不只是他四十岁的时候，在那个孤灯秋雨的夜晚所说出的"我有所念人，隔在远远乡。我有所感事，结在深深肠"。

当沧海桑田，世事变幻，我们目及内心深处的伤痛与温暖，才发现，其实我们一直站立在原地，是时光，经过了我们。

难忘最是初恋人。

刘郎一曲竹枝词，道是无情却有情

刘禹锡《竹枝词》（其一）

刘禹锡所作的《竹枝词》，是一首具有创新精神的千古情诗，也是一首绝妙的情词情歌。

词云：

> 杨柳青青江水平，闻郎江上唱歌声。
> 东边日出西边雨，道是无晴却有晴。

这首《竹枝词》的首句和《诗经》一样，使用了起兴的传统手法。"杨柳青青江水平"是说杨柳青，青青如水，江水平，平平如镜。在这样清丽婉柔的春日里，江边的姑娘听到江上的情郎，在船上的踏歌之声。

接下来两句最为精彩，"东边日出西边雨，道是无晴却有晴"。这纯是生活的场景。我们在现在的生活中，还经常可以看到这样的场景，尤其在暮春时节或是盛夏时节，真的会出现"东边日出西边雨，道是无晴却有晴"的景象。

但是，这个精炼的生活场景的总结，放在这首情词里，显得太有韵味了。我们既可以把它理解成是小伙子在唱这样的歌词，也可以把它理解成江边的姑娘，听了江上情郎的歌声，心中宛转起伏，心潮难平，便有了"东边日出西边雨，道是无晴却有晴"的感慨。

这里的"有晴""无晴"，相信所有的人都能听出，这不是晴朗的晴，而指的是和谐情感的情。少女听了情郎的歌声，心情固然起伏难平，但她却是一个聪明的女子，辨得清她的情郎对她是有情的。"道是无晴却有晴"，重点当然是在"有情"，所以她的内心不禁喜悦起来。

这时的杨柳青青、江水平平，这时的春日春景，在她的心中一下子都无比地鲜活有情起来。这样的《竹枝词》读来真是朗朗上口，让人诵之、歌之不禁心生欢喜，对人生、对生活生出一种别样的热爱来。

不过，像这样美丽的《竹枝词》，刘禹锡不只作了一首，这首著名的"道是无晴却有晴"只是他《竹枝词》二首组诗中的第一首。第二首诗则云："楚水巴山江雨多，巴人能唱本乡歌。今朝北客思归去，回入纥那披绿罗。"这里的"纥那"是说踏曲的和声。这一首诗是说，巴山楚水之地不仅雨水多，而且巴人善歌，唱歌时就有踏曲的和声。刘禹锡另有一首《纥那曲》云："杨柳郁青青，竹枝无限情。周郎一回顾，听唱纥那声。"诗里说巴人的这种踏曲的和声，音乐太过优美，如果三国妙解音律的周公瑾听到了之后，也会为之频频回顾。这里的楚水巴山，不禁让我们想起他的名作"巴山楚水凄凉地，二十三年弃置身"来，为什么同样的"楚水巴山"，却带给刘禹锡截然不同的感觉，并创作出这样风格大相径庭的诗作来？

我们把这个小小的疑问暂时放下，接着来看他的《竹枝词》。

其实，他的《竹枝词》还不止这两首，在这两首之前，更有一组有名的《竹枝词》九首，其中也有和"道是无晴却有晴"一样名动千古的情诗。比如其二云："山桃红花满上头，蜀江春水拍山流。花红易衰似郎意，水流无限似侬愁。"再比如写世情的名作，其七云："瞿塘嘈嘈十二滩，此中道路古来难。长恨人心不如水，等闲平地起波澜。"还有写民情与生活的名作，比如其九云："山上层层桃李花，云间烟火是人家。银钏金钗来负水，长刀短笠去烧畬。"这么多《竹枝词》的名作，经刘禹锡之手集中创作而出，在诗史上产生了极其巨大的影响。

在刘禹锡的影响下，中国诗史上出现了一种极其壮观的现象，既出人意料又在情理之中，那就是《竹枝词》的创作开始大量涌现。

在刘禹锡的时代，与他同时的很多诗人开始用《竹枝词》与其唱和，比如他的好朋友白居易，也曾作有四首《竹枝词》，而稍后于"刘白"的太子舍人李涉也有《竹枝词》的创作。

在刘禹锡和白居易等人的示范之下，宋代之后《竹枝词》的创作一下子兴盛起来。宋、元、明、清，尤其到明清之际，《竹枝词》的作品大量涌现，而宋代黄庭坚、杨万里等人都作有《竹枝词》。

尤其是杨万里，刻意学习《竹枝词》的创作，比如他的名作"月子弯弯照九州，几家欢乐几家愁。愁杀人来关月事，得休休处且休休"。这是写纤夫、舟子的劳苦，很容易让我们想起民歌中的"月儿弯弯照九州，几家欢乐几家愁。几家夫妇同罗帐，几家飘零在外头"。从文人的《竹枝词》到民间的民歌俚曲之间，有着千丝万缕的关系。

到了明清之际，《竹枝词》的创作可谓大行其道，十分兴盛，连曹雪芹的好朋友爱新觉罗·敦诚，作为清室宗亲，也在他的文集中留下了《东皋竹枝词》八首的创作。有学者统计，自刘禹锡《竹枝词》的开创之功算起，由中唐而下，宋、元、明、清文人《竹枝词》的创作，其总量、规模加起来，在数量上甚至超过两千首，这在诗史上可谓是蔚然大观。

说到《竹枝词》创作在中国诗史上的独特现象，以及刘禹锡的开创之功，我们不禁要问一个问题。从诗史上来看，有很明确的证据表现，《竹枝词》最早并不是刘禹锡所作，但为什么诗史上都言之凿凿地将《竹枝词》的开创归功于刘禹锡呢？

　　像宋代郭茂倩的《乐府诗集》记载《竹枝词》的源流就说："《竹枝》本出于巴渝。唐贞元中，刘禹锡在沅湘，以俚歌鄙陋，乃依骚人《九歌》，作《竹枝》新辞九章，教里中儿歌之，由是盛于贞元、元和之间。"这几乎是一种纯客观的记述，却在字里行间毫无疑问明确了刘禹锡开创者的身份。《新唐书》则云："禹锡谓屈原居沅、湘间作《九歌》，使楚人以迎送神。乃倚其声，作《竹枝辞》十余篇。于是武陵夷俚悉歌之。"《旧唐书》也说刘禹锡"乃依骚人之作，为新辞"云云，而历代文人诗话也大多以为，刘禹锡因黎庶之曲、依骚人之作、以七绝之体而作《竹枝词》，成为后世纷纷师法、效仿的楷模。

　　但这样说来，我们不免要问，与刘禹锡同时的白居易、元稹，都作有《竹枝词》，而且就算不提元白，在他们之前还有一位大诗人顾况。他其实要早于元稹、白居易、刘禹锡很多年。前面说过，白居易年轻时入京，就曾经去拜见顾况。顾况早就作有《竹枝词》一首，云："帝子苍梧不复归，洞庭叶下楚云飞。巴人夜唱《竹枝》后，断肠晓猿声渐稀。"既然顾况早就有明确的《竹枝词》创作，题目也就是"竹枝词"三字，但是诗史上却为什么要把《竹枝词》的首创之功，偏偏归于诗豪刘禹锡呢？

这个问题，还是要回到诗本身。

刘禹锡先是有《竹枝词》九首的创作，然后才有了包括今天讲的这首"杨柳青青江水平"在内的《竹枝词》二首。

在原《竹枝词》九首的创作中，它的诗题写作"竹枝词九首并引"，也就是说有一个诗序，刘禹锡交代了这套组诗的创作缘由。他在诗序里说："四方之歌，异音而同乐。岁正月，余来建平，里中儿联歌《竹枝》，吹短笛，击鼓以赴节。歌者扬袂睢舞，以曲多为贤。聆其音，中黄钟之羽，其卒章激讦如吴声，虽伧伫不可分，而含思宛转，有淇澳之艳。昔屈原居沅湘间，其民迎神，词多鄙陋，乃为作《九歌》，到于今荆楚鼓舞之。故余亦作《竹枝词》九篇，俾善歌者飏之，附于末。后之聆巴歈，知变风之自焉。"

这段话很清楚地交代了刘禹锡自己的创作缘由，但是，大概刘禹锡自己也始料不及，却为后人留下了纷争不断的话题。

这与杜牧的《清明》里有关杏花村的纷争有相同之处，

就是对于刘禹锡《竹枝词》的诞生地，各地学者多有争议。有的主张这个建平就是夔州，这也是文学史上的主流说法。但有学者认为建平在历史上也称过朗州，尤其是刘禹锡在贬夔州之前先贬到朗州，并在朗州待了十年之久，那么他向民歌学习的这段历程应该是从朗州开始的。

事实上，刘禹锡在朗州先贬了十年，又在连州贬了四年，然后才到夔州，而夔州和朗州在历史上都称过建平。夔州也就是奉节，属重庆；而朗州呢，则是湖南的常德。但是学术界的主流观点还是认为，刘禹锡应该是在夔州创作了《竹枝词》的组诗。

不过我觉得刘禹锡的《竹枝词》组诗，最重要的不是他在哪里创作，而是他为什么会创作这样的《竹枝词》，为什么在后世会产生那么大的影响。

刘禹锡在诗引里明确说了，他是效仿屈原向当地民歌学习而作《九歌》的创作精神，旗帜鲜明地主张学习民歌的音乐形式和文辞的创作形式，然后用文人七绝的载体把它固定下来。所以，刘禹锡的《竹枝词》表现出非常鲜明的民歌特色，也可以非常清晰地看出他极用心地向民歌艺术学习的这种成果。

从诗歌的格律和音乐音律上去看，这首最有名的"杨柳青青江水平"当然是很标准的七绝形式，但是他的《竹枝词》九首里的很多作品，其实在平仄格律上都在不同程度上突破了七绝的格式规范要求，而更贴近生活、更贴近民歌的艺术表达特色。

从内容和艺术手法上来看，刘禹锡的《竹枝词》和白居易、元稹、顾况的《竹枝词》有一个根本的不同。那就是元白等诗人的《竹枝词》，其实只是形式上借用一下民间民歌的音乐形式，本质和其他的诗歌创作没什么不同，都是"借他人之酒杯，浇心中之块垒"，依然是即景抒情，借景抒怀，讲的都是个体人生、自己的人生际遇与仕路感慨。而刘禹锡的《竹枝词》系列就不一样了，他写女孩子的"闻郎江上踏歌声"，写"道是无晴却有晴"的欢喜，写纯粹、活泼的民间恋情。

除了鲜活的民间恋情，他还用《竹枝词》写了风俗、祭祀，以及原生态的民间生活。其中的世俗与风情早就超越了一己之悲欢，是真正的文人俯下身来为生活、为民间的创作。这正是刘禹锡在《竹枝词》的创作上超越元白、顾况等人的地方，这也正是他作为诗豪为后世诗史所推崇的原因。

我们前面留下了一个疑问，刘禹锡在《竹枝词》中说："楚水巴山江雨多，巴人能唱本乡歌。今朝北客思归去，回入纥那披绿罗。"同样的楚水巴山，他在名作《酬乐天扬州初逢席上见赠》中却说："巴山楚水凄凉地，二十三年弃置身。怀旧空吟闻笛赋，到乡翻似烂柯人。"

为什么同样的楚水巴山，在刘禹锡笔下的两首诗中却是截然不同的两种境界？

"巴山楚水凄凉地，二十三年弃置身"，交代的是事实。在唐代"永贞革新""二王八司马"事件以后，在这场失败的改革中，受到打击最严重的就是柳宗元、刘禹锡，尤其是刘禹锡，整整被贬了二十三年。所以他才说"二十三年弃置身"，连白居易都同情地说他"亦知合被才名折，二十三年折太多"。可刘禹锡是怎么样的人呢？他就是蒸不熟、煮不烂、捶不扁、响当当一粒铜豌豆。

我们讲过，刘禹锡之所为诗豪，他的豪放比之李白、杜牧，比之苏轼、辛弃疾，那是一种人生本色的豪放。即便是说"巴山楚水凄凉地"，他也会笔锋一转，"沉舟侧畔千帆过，病树前头万木春"。他是一个极坚韧、百折不挠的人。他到了贬所之后，不像柳宗元那样，在凄苦之境里体会"千山鸟飞绝，万径人踪灭。孤舟蓑笠翁，独钓寒江雪"，而是迅速地和当地百姓打成一片，在别人看来穷困不堪、逼仄不堪的困境里，重新觅得生活的生机与乐趣与不尽的快乐。

他每到一个地方，都向民歌学习。在贬谪的过程中，从朗州到连州、到夔州，他都交了很多平民、农民朋友，他甚至模仿农民劳作之时的号子、山歌而作著名的《插秧歌》。有音乐史学者认为，现在川东包括渭南这些稻作地区的薅秧歌，其实源头即是刘禹锡所作的《插秧歌》。因为这种坚韧和积极，因为这种快乐、永不屈服、永不低头的昂扬的精神，才让他从民歌中汲取精神，产生了《竹枝词》的大量创作。

事实上，刘禹锡在长达数十年的贬谪历程中，有题为《竹枝词》这样的组诗，也有未题作《竹枝词》但其精神与《竹枝词》完全一致的创作，所体现的都是他主动向民歌学习，以一颗诗人、文人、士大夫的灵魂，向生活、向劳动、向人性回归的那种积极、昂扬与努力!

有这种积极的心态，再加上他无与伦比的才情，刘禹锡的《竹枝词》一作而开百代之先，成为古今《竹枝词》的典范，从而超越元白、顾况，更是千古而下的人心所向、诗坛定论。

所谓"杨柳青青江水平，闻郎江上唱歌声"。如今听来，这里的歌声便是刘郎的歌声。刘郎一唱竹枝词，道是无情却有情。

所谓三生三世，十里桃花，其实就真实性和唯美性而言，远不如那首传诵千古的桃花诗。

这是一首简简单单的七言绝句，寥寥二十八字，没有典故，也没有难懂的字句，却为什么可以改变一个人留给世人的印象，又为什么可以让一段情在历史的尘埃里永不磨灭？

下面，我们就一起来品读崔护的这首《题都城南庄》。

诗云：

去年今日此门中，人面桃花相映红。
人面不知何处去，桃花依旧笑春风。

崔护《题都城南庄》 不可不信缘

崔护字殷功，博陵（今河北定州）人。他在唐德宗贞元年间中举，最终做到了岭南节度使，也算一方诸侯。不过，崔护官虽然做得很大，却不像唐代其他诗人那样给我们留下很多作品。《全唐诗》记载崔护所作的诗总共才六首，其中五首也属平常之作。但就因为一首诗，也就是题为《题都城南庄》的桃花诗，让崔护最终作为一个多情诗人，而非一个节度使、一方诸侯留在了后人的心中。

何以如此？这就要说到这首诗背后那个纯美的爱情故事了。唐人孟棨所作的《本事诗》最早记载了这个故事。因为本事诗的意思就是挖掘诗的创作由来，所以我们有理由相信，引发这首诗的故事应该是一段真实的感情。

故事是这样的。唐贞元十一年（795），崔护来到京城郊外春游，在此过程中他邂逅了一位叫绛娘的女子。

根据史料记载，导致崔护去郊外春游的背景应该有四个方面：第一，这一年崔护进京参加科举考试，但不幸落榜了。落榜生崔护在离开京城前百无聊赖，心情很差，有机会当然想出去走走。第二，正好这一天是清明节。唐人清明节已有郊祭的习惯，所以晚唐时杜牧就说"清明时节雨纷纷，路上行人欲断魂"。为什么路上有那么多行人呢？就是到野外去。第三，《本事诗》记载，崔护是一个"孤洁寡合"之人。个性比较内向，朋友也不多，因此他应该是一个人去郊外春游的。第四，因为崔护没有什么亲戚在京城，郊外也没有什么祖坟可以祭拜。他到郊外的目的，也就纯粹变成了郊游散心。

不要小看这四个背景，在这四重背景下，崔护带着郁闷又轻松的心情，漫无目的地游走。这种心态很重要，这让后来整个事件的发展都显得那么自然而纯粹，也让这段爱情故事在当时显得有些不合礼数，然而在后人眼里却丝毫没有做作矫情的成分。

崔护在野外漫无目的地游玩半天之后，在大自然美好景物的熏陶下，心情渐渐明朗起来。他走着走着，不知不觉离城已远，来到一处山坳里。似乎已经没路了，哪知

"山重水复疑无路，柳暗花明又一村"。转过山坳突然发现满眼的桃花、杏花，花开满地，落英缤纷，还有一户农家坐落在那桃花盛开的地方。看到有人家，崔护感觉口渴，于是朝那户农舍走去，边走边想，不知谁把家安在如此风景绝佳之地，会不会是当世的哪位大隐士。最后来到院墙外，只见柴门紧闭，只有院里的数枝桃花出墙来。

于是崔护轻轻叩门，同时说："小生赏春路过，可否讨口水喝。"过了不一会儿，只听有人走进院里来，然后门吱呀一声开了。崔护琢磨着开门的应该是个白发长髯、挂杖芒鞋的老者，这样才像隐士，哪知道走出来的却是一位妙龄少女。这个少女虽然着一身粗布衣服，却有着清俊脱俗的气质。

女孩看他没什么恶意，就让他进院引入草堂落座，自己去张罗茶水。

崔护打量四周，只见室内窗明几净，一尘不染，靠墙放着一排书架，架上放满了诗书，桌上铺着笔墨纸砚，墙壁上还挂着一副对联，写着"几多柳絮风翻雪，无数桃花水浸霞"，此句雅致，情趣不俗，绝对不是一般的乡野农家的风格。临窗书桌的纸上写着一首《咏梅》诗，"素艳明寒雪，清香任晓风。可怜浑似我，零落此山中"，这是借梅花感慨身世，一下子引发了崔护的共鸣。

正在端详之际，女孩端茶走了出来，崔护连声道谢，但喝了两口茶就觉得别扭。为什么呢？因为草堂就两个人，又不说话，除非是亲人或者感情非常好，否则就很尴尬。总不能让人家女孩先说吧，于是崔护只能期期艾艾地把自己的姓氏祖籍报了一下。女孩还没问，他急着先说我姓甚名谁。于是女孩也只好回答说，小女绛娘随父亲蛰居在此。说完这话，女孩就不再说什么。

崔护只得将话题一转，大赞此地景色宜人，如同仙境，是春游不可多得的好地方。绛娘只是听他高谈阔论，含笑颔首，似是赞同却并不说话。崔护本来就内向，说了几句就默默无话。他们一个坐在草堂的门口喝水，一个站在满树的桃花下默默静立。四下里山野寂静悄然无声，只有春天的气息和两个年轻人的静静的呼吸。

在这种情况下，一对正值青春年少的男女心里很难不荡起一圈圈细密的涟漪来。但是圣人言，发乎情，止乎礼。即使风乍起，吹皱了心里那一池春水，但这时候又能怎样呢？两个人就在这幅美丽的乡村图景下，默默地度过这段既漫长又短暂的春日下午的安静时光。

春日的午后，静谧的院落，满树的桃花下，一个斯人独立，一个在背后深情凝望。在这种浪漫满园的氛围之下，一个女子大概会比一个男子更容易动情。崔护不懂女孩子的心情，他以为绛娘不说话是不高兴了，只好起身道谢，恋恋不舍地向少女辞别。事实上他这一走，已经带走了女孩的一颗芳心。后来的故事也证明绛娘对这一段不知从何而来感情的投入，远比崔护深得多。

崔护回乡之后，虽也经常想起曾有一面之缘的绛娘，但学业的压力使他渐渐淡忘了这件事。第二年，崔护再次赴长安赶考。功夫不负有心人，终于考中了进士。科考的压力释放之后，这时的崔护第一时间就想到了去年在城南郊外偶遇的绛娘。

于是事隔一年之后，他又在春天的下午去寻找绛娘。好不容易找到桃花谷里那处小小的院落，可是崔护在门口等了很久，也不见有人来，只见院里的桃树将无数盛开的桃花伸到院墙外来。想起去年的场景，仿佛历历在目，崔护不由得深深感慨。于是，他冲动地在门上题了一首诗，这就是那首"去年今日此门中，人面桃花相映红"。

崔护乘兴而来，败兴而归，心里却总也放不下。脑子里总像有个声音在问，她究竟去了哪里？他思来想去，越想越觉得对绛娘难以忘怀，尤其是她身处桃花之中的倩影时常萦绕在心头，以至于茶饭不思。

过了几天，他再去城南寻访。这一次，他熟练地找到了那间村舍。可还没走近，就远远听到屋里传来阵阵的哭声。崔护心里一紧，连忙快走上前高声询问。

一个白发苍苍的老者，颤颤巍巍地走出来，泪眼模糊中上下打量着崔护，问他可是崔护。听到老者一口道出自己的姓名，崔护有些惊讶，忙点头称是。老者一听悲从中来，哭着说：都是你害了我的女儿啊。

崔护惊讶莫名，急忙询问原委。老者涕泪横流，哽咽着诉说道：女儿绛娘自从去年清明见过崔护便日夜思念，只说你若有情，必定再度来访。结果，春去秋来，总不见崔护的踪影。绛娘朝思暮想、惘然若失，事过一年本已绝望。前几天到亲戚家小住，归来见到门上题诗，痛恨错失良机，以为今生不能再见，因此不食不语，愁肠百结，一病而终。

崔护听完老者所言，心中酸痛，方知绛娘对自己竟是如此深情。《本事诗》里在写到这一段时说，"（崔）请入哭之，尚俨然在床。崔举其首枕其股，哭而祝曰：'某在斯！某在斯！'须臾开目。半日复活矣。"就是说崔护跟跟跄跄进屋，也不再管什么礼俗了，抱着绛娘的尸身放声大哭。一边哭一边说："我在这儿！我在这儿啊！"

幸好，不只是女人的眼泪可以感天动地，崔护的眼泪也同样感动苍天。估计绛娘只是一口抑郁之气郁积在胸中，属于医学上的假死现象，被崔护这么抱着一摇一晃，顺过气来，于是也就复活了。

但致使绛娘假死过去的那口抑郁之气是什么，是为了去年春天那场人面桃花的相会吗？假如崔护从此再也不来，绛娘也会死吗？

我觉得如果崔护不曾再来，绛娘会黯然神伤，但应该不会抑郁而终。《本事诗》里记载绛娘的死因是，"暮归，见左扉有字。读之，入门而病，遂绝。"是说她回到家看到那首诗后，随即就死了。导致她死亡的因素，是她感觉到有可能错过了这场美丽的爱情。

事实上，如果理智一些来分析，崔护既然能够在时隔一年之后再来到绛娘的门前，说不定还会再来呀。况且诗里面说"人面不知何处去"，也就是说崔护并不确定碰不到绛娘的原因是什么。若他真的对绛娘有情，就应该会继续寻找。但是，身在局中的青年男女又怎么会这么想呢？那种擦肩而过、失之交臂的巨大痛苦与悲凉的感觉，只有身在情爱中的人才能切身地感受到。这也是绛娘可以看到门上题诗而殒命、可以闻崔护一呼而苏醒的关键所在。绛娘能够为爱而死，为爱而活，这就有了后来《牡丹亭》里杜丽娘那种为爱穿透生死的爱情至上主义的身影。

既然连生死都能从属于情爱，最后的结局当然是完美的。《本事诗》记载，绛娘之父"大喜，遂以女归之"，有情人终成眷属。这让我想到著名导演郭在容拍的一部电影，片名叫《假如爱有天意》，另外一个名字翻译过来又叫《不可不信缘》。

人世间大概真的有冥冥中注定的缘分，可以让我们把爱情最终当成一种信仰。就像人面桃花，就像崔护与绛娘。所以，假如你的手中还握有爱，请你相信爱自有天意，不可不信缘。

薛涛外貌秀丽、多才多艺，不仅擅长写诗，还精通音律，更创制了风行一时、流传千古的"薛涛笺"。出众的才情使薛涛闻名遐迩，而她的诗作《牡丹》更是唐诗中一种独特的声音。

诗云：

去春零落暮春时，泪湿红笺怨别离。

常恐便同巫峡散，因何重有武陵期？

传情每向馨香得，不语还应彼此知。

只欲栏边安枕席，夜深闲共说相思。

唐贞元元年（785），韦皋出任剑南西川节度使。一次酒宴中，韦皋让薛涛即席赋诗，薛涛提笔写就《谒巫山庙》，诗中写道："朝朝夜夜阳台下，为雨为云楚国亡。惆怅庙前多少柳，春来空斗画眉长。"韦皋看罢，拍案叫绝，从此薛涛声名鹊起，成为侍宴的不二人选，也很快成了韦皋身边的红人。

薛涛本是官家小姐，少时就十分聪慧灵秀。因父亲薛郧早逝，与母亲相依为命。后来，为了生活不得不入乐籍，以音乐、声色娱人，地位卑下。

身为闻名遐迩的才女，加上受到士大夫们的赞美、宠爱甚至追捧，二十芳龄的薛涛不免恃才傲物、恃宠而骄，以致惹恼了韦皋，被罚去边地松州。松州地处西南边陲，人烟稀少，兵荒马乱。生活的猝然剧变使薛涛从迷幻的梦中清醒，开始后悔自己的轻率与张扬，不得不低头认错，请求原谅，表示想要脱离乐籍。为此，薛涛连续写下了《罚赴边有怀上韦相公》五绝二首、《罚赴边上韦相公》七绝二首，以及动人的《十离诗》十首。

当薛涛的诗送到韦皋手上时，百炼钢顿时化为绕指柔。韦皋心软了，将薛涛召回成都。于是，薛涛便隐居成都浣花溪畔，脱离乐籍，过起了王建在《寄蜀中薛涛校书》中所描绘的"万里桥边女校书，枇杷花里闭门居"的生活。晚年，薛涛居碧鸡坊，建吟诗楼，并在居所附近种满一丛丛的修竹。薛涛不仅爱竹，也爱菊。不论人生的际遇如何，她的内心深处永远都是高傲自负的。她自诩"兼材"，始终追求的是高洁的品质，曾作《浣花亭陪川主王播相公暨寮同赋早菊》等诗。

薛涛后来即使低调做人，却仍高调入世，关心时局。剑南西川幕府历来精英荟萃，人才济济。名相裴度、节度使段文昌等皆出自剑南西川幕府。薛涛前后历事十一任节度使，对剑南西川的各种情况了如指掌。历届川主也往往把她视为没有幕僚身份的幕僚；从外地入蜀的文人、政要也常常将薛涛作为咨政议政的对象。韦皋和武元衡镇蜀时甚至向朝廷奏报，希望聘薛涛为校书郎。最终虽然没有得到朝廷的认可，但进出蜀中的官员、士绅私下都称薛涛为"女校书"。

薛涛死后，时任西川镇帅李德裕专门写诗祭悼，并将悼诗寄给远在苏州的刘禹锡。刘禹锡郑重地写了和诗，又将这一消息及诗作送寄给白居易。白居易在《与刘禹锡书》中写到他曾反复吟诵其诗，遂生不胜世事沧桑之感。而二度任西川节度使的段文昌，则为薛涛撰写了墓志，表达惋惜与追慕之情。

而讲到薛涛的人生，不能不讲的便是她和元稹那场轰动当时的姐弟恋。我们所要品读的这首《牡丹》，也与这场轰轰烈烈的爱情有关。

关于这首《牡丹》诗的作者归属，其实还有不同的看法。这是因为《全唐诗》中，《牡丹》诗被分别收在薛涛与薛能的集子中。因此有人肯定这首诗是薛涛所作，而有的则认为应属薛能所作。

持肯定说的认为，据《后村诗话》可知，"薛能诗格不甚高，而自称誉太过"，认为《牡丹》诗的格调，是薛能所不具有的。《牡丹》诗，因为既收入《薛涛诗》，又收入《薛许昌集》，可算是并属文了。诚如葛洪在《抱朴子》中说："夫才有清浊，思有修短，虽并属文，参差万品。"试将薛能与薛涛的诗两相比较，就可发现二人的气质、格调，都各有体。

《牡丹》语调细腻优美，读来如闻一个女子的轻吟低唱，显然是薛涛在美好希望破灭之后，诉说自己无可奈何，只能与牡丹共话相思的情境。而薛能诗有的固然清新，却无此格调，所以《牡丹》诗是薛涛作品应属无疑。

持否定说的则认为，《唐人选唐诗》十种之一的《才调集》也选录了这首牡丹诗，署名薛能。编者韦谷选诗偏重晚唐，而薛能为晚唐诗人。另外，历考今存之唐人选唐诗各种选本，均未见此诗署名薛涛者；而在薛能的诗集《薛许昌集》中收有此诗。且这首诗在《薛许昌集》中是《牡丹》四首之一。四诗虽有五、七言之分，排、律之别，而俨然为一有机整体，分割不得。

不过，每一位诗人都有其独特的风格气韵。从这首诗的诗句中，我们其实可以探寻到一些历史的影踪，可以触摸到那位蕙质兰心的奇女子的心灵世界。

美丽的女子总会有无数的传说，也多会有动人心魄的爱情故事，更何况聪明而又美丽的薛涛呢？

薛涛与元稹相恋是在元和四年（809），也就是元稹的发妻韦丛去世的当年。元稹被任命为东川监察御史，来到成都。韦皋宴请，薛涛出席。元稹风度翩翩，一表人才，此前因悼亡诗已誉满诗坛。薛涛不由得为之动心。而元稹自命风流，也为薛涛的姿色与才情所倾倒。二人一见钟情，相见恨晚。

那时薛涛已四十二岁，却爱上了三十一岁的元稹。元稹以巡阅川东卷牍为名，待在成都近一年，两人在蜀地共度一段美好的爱情时光。接下来，元稹离川返京，重新踏上他的仕途。分别已不可避免，薛涛十分无奈，但令她稍感欣慰的是，很快她就收到了元稹寄来的书信，同样寄托着一份深情。劳燕分飞，两情远隔，此时能够寄托她的相思之情的，唯有一首首诗了。

薛涛喜欢写绝句，平时常嫌写诗的纸幅太大。于是，她对当地的造纸工艺加以改造，在成都浣花溪采木芙蓉皮为原料，加入芙蓉花汁，将纸染成桃红色，裁成精巧的小八行纸。这种窄笺特别适合用来写情书，人称"薛涛笺"。

"去春零落暮春时，泪湿红笺怨别离。"面对眼前盛开的牡丹花，却从去年与牡丹的分离着墨，把人世间的深情厚谊浓缩在别后重逢的场景中。"红笺"，其实指的就是诗人创制的深红小笺"薛涛笺"。"泪湿红笺"句，说明诗人自己为爱而哭，为爱而苦。由此也可看出，此首《牡丹》应为薛涛所作。

"常恐便同巫峡散，因何重有武陵期?"这里化牡丹为情人，笔触细腻而传神。"巫峡散"化用了宋玉《高唐赋》中楚襄王和巫山神女梦中幽会的故事，"武陵期"则是把陶渊明《桃花源记》中武陵渔人意外发现桃花源和传说中刘晨、阮肇遇仙女的故事捏合在一起，为花、人相逢戴上了神奇的面纱，也写出了一种惊喜欲狂的兴奋。

"传情每向馨香得，不语还应彼此知。"诗人把"花人同感，相思恨苦"的情韵十分清晰地勾勒出来。花与人相通，人与花同感，正所谓"不语还应彼此知"。诗人笔下的牡丹，显然已经被人格化了，化作了有情之人，她用牡丹来写情人，写自己对情人的思念，显得格外新颖别致。

而诗的最后两句，更是想得新奇，写得透彻："只欲栏边安枕席，夜深闲共说相思。""安枕席"于"栏边"，如同与故人抵足而卧；深夜时分，犹诉说相思，可见相思之苦，思念之深。关注薛涛，就要关注她的情感世界，关注她的喜怒好恶。

薛涛性爱深红，爱着红衫，爱赏红花，性情热烈。《试新服裁制初成》三首中就有"紫阳宫里赐红绡"的句子；《寄张元夫》中写"前溪独立后溪行，鹭识朱衣人不惊"；

《金灯花》中则写"阑边不见襄襄叶，砌下唯翻艳艳花。细视欲将何物比，晓霞初叠赤城家"，都是极好的佐证，而她所制的"薛涛笺"也是如此。

薛涛喜竹，但她的内心深处却有着火热的一面，而这一面在她与元稹的感情中被完全地激发出来。唐人喜吟牡丹，但在众多吟咏牡丹的诗作中，薛涛的《牡丹》诗之所以写得别开生面，正是因为薛涛内心的这份火热，把人与花之间的情意写得缠绵深挚。诗人看似写花，实是写人，更是写情，把一个多情女子的缠绵悱恻的内心情感表达得淋漓尽致，因此读来感人至深。但是，薛涛深深爱着的元稹最终却没有回来，两人的感情无疾而终。

或许是因为两人年龄相差悬殊，三十一岁的元稹正值男人的风华岁月，而薛涛即便风韵绰约，毕竟大了十一岁。或许是因为薛涛乐籍出身，相当于一个风尘女子，而元稹更加看重的却往往是对仕途的助力。

面对生活中的不幸与元稹的寡情，薛涛并不后悔，也没有像寻常女子那样郁郁寡欢、愁肠百结，而是更加坚强地面对人生的得失。

后来，在回忆与元稹的一段旧情时，薛涛写下了《寄旧诗与元微之》："诗篇调态人皆有，细腻风光我独知。月下咏花怜暗淡，雨朝题柳为欹垂。长教碧玉藏深处，总向红笺写自随。老大不能收拾得，与君开似好男儿。"她生活在浣花溪畔，自写红笺小字，将对元稹的一番深情化为对自己、对人生、对生活的体验。

薛涛的诗作以绝句为多，今存九十一首作品中，绝句达八十四首，而与元稹有关的诗却多非绝句。这或许是她内心的深情需要更多的空间、更长的篇幅来表达吧。

不能不说，薛涛实在是唐代诗坛一个非常独特的存在，发出了带有特殊魅力的女性声音。

用一首诗拯救我们的爱情

崔郊《赠去婢》

下面这首诗讲述的是一个真实的故事，一个在命运的无奈面前，因努力争取、因人性中的善良，而使得有情人终成眷属的美丽故事。记载这个故事的那首传诵千古的七言绝句，即唐代诗人崔郊的《赠去婢》。

诗云：

公子王孙逐后尘，绿珠垂泪滴罗巾。
侯门一入深如海，从此萧郎是路人。

人生多多少少总有这样那样的无奈与悲哀。不过，人之所以为人的魅力就在于可以在人生的无奈面前去努力、去争取，正所谓"谋事在人，成事在天"。

爱情也是如此。

据唐末范摅《云溪友议》记载：崔郊是唐元和年间的秀才，年轻时寓居在襄州（今襄阳）的姑母家中。姑母家有一个婢女，长得姿容秀丽，又温婉多情。崔郊就与这个婢女互生爱恋，私定终身。所谓"海誓山盟""两情相悦"，正是青年男女健康而自然的情感。

可是命运常常捉弄人，姑母因为家境日败，便将这个姿容秀丽、温婉多情的婢女，卖给了当时著名的连帅于頔。

于頔时任襄州刺史，并任山南东道节度观察使。其人能力非凡却独断专行，在平"蔡州之乱"后势力强大，俨然成一方诸侯，并要求朝廷将襄州升为大都督府。于頔后来权大势重，在很多事上肆意妄为，骄横为天下所闻，所以当时人称不遵法度的节度使就为"襄样节度"，就是指于頔那样骄横的节度使。崔郊心爱的婢女，就被姑母卖到了于頔家中。

而且于頔这一次与以前不同，之前他有时候会强抢民女，这次居然掏了四十万钱买下这个美丽的婢女。一介书生崔郊面对这样的现实，可谓是徒唤奈何。然而爱情中的青年男女，有着让人难以想象的潜能。崔郊不甘心命运的安排与捉弄，他便每日跑到于府附近，一片痴心地希望能够再见到自己心爱的人。

皇天不负有心人，到了寒食节那一天，崔郊终于在于頔府外的一条小路上碰到了心爱的人。我们知道，上巳节、寒食节本来就离得很近，这个时候可以去郊外踏青，上巳其实就是古代的情人节。所以崔郊在路边守候，等待心爱的人，也是非常合情合理的。

"公子王孙逐后尘"，这是在说心爱之人的美丽：我心爱的人啊，你为什么那样美？让公子王孙都争相追求，甚至追逐你身后的清尘。而你呢，"绿珠垂泪滴罗巾"，你却如同绿珠一样，泪水湿透了罗巾。

说到绿珠，就要说一说著名的"绿珠坠楼"的典故。

据说绿珠是白州人，也就是现在广西的博白县人。绿珠生得美艳，且善吹笛歌舞。相传西晋那个喜欢斗富的石崇做交趾采访使的时候，用三斛珍珠买来了绿珠，然后置之于金谷园中，以示宠爱，更作为炫耀的资本。后来石崇失势，权臣孙秀就派人向石崇索取绿珠。遭到拒绝之后，孙秀就在赵王司马伦面前诬陷石崇，致使石崇被灭族。

孙秀派兵来抄家之前，石崇对绿珠说："我今为尔获罪。"绿珠含泪答曰："愿效死于君前。"于是坠楼而死。"绿珠坠楼"就成了女子有气节、有节义的一个典故和表现。

杜牧《金谷园》诗云："繁华事散逐香尘，流水无情草自春。日暮东风怨啼鸟，落花犹似坠楼人。"而他在《题桃花夫人庙》中则说："细腰宫里露桃新，脉脉无言几度春。毕竟息亡缘底事？可怜金谷坠楼人。"其意是拿绿珠坠楼和绿珠的节义，来对比桃花夫人（即春秋时的息夫人）的再嫁与苟活。由此可见，杜牧对绿珠这种气节的推崇。

崔郊引用这个典故，说"绿珠垂泪滴罗巾"，是说两个人心心相印，彼此忠诚。可是这样美的你，这样与绿珠一样深情、多情，甚至忠贞于爱情的你，在命运面前，又能如何。忘了我吧，忘了我吧！

"侯门一入深如海，从此萧郎是路人。"尾联这两句千古传诵的名句，很多读者应该都听说过。一旦嫁入侯门，就像是深陷大海，从今以后便把你那萧郎般的情郎当成陌生的路人。这里的萧郎和周郎一样，都是泛指美好的男子，或者女子爱恋的情郎。当然，萧郎不像周郎，这一典故到底指谁，在历史上还是有争议的。

　　周郎指的是周瑜，"曲有误，周郎顾""遥想公瑾当年，雄姿英发"，这是毫无疑问的。而萧郎至少有三种说法：一是指萧史。也就是那位以平民的身份，因擅长音乐、弄箫而获取了秦穆公之女弄玉的芳心，最终萧史乘龙、弄玉跨凤，两人终成神仙眷属。二是指昭明太子萧统。王维的《相思》云："红豆生南国，春来发几枝。愿君多采撷，此物最相思。"江南最有名的红豆树就是江阴顾山的那棵千年红豆，传说那是昭明太子萧统和慧如的爱情见证。所以深情的太子、俊逸的萧统，后来就成了最理想情郎的代表。还有一种说法，则说萧郎是指梁武帝萧衍。萧衍雄才大略，又风流多才，待人尤其宽厚善良，所以在当时的江南也成为美好男子的代称。

　　当然，不管萧郎到底指的是谁，"从此萧郎是路人"里的"萧郎"，显然应该是崔郊的自喻。张籍的千古名句"还君明珠双泪垂，恨不相逢未嫁时"，写尽人生的无奈。人生该有多少"君生我未生，我生君已老"，或者是"君我相逢不同时""君我相逢已嫁时"的悲哀呀。

时间的错过已让人无奈，但若时间正好，却还有命运的阻隔，人生与爱情便因此更显苍白。那样美好的你我，既然能"君生我已生，我生君未老"，既然能相逢于未嫁之时，本该是多好的爱情、多好的姻缘！可惜天不从人愿，哪怕一切都刚刚好，可还有侯门，还有这不公平的人世间。而你我这样如草芥般的平民，面临着社会的不公、权势的不公、命运的不公，又能怎样呢？不过一声哀叹，悲叹一句"侯门一入深如海，从此萧郎是路人"罢了。

这一声哀叹太过沉重，所以千年而下，因这两句诗，更凝练出了"侯门似海"与"萧郎陌路"两个成语。

崔郊写罢伤心诗、送别伤心人之后，踉跄而还。没有想到的是，这首诗不胫而走，一下子在当地流传起来，可见这种因生活而来、发自心灵的鲜活创作，影响力与生命力是巨大的。

有小人想陷害崔郊，就把这首诗写下来拿给于頔看。哪知性格专横的于頔，看了这首诗之后竟被深深打动，感慨万千。于頔叫人把崔郊召到府上。开始的时候，左右之人还猜不出于頔的用意，崔郊自己也提心吊胆，但也逃不掉，只好硬着头皮去见。

于頔一见崔郊，竟然放下身份，上前握着他的手说："'侯门一入深如海，从此萧郎是路人。'原来这诗就是你写的呀！四十万钱不过是一笔小钱罢了，怎能抵得上这首诗呢。"然后于頔盛情款待崔郊，最终将婢女赐还，让有情人终成眷属。据说，于頔后来还赠送了很丰厚的妆奁。而这一段佳话也为于頔——那个曾经专横的"襄样节度"赢得了非常好的名声。

可见，一首好的诗既能赢回一段爱情，也可以帮专横之人发现内心的善良。所以《礼记》说，"温柔敦厚，《诗》教也"，诗词的作用不可谓不大。

崔郊不仅因为这首诗拯救挽回了自己的爱情，更因此名留史册，成为一种不朽。

李商隐的诗深受后人喜欢，但其中的情感幽微、所言难寻，诚如元好问所说"诗家总爱西昆好，独恨无人作郑笺"。他一系列的《无题》诗，可以说是唐代诗歌史上，也是中国爱情诗歌史上一个独特的经典，但要说清楚可是难上加难。

下面我们就来赏读一首特别有名的《无题·相见时难别亦难》。

诗云：

> 相见时难别亦难，东风无力百花残。
> 春蚕到死丝方尽，蜡炬成灰泪始干。
> 晓镜但愁云鬓改，夜吟应觉月光寒。
> 蓬山此去无多路，青鸟殷勤为探看。

为什么李商隐的无题诗难以解读，却能打动每一个人呢？当然有人也会加以分析，比如"昨夜星辰昨夜风"，文学史上就有人认为这是一首政治讽喻诗。但我个人感觉这样读诗，其实失去了一颗真正的诗心。

这首《无题》是爱情诗而非政治讽喻诗，应该是很明确的。有观点进一步认为，这是李商隐在十六七岁的时候，在玉阳山学道时所写，是写给他的初恋情人宋华阳，这样一来，这首诗也就落实了。

这么明确地说，乍听一下，好像很有道理。首先李商隐和宋华阳的初恋，确实是晚唐的一桩公案。历代学者不遗余力地考证他和宋华阳的这段初恋情感。较为通行的说法是宋华阳是一位女冠子，也就是一位女道士。

唐大和元年（827），李商隐来到河南济源的玉阳山学仙求道。

某一个春日的黄昏，李商隐策马于玉阳山路中独自前行，遇见一个年轻貌美的女道士，坐于七香车内。两人四目相对，女道士突然对马上的李商隐嫣然一笑，于是一段美丽的初恋情感就此展开。

所以李商隐另有一首《无题》写道："白道萦回入暮霞，斑骓嘶断七香车。春风自共何人笑，枉破阳城十万家"。很多人认为，这里写的就是李商隐与女道士的初次相逢。这里要特别注意的是，身着女冠的宋华阳，其实是陪公主学道。唐代的很多公主们都喜欢出家当女道士，这也是一个十分特殊的爱好，唯在大唐盛行一时。

宋华阳与年轻的李商隐在玉阳山中陌上相逢，一个正当妙龄，一个年轻潇洒，两人相遇正是"心有灵犀一点通"，迅速擦出了爱情的火花，可是他们的隐秘恋情，终究纸里包不住火。甚至还有一种说法，说宋华阳最终为之有了身孕，而李商隐因此被逐下山。他们的恋情不仅无终无果，而且二人还为此背负了不好的名声。

最重要的结果是，这段恋情为李商隐留下了心中永远的伤痛。有不少人以为，李商隐之所以后来写下如此多的艳情诗，追根溯源都是由于这一场失败的初恋。而宋华阳这个初恋情人的名字这么确定，也是因为李商隐自己的诗作中就明确提到了宋华阳的名字，甚至像《月夜重寄宋华阳姊妹》《赠华阳宋真人兼寄清都刘先生》等诗题中都提到了宋华阳的名字。所以很多人认为这更是李商隐为宋华阳以及初恋写下《无题》诗的明证。

于是这一派的观点认定，"隔座送钩春酒暖"的是宋华阳，和他一起"分曹射覆蜡灯红"的也是宋华阳。那么，这首"相见时难别亦难"，就更是写那位著名的女冠子了。他们本来就是偷偷地相会，所以叫"相见时难别亦难"，而这种爱情又是无果而无望的，正是"东风无力百花残"。可是即使面对无望的爱情，诗人也信誓旦旦为之海誓山盟，"春蚕到死丝方尽，蜡炬成灰泪始干"，这是对爱情的执着与坚韧。至于"晓镜但愁云鬓改，夜吟应觉月光寒"，一个写镜前叹息的宋华阳，另一个则是月下相思的李商隐。最后说"蓬山此去无多路，青鸟殷勤为探看"，那就更是落实了李、宋二人之间的关系，蓬山是仙山，就是宋华阳跟随公主修炼的玉阳西峰，而李商隐就住在玉阳东峰，所以咫尺相望，并不多路。而"青鸟殷勤"，"青鸟"本来是西王母的使者，是说恋爱中的两人想尽了办法互通款曲、互递音信、互诉相思之情。这样看来，句句切合，不应该是很明确的吗？

我个人以为，第一类把这种美丽的爱情诗硬要解读为政治讽喻诗的，类似野蛮城管式的生搬硬套。而第二类将之硬凑为初恋情事诗的，则是娱记式的八卦解读。我不否认李商隐的天纵奇才，但非要说他在十六七岁的初恋中就能写出"相见时难别亦难""春蚕到死丝方尽，蜡炬成灰泪始干"这么深刻的人生况味，凭我人到中年的人生阅历，绝不能相信这是真的。

还是回到开始的那个问题，为什么李商隐的这些《无题》诗，每个人读来都能有一种拨动心弦的深切感受，都能有一种回味悠长的人生感慨？

因为他写的不是道理，不是规律，不是文以载道，甚至不是人生的志向、自信，或誓言一类的情绪。"相见时难别亦难"不是，"春蚕到死丝方尽，蜡炬成灰泪始干"其实也不是。那他写的到底是什么呢？那是每个人心中都有的那种属于个体生命底色的，是不足与外人道的真实的情感。

华夏文明讲究薪火相传，这固然非常好，但在儒家正统文化影响下，一切作品都要求文以载道，也是过犹不及的。李商隐的独特和价值，正在于他第一个主动脱离了文以载道的创作体系。

为什么他的一组诗都叫《无题》？事实上，李商隐的《无题》在中国文学史上属于一种崭新的创作。

一首诗为什么要有题目？因为它能够凝练地记载客观事实与主体诉求，而这种所谓的主体诉求，就直接指向了文以载道。不管出于怎样隐约难言的原因，李商隐连题目都放弃了，就说明他不想进行一种所谓的价值诉求——文以载道。因此李商隐的《无题》诗，在历代都被直接称为"艳情诗"。在儒家正统社会里，"艳情诗"这个说法，多少是带有贬义色彩的。

主流文坛之所以会这样称呼，其实就是因为李商隐对文以载道正统的主动放弃。因为不需要载道，因为没有明确的价值诉求，所以李商隐可以用他的笔，回到自己的内心深处。

现实沉重，他不想和外在的现实在诗里发生什么样的关系，他只需要用他的诗去摹画他最真实、最纯粹的心灵。这样一来，他的笔，他的诗，就得到了一种解放。他所写的诗里的那一颗心，既是自己的那一颗纯粹的心灵，同样也是千千万万世、千千万万人的真实的心灵感受。

你看"相见时难别亦难"，虽然曹丕早就说过"别日何易会日难"，而南朝宋武帝在《丁都护歌》里也说，"别易会难得"。意思虽大致相同，但是李商隐的诗句却一下子击中了每个人的心灵。如果你爱过，如果你恨过，如果你在爱情里激动过、幸福过，又痛苦过、绝望过，你就会知道什么叫作真正的"相见时难别亦难"。

有人说这首诗的诗眼是那个"别"字，因为这是一首送别诗。我却不这么以为，我认为最关键的倒是那两个"难"字。当我们的生命陷于万丈红尘，当我们的心灵在爱情中沦陷，你才会知道人世间的情感十有八九并不如意，所有故事的结局大多留给人的是一声浩叹，"欲笺心事，独语斜阑。难，难，难！"所以"相见时难别亦难"，固然可以说"欲相见，不忍别"，可是一则爱情本身艰难，二则爱情中的男女在万丈红尘中举步维艰，只通过两个"难"字，就把所有人心中的感慨都一下子宣泄了出来。也因此，所见是"东风无力百花残"。

亚里士多德说，诗才是一个时代最好的历史。在盛唐，李白高歌"长风几万里，吹度玉门关"，而在晚唐，李商隐李义山眼前的东风已然无力，"流水落花春去也"，竟是"如此人间"。

其实春风有力还是无力，百花是开放还是凋残，在此时的李商隐的眼中、笔下，都不再只是外在世界的象征物，而变成了内在情感世界的象征物。只有这样，我们才能真正理解颔联"春蚕到死丝方尽，蜡炬成灰泪始干"的深刻内涵。

我们现在经常引用这一联，而且经常用来形容老师这个职业。我自己就是老师，我很喜欢"蜡炬成灰泪始干"的这种比喻。我经常说，这种比喻其实一点都不悲情，因为人生的终极追求就是追求光明与温暖，而对一支蜡烛来说，在它燃烧的时候，其实得到最大光明和最多温暖的就是蜡烛自己！

但是，回到诗的角度上，我相信李商隐永远也不会去这样理解，他写下的这一联千古名言，我们后人的解读，大多数也不可避免地带有文以载道的观念。而我相信李商隐之所以选择"春蚕到死"和"蜡炬成灰"的意象，去写"丝方尽""泪始干"，他并不是为了表达一种爱情的信心和理念。所有的信心和理念都是面对世界，都是向外的，而他要说的是人生的一种状态，一种向内的、面对自我的，甚至可以宽慰自我、升华自我的人生状态。

请注意，向外的诉求是一种人生的理念，向内的诉求是一种生命的状态，这两者之间其实有着根本性的区别。这样说或许太抽象，还是回到我们生命的状态里来说吧。

这句话为什么大家都很喜欢？我们生命中每个人，其实都有这种"春蚕到死丝方尽，蜡炬成灰泪始干"的状态。

爱情当然是一种最典型的状态，你深陷在爱情之中，当你一片痴心的时候，你就像那"春蚕吐丝"渐渐地包裹自己，你就像那"蜡炬成灰"心甘情愿地为之流泪。即便如亲情、如友情，生命里一定有过这样的时候，为了某些人、为了某些事甘愿付出，甚至可以打动你自己。时过境迁，回头去看，那时心甘情愿的自己，才是生命中最美、最温暖的样子，那就是"春蚕到死丝方尽，蜡炬成灰泪始干"的生命状态。

理解了这一点，我觉得才算是解了诗味，否则，从诗的技巧上都说不通。因为首联、颔联、颈联、尾联讲究的是起承转合，既然首联说"相见时难别亦难，东风无力百花残"，一"难"一"残"，明确可见诗心的哀叹，那么紧接着颔联"春蚕到死丝方尽，蜡炬成灰泪始干"，要是一种爱情的誓言、人生的理念，怎么去和首联相承呢？但如果把它还原成一种向内的生命状态，一种心灵的、精神的力量，那么自然就能在一片哀叹中画出一种痴情来。

谁说"一片痴心画不成"？李商隐妙笔生花，就是能随手用两个意象便画出一片痴心。正是因此，再外化到人物形象便水到渠成了。"晓镜但愁云鬓改"，镜前的恋人看着鬓间的颜色，在哀叹跨不过时间的沧海。而"夜吟应觉月光寒"，更让我们看到一个"似此星辰非昨夜，为谁风露立中宵"的痴情形象，黄仲则写痴情便直接写来，李商隐写痴情、写痴心却竟是这样的幽婉。

尾联"蓬山此去无多路，青鸟殷勤为探看"，仿佛一改"相见时难别亦难"的情感底色，仿佛有爱情的使者带来了希望。其实他还是在写痴情，在写内心永远放不下的追求，在写心甘情愿落泪的蜡烛，在写不死不休吐丝的春蚕。

为什么这样连题目都没有的诗，却如此动人？

就是因为我们每个人都能从中找到自己生命的影子，都能为那个曾经痴心痴情的自己所温暖、所打动。生命与红尘确实很难，但我和你曾经的时光却那样温暖。我曾经像一支蜡烛那样为你流下滚烫的热泪，像一只小小的春蚕为你吐丝成茧。如今我们回头去看，原来我们爱的不是爱情，而是爱情里的你我，心甘情愿。

"玲珑骰子安红豆，入骨相思知不知"，这两句我相信很多人都很熟悉，因为它太有名了。

下面，我们就来赏读温庭筠这首著名的《新添声杨柳枝词》（其二）。

词云：

井底点灯深烛伊，共郎长行莫围棋。

玲珑骰子安红豆，入骨相思知不知？

温庭筠这首《新添声杨柳枝词》（其二）的题目，其实可以简称为《杨柳枝词》。那为什么要叫《新添声杨柳枝词》呢？因为杨柳枝是乐府曲名，本来是汉乐府横吹曲《折杨柳》，到了唐代改名《杨柳枝》，到开元年间已经变成了教坊曲。

之所以又叫"新添声"，还得益于白居易。白居易是乐府诗作的高手，也是唐代乐府运动的旗帜性人物。他依旧曲作词翻为新声，他自己写《杨柳枝》词的时候，就说"古歌旧曲君休听，听取新翻杨柳枝"。因为白居易的影响

241

很大，所以当时诗人纷纷唱和，新翻声的杨柳枝词，就像刘禹锡作的《竹枝词》一样，流传非常广。

说过了词牌，我们再看温庭筠的这首诗究竟为何写得那么动人？这其实和它的独特性有关。

这首诗最独特的地方是出神入化地运用了汉语谐音双关的技巧。

这首诗设置的场景，是一位妻子要送别她即将远行的丈夫。这种时候，一个玲珑剔透的女子，会对她的爱人说些什么呢？

第一句，"井底点灯深烛伊"很有意思，为什么偏要到井底去点灯？原来是为了深烛，那蜡烛放在井底就是深处之烛。深烛，又是深嘱的谐音，就是深深地嘱咐。嘱咐的对象"伊"是所谓"伊人"，这里是人称代词，指代"你"。"深烛伊"，就是我要深深地叮嘱你。

你看这个玲珑剔透的女子，她说我要叮嘱你的时候不是直接说，而是说我要像井底点一支蜡烛那样，深深地嘱咐你。这一句话就体现出这个女子非常有趣的形象来。她这么俏皮生动的开场，到底要嘱咐些什么呢？

第二句就是她嘱咐的内容了，"共郎长行莫围棋"。这里的长行和围棋都是两种游戏。围棋我们都很熟悉，长行是一种简单的赌博游戏。

唐人笔记记载，投色子来赌博的叫长行局。《唐国史补》里更记载说，"王公大人，颇或耽玩，至有废庆吊、忘寝休、辍饮食者"，就是说大家玩这种长行局以致废寝忘食。围棋不用说了，是华夏文明为人类贡献的形式最简单、内容最复杂、技巧最智慧、变化最无穷的一种游戏。

难道这个女子这时候是要说，要和她远行的丈夫一起玩游戏吗？

当然不是。

"共郎长行"，这个"长行"又指代远离远别。你的人虽然离开我要远行，但我的心却跟你一起走。所以，不要惦记着家里牵挂你的我。莫围棋，其实是莫违期。不要过了约定的时间你还不回来，要早点回来啊。

这种生动的叮嘱，不由得让人想起邓丽君的那首名作《路边的野花不要采》。但温庭筠的这首诗，可能更俏皮一些。而且它真正的曼妙却是在言语之上更上一层，体现出入骨的深情。

"玲珑骰子安红豆，入骨相思知不知？"既然上两句已经用了谐音双关的表现手法，深烛、长行、围棋，那么最后一联就更不用说了。不仅谐音，意象的选取也是触目惊心。

骰子，就是色子。相传，骰子是三国时候曹操的儿子曹植发明创造的。最开始的时候是玉做的，后来变成骨质的。因为它上面的点要着色，所以又称为色子。标准的色子是个六方体，六个面上分别刻着从一点到六点。其中一点和四点是红色的，其他四个是黑色的。

为什么一点和四点是红色的呢？传说唐明皇和杨贵妃都酷爱掷色子，有一次轮到唐明皇掷色子的时候，唯有两粒骰子都掷四点，他才能赢了杨贵妃。这个骰子在转动的时候，唐明皇很激动，就叫着"双四"，要两个四点。等色子停下来的时候，果然是两个四点。唐明皇见此大为高兴，觉得这是吉兆，就以皇帝的身份，命令太监把所有色子四点这一面都涂成朱红色。那么和四点对应的一点那一面，也被涂成了朱红色。后来引发了民间的效仿，并且一直流传到今天。

色子上那个一点和四点的点，就非常像相思的红豆，所以叫"玲珑骰子安红豆"。"入骨相思"，我们刚才讲了，最早的色子都为骨制，所以，这个像红豆一样的红点深陷在骨头里了，叫作入骨相思。这个意象上的选取和这种一语双关的隐语表现，实在是太精彩了。

"共郎长行莫围棋"，还只是轻轻地叮嘱；到了"玲珑骰子安红豆，入骨相思知不知"，简直就是惊心一问。既无尽缠绵，又深情婉转，一语脱口而出，叫人为之销魂！

这首《杨柳枝词》虽然用了谐音的表现技巧，但是温庭筠的水平就是不一般。

现在广告里也经常用到谐音的表现方式。如"衣衣不舍"写成衣服的衣，肯定是卖服装的；卖胃药的宣传"一步到胃"，变成了肠胃的胃；卖酒的"有口皆杯"，石碑的碑变成了杯子的杯；卖洗澡时用的热水器，叫"随心所浴"，欲望的欲变成沐浴的浴；卖洗衣机的叫"闲妻良母"，就是让妻子闲下来了，贤惠的贤变成空闲的闲；连止咳药的广告都叫"咳不容缓"，刻不容缓变成咳不容缓。这种广告很多，谐音的手法也有很多。

但是，温庭筠的谐音运用，会让我们轻轻地放下那些技巧性的东西，随着他情绪的表达而感动。你明明知道他用了谐音的技巧，但到最后你根本不在意他外在的方式。

最后一句"入骨相思知不知"，简直是画龙点睛之笔。温庭筠为什么能够出神入化，把这种看似小小的谐音技巧，写到如此拨动心弦，打动灵魂的地步？这就要用到我们常说的知人论诗、知人论世的方法了。

温庭筠的作品中有大量以女子的口吻来创作的诗词，所以在爱情诗词的创作上，当时无人可出其右，唯李商隐和他齐名，所以当时人称之为"温李"。

李商隐善于写诗，温庭筠善于写词，所以温庭筠后来又被称为"花间词派"的鼻祖。别看温庭筠的才情很高，但是他的一生有三大遗憾：第一个是长得特别丑，唐代史料里甚至称他为温钟馗。第二，仕途偃蹇不得志。温庭筠出身名门，是唐初著名的宰相温颜博之后，可是他终身都没考上科举。才情超绝，又是名门之后，所以孤标傲世，不容于世。而他又往往狂放不羁，喜欢讥讽权贵。

史料记载温庭筠科考的时候，才思极其敏捷，"每入试，押官韵作赋，八叉手而八韵成"，所以时人称他为"温八叉"。就是手叉八下就可成八韵之诗。才思比曹子建七步成诗还要来得快。当时便有人说他，"多犯忌讳，为时所憎"，所以一生潦倒。

温庭筠的第三个遗憾，就是错失了一段本来可以非常美丽的爱情。温庭筠和唐代著名的才女鱼幼薇，也就是鱼玄机的爱情，说起来让人扼腕叹息。温庭筠本来是鱼玄机的启蒙老师，而鱼玄机出身娼门，温庭筠惜其才情，不以其贫贱，主动做她的老师。鱼玄机在这个过程中，深深爱上了温庭筠。

可是温庭筠，一是觉得自己太丑；二是担心时人的道德评议，怕自己不能给鱼玄机带来爱情与幸福。他不仅内心深深地克制住了对这个美丽女学生的爱，还为她介绍了后来导致鱼玄机悲惨命运的一个负心郎——李亿。

李亿虽然也非常爱鱼玄机，但是他更爱他那个出身名门世族的妻子家的财富和地位。一代才女鱼玄机，在倍受李亿原配夫人的欺凌之后，又被李亿无情地抛弃，因此，鱼玄机曾经有过"易求无价宝，难得有心郎"的感慨。而写得出"玲珑骰子安红豆，入骨相思知不知"的温庭筠，又岂能不明鱼玄机对他深深的爱恋。然而作为她的老师，温庭筠发乎情止乎礼，却让入骨的相思，最终都变成相思血泪抛红豆。

　　温庭筠是个孤傲的人，他出身名门，却一辈子讥讽权贵。他又是一个深情的人，身为男子，却最喜欢为女儿代言，以女子口吻作词。在那个豪门成势、男权本位的社会里，温庭筠的心已经像后来的曹雪芹一样，跨越了那个时代的天堑——既挺直脊梁，蔑视权贵；又俯下身来，为女子代言发声。这不就是一个男子最宝贵的东西——不屈的风骨，和一颗柔软、理解、同情、温暖的心。只可惜他不能跨出那一步，不能改变他和鱼玄机的悲惨命运。

　　多想替那个叫鱼玄机的女子问一问温庭筠——

　　"玲珑骰子安红豆，入骨相思知不知？"

我们今天流行说"春风十里不如你",此句的源头来自杜牧。

我们真的应该好好跟杜牧学一下,如何赞美心爱的人。杜牧的《赠别》(其一)堪称是字、词、句、意皆美的情诗。

诗云:

娉娉袅袅十三余,豆蔻梢头二月初。

春风十里扬州路,卷上珠帘总不如。

杜牧的这两首《赠别》诗作于唐大和九年(835),当时,他由淮南节度府掌书记升任监察御史,正要离开扬州,奔赴长安。离别之前,他为在扬州结识的一个心爱的歌妓写下了这两首《赠别》诗。

这里所选的是第一首,赞叹心上人的美丽。

首句"娉娉袅袅十三余",是写他意中人的年龄。首先是"娉娉袅袅"四字叠词运用,非常精彩,念起来朗朗上口。事实上,我们常用的词是"娉婷袅娜",杜牧偏偏不用这样的词组,而是用叠词,让人念来还未想见词意之美,已先感受到音乐之美。"娉娉"指"娉婷",这两个字都是指女子身材细长的样子。

虽然我们都说唐代以肥为美,但看来那是初唐、盛唐时期。到了中晚唐,人们的审美倾向也变得纤弱了。"袅袅"

两字，原来是指柳条细长柔软的样子，这种细长柔软还有一种动态美。所以我们又常说炊烟袅袅。所以"娉娉袅袅"尽显细长柔软、动静相宜之貌。这个形态完美到极致的女子才十三岁多，还不到十四岁。

有人可能用现在的眼光质疑杜牧，为什么他的情人年龄这么小？

我们且先放下这个年龄的问题，专心读诗句。诗人接下来还能怎么写呢？要知道女子形态之美几乎被《诗经》写尽了。

《诗经》里的那首《硕人》写庄姜："手如柔荑，肤如凝脂，领如蝤蛴，齿如瓠犀。螓首蛾眉，巧笑倩兮，美目盼兮。"这七句过于经典，从描写的角度看，实在难以超越。后人没有办法，只好另辟蹊径，再说女子之美的时候，只能用夸张的手法：沉鱼落雁，闭月羞花。

杜牧则很聪明，把这两种方法综合运用。在首句"娉娉袅袅十三余"写形态之美后，第二句立刻比拟，转向"豆蔻梢头二月初"。你看那姿态美好，举止轻盈，正是十三年华，活像二月初含苞欲放的一朵豆蔻花。"豆蔻"产于南方，其花成穗时，嫩叶卷之而生，穗头深红，叶渐展开，花渐放出。南方人喜欢摘其含苞待放者，美其名曰"含胎花"，以此比喻纯洁无瑕的少女。所以杜牧以二月初的豆蔻花，比喻十三余的女子，恰到好处，由此也产生了一个著名的成语，叫作"豆蔻年华"，所以"豆蔻"指的就是十三四岁。

接下来杜牧笔锋一转，竟然直抒胸臆："春风十里扬州路，卷上珠帘总不如。"

为什么春风十里的一定要是扬州的十里长街？因为在唐代，有所谓"扬一益二"之称，扬州排第一，成都排第二，这是天下最繁华的地方，也是美女如云之地。当时如果要举行选美大赛的话，美女们一定都云集于扬州，但所有的美女，即便处处都是舞榭歌台，当卷上珠帘看见高楼红袖时，就会知道，所有美人都不如眼前的你。"卷上珠帘总不如"，用美人的美衬托一人的美，这一下便如众星拱月，成全了一人美的极致。春风十里总不如你，这样的情话，这样的赞美，谁听了不会陶醉呢？

"娉娉袅袅十三余，豆蔻梢头二月初。春风十里扬州路，卷上珠帘总不如"，念起来如此朗朗上口，相信读了这诗，所有人对杜牧说情话的本领都会感到佩服。

那么，我们就要回头来解决一下那个豆蔻少女的年龄问题了。

一来杜牧的意中人一定当时就是这个年龄；二来杜牧

为什么选择这样年龄的女子做他的意中人，而且杜牧确实是深爱着她的。这从这组诗的第二首也可以看出来。

这就要回头说到我们一开始说到的审美话题。

喜欢《红楼梦》的朋友都会发现，《红楼梦》的年龄是一大谜团，黛玉初进贾府的时候到底是几岁？宝玉深爱着林妹妹的时候到底是几岁？这在红学上是一个争论纷纷的话题。其实当他们深陷爱情、心智成熟的时候，也不过都是十三岁到十五岁的年龄。

我认为，曹雪芹之所以把年龄、时间、空间都写得很含混，是有讲究的。地点上，这个故事到底是发生在北京、南京还是长安，其实也是模糊的，年龄上更是这样。

他想要写什么呢？为了要写生命之美。生命最美的时间，就是豆蔻年华的十三岁到十五六岁之间。这是青春，是生命，是最纯净、最纯美的绽放时期。曹雪芹要为生命，为青春写一首最美的赞歌，所以《红楼梦》里主要人物的年龄便都集中在豆蔻年华。

杜牧也是一样，他出身名门，远祖杜预是西晋时期著名的政治家，也是名将，曾以破竹之势一举歼灭东吴，帮助西晋完成统一。他的曾祖曾是玄宗时期的边塞名将，以勇闻名，而祖父杜佑则是中唐著名的政治家，曾任德宗、顺宗、宪宗三朝宰相。

杜牧对自己的身世很自豪，他曾经说自己家叫"旧第开朱门，长安城中央。第中无一物，万卷书满堂。家集二百编，上下驰皇王"。所以，他对人生的期待远异于常人。不论是经史子集，还是兵法阴阳，他都颇为擅长。可是杜牧生不逢时，大唐王朝江河日下，他满腹才华，却一直沉于下僚，不为所用，只能把才华发之于诗，发之于情，后人因此评价他说"人如其诗，个性张扬，如鹤舞长空，俊朗飘逸"。

情感上，杜牧也狂放得近于放浪，他在扬州任淮南节度使牛僧孺的幕僚期间，天天沉醉于秦楼楚馆、舞榭歌台。

此次他离开扬州，入京赴任，牛僧孺曾经好心劝他要适当节制，杜牧开始还不好意思承认。这时候牛僧孺让手下拿来一个匣子，杜牧打开一看，里面写满了他日常生活的记录。比如他某月某日，某时某刻，到了哪家秦楼楚馆，和哪位歌妓在一起。

原来牛僧孺特别爱护这个年轻人，怕他出事，经常派人暗中保护他。杜牧知道长者心意后，既感激又狂放地自嘲"十年一觉扬州梦，赢得青楼薄幸名"。诗、文章以及情感，大概是现实不得志的杜牧在人生里另寻的出路了。所以他的绝句，都显得那么随手写出，却又才华横溢，浑然天成。他的情感也是那么张扬挥洒，飘逸绝尘。

　　毕竟是绣口一吐便有锦绣的大唐，即使到了晚唐，杜牧也让人觉得，春风十里总不如你。

　　多好的豆蔻年华，多美的纯真情爱，"娉娉袅袅十三余，豆蔻梢头二月初。春风十里扬州路，卷上珠帘总不如"。

慈悲之恋，世上最远的距离

铜官窑瓷器题诗（其一）

最好的爱情与婚姻就是遇见最合适的人，最合适的爱。可是茫茫人世间，这种合适的爱又是何其难得！

唐诗里有一首小诗，短短二十个字，却说尽了那种人人皆有、欲诉则难的怅惘与痴情。这是一首有题目而没有作者的小诗。

诗云：

> 君生我未生，我生君已老。
>
> 君恨我生迟，我恨君生早。

这首诗，很多朋友读来都会觉得熟悉。有些人所熟悉的，远不止这短短四句。不过，后面的各种版本，都是在这首五言短诗的基础上做出的拓展式创作。这首五言短诗与无数首这样的小诗合起来，被统称为"铜官窑瓷器题诗"。

长沙铜官窑的窑址位于今天湖南长沙市望城区的丁字镇附近。唐代"安史之乱"后，从北方迁来的工匠大量聚集此地，他们与当地的居民共同烧造陶瓷，因为旁边有著名的石渚湖，所以称之为"石渚窑"。当时北方战乱、南方偏安，长沙铜官窑又紧邻湘江，北近洞庭湖滨，水路运输极其方便，所以长沙铜官窑出产的陶瓷曾广销海内外。

后来它与浙江的越窑、河北的邢窑并称为唐代三大出口瓷窑。当时的瓷器，南方以青瓷为主，北方则以白瓷为主，色彩都比较单一。长沙的铜官窑，突破性地把釉下彩、印花、贴花等技术手法运用到瓷器制作上，显示出从注重釉色发展到注重装饰的瓷器审美新方向，在中国陶瓷史上具有重要地位。

铜官窑瓷的艺术表现形式不只有颇具特色的釉下彩，心灵手巧的工匠们甚至创造性地把一些短小诗句烧制于陶瓷之上。虽然我们并不完全知道这些精美的五言小诗到底是来自民间，还是陶工的自由创作，但它们在某种意义上却弥补了《全唐诗》的不足，对研究唐诗而言有着极为重要的价值和意义。因此《全唐诗补编》《全唐诗续拾》都专门收录了长沙铜官窑瓷器题诗。

而在已知整理编辑的铜官窑瓷器题诗中，最有名的就是这首"君生我未生"。

从诗歌体裁来看，绝大多数铜官窑瓷器题诗都像这首诗一样属于五言古体诗，当然也有类似于绝句的作品和极少数六言、七言诗。我经常猜想，这首"君生我未生"，或许最初未必只有四句，可能是由于要题写在瓷器上，空间有限，陶工只题了四句而已。因为我们一读"君生我未生，我生君已老。君恨我生迟，我恨君生早"，就觉得意犹未尽，有无限的怅惘与人生的无奈，总觉得其后还有无尽隽永的意味要脱口而出，所以后来才衍生了许多比原诗长得多的二次创作。

每读这首诗，我的心中便生出无限的感慨，眼前便浮现出鲁迅与许广平、沈从文与张兆和、徐悲鸿与孙多慈、郁达夫与王映霞、张爱玲与赖雅……这里面有修成正果的，比如鲁迅与许广平、沈从文与张兆和；也有不为世人所理解的，比如张爱玲与赖雅。但我觉得最契合这首诗的诗境的，就是徐悲鸿与他的学生孙多慈之间的"慈悲之恋"。

徐悲鸿在很长一段时间里曾执教于南京国立中央大学，他是令人景仰的前辈大师，艺术成就世所公认。我每从校园中的徐悲鸿塑像前经过时，便总是忍不住地想起这首"君生我未生"来。

徐悲鸿和夫人蒋碧薇原本也是一见钟情，蒋碧薇遇见徐悲鸿时已经定了亲，可她既然遇见了她的爱情，便不甘心只慨叹一句"恨不相逢未嫁时"。当时的社会礼法制度犹在，幸而"生同时"的蒋碧薇与徐悲鸿在经历种种挫折后，于1917年一起私奔，东渡去了日本，过起了二人世界。

按理说，夫妻两人原本是琴瑟之合，然而，所谓"七年之痒"，婚姻竟成爱情的"坟墓"。后来数年间，两人曾有过甜蜜、温馨的日子，但也因性格上的问题而渐渐产生了很多矛盾。

就在徐悲鸿任职南京国立中央大学期间，一位名叫孙多慈的姑娘，作为旁听生来到南京国立中央大学艺术系，跟随徐悲鸿学画。孙多慈比徐悲鸿整整小十八岁，也是徐悲鸿认为所有学生中最有天赋，尤其在绘画上最能与徐悲鸿心境相通的一名学生。加之孙多慈清秀俊丽、性格温婉，二人几乎不必说"君生我未生，我生君已老"，或者"我生君未生，君生我已老"，便自然而然、水到渠成地产生了感情。

据资料记载，徐悲鸿曾与孙多慈合绘一幅《台城夜月》图，画中悲鸿先生席地而坐，而孙多慈侍立一旁，围巾飘扬，天际一轮明月朗朗，意蕴清幽。那种师生之间的情谊、男女之间的情感无需多言，一切跃然画幅之上。

台城就在今天的玄武湖边，我每于月下散步于台城，要么想起"无情最是台城柳，依旧烟笼十里堤"，要么就会想起徐悲鸿与孙多慈的那幅《台城夜月》图来。可惜，蒋碧薇的激烈性格不允许，也不能容忍这样的事情发生在她的家庭中。

在得知二人的隐情之后，蒋碧薇到学校，甚至直接冲进女生宿舍找到孙多慈，说要给她颜色看。这与其说是一个警告，不如说是一个女人捍卫婚姻的本能。但是蒋碧薇的个性让她逐渐丧失了理智。据说，她一方面在家里跟徐悲鸿大闹，另一方面指使人对孙多慈进行人身攻击，把她的名字写在黑板上，用不堪入目的污秽之言加以诋毁，还派人用刀把孙多慈的画作捅破，恫吓她"我将像对付这张画一样对付你"。那幅著名的《台城夜月》图，最终被蒋碧薇发现，撕得粉碎。

徐悲鸿与孙多慈无奈之下，各自转身。即使这样，蒋碧薇也不能原谅。在徐悲鸿的南京公馆落成的时候，孙多慈曾以学生的身份送来一百棵枫树树苗，但蒋碧薇盛怒之下，让佣人把枫树苗全部折断，当柴火烧掉。徐悲鸿痛心无奈之余，遂将公馆称为"无枫堂"，称画室为"无枫堂画室"，并刻下"无枫堂"印章以记此事。

后来抗战爆发，孙多慈一家辗转流离到了长沙。乱世之中，徐悲鸿伸出援助之手，将孙多慈全家接到桂林。此时的徐悲鸿与蒋碧薇早已分居多年，在桂林与孙多慈度过了一生中最快乐的几个月时光。几个月后，徐悲鸿痛下决心，在《广西日报》上刊出与蒋碧薇"脱离同居关系"的启事。他的朋友沈宜申拿着这张报纸去见孙多慈的父亲，想极力促成徐悲鸿和孙多慈的婚事。

哪知孙多慈的父亲孙传瑗，那位大军阀孙传芳的族亲，在这件事上坚决反对，甚至带着全家离开了桂林。后来徐悲鸿应邀去印度讲学，直到 1942 年春才回国。而这时的孙多慈已迫于父命，嫁给了时任浙江省教育厅厅长的许绍棣。经历了红尘情劫之痛的徐悲鸿续娶廖静文为妻，为二人的"慈悲之恋"，画上了无奈的句号。

之所以说"慈悲之恋"，一则徐悲鸿的"悲"、孙多慈的"慈"，合起来正是"慈悲"二字，二则他们的恋情在世人看来那么无奈、那么伤感。

在这一场爱情与婚姻的战争中，没有一个胜利者。此后，蒋碧薇重又投入张道藩的怀抱，却终究不得名分，晚年孤独终老；孙多慈所嫁的许绍棣，虽然位高权重，人品却极其卑劣，而且还是好色之徒，后来成为郁达夫、王映霞婚变的第三者；徐悲鸿"哀莫大于心死"，虽有廖静文的照料，却不到六十岁便因病而逝。这是怎样让人唏嘘感慨的"慈悲之恋"啊！

当君子遇见淑女，当琴遇见瑟，当钟鼓遇见美丽的爱情生活，那就是中国文化乃至爱情文化最期待的"中和之美"。然而，有时终于在万千人海中，遇见那个对的人，却不是对的地点、对的时间，即使心有慈悲，却最终无可奈何。那种惆怅、那种哀婉，不禁让人扼腕叹息。

　　在这样的人世间，在这样的人生中，在这样的恋情里，很难简单地评判对与错。只能怪命运，只能怪造化弄人，只能怪"君生我未生，我生君已老"，只能怪"我生君未生，君生我已老"。

我们知道，李煜的《挽词》讲了他与大周后、小周后之间的微妙情感，《菩萨蛮》讲了他和小周后"花明月暗笼轻雾，今宵好向郎边去"的美丽约会。而下面这首《玉楼春·晚妆初了明肌雪》，则是他与大周后之间那场绚烂多姿的感情。

词云：

晚妆初了明肌雪，春殿嫔娥鱼贯列。
笙箫吹断水云间，重按霓裳歌遍彻。

临风谁更飘香屑，醉拍阑干情味切。
归时休放烛花红，待踏马蹄清夜月。

据说，这首美丽的《玉楼春》最初是写在无比美丽的澄心堂纸上的。

澄心堂纸是"文房四宝"中的名品，至今"台北故宫博物院"还保存着"宋四家"之一蔡襄的名作《澄心堂帖》。《澄心堂帖》是蔡襄写给友人的信，蔡襄当年写此信札，便是委托友人代为搜寻或制作纸中名品"澄心堂纸"。而"澄心堂纸"之所以得名，就是因为李煜。

李煜虽然治国无方，却有着常人难以企及的艺术天赋，他对宣纸的喜爱、研究与改良，实在是功莫大焉。后来他将这种纸中名品，收藏于南唐烈祖李昪居金陵时读书以及览阅奏章所居的"澄心堂"中，并特别设局监制，故名之为"澄心堂纸"。美术史家曾称澄心堂纸"肤如卵膜，坚洁如玉，细薄光润，冠于一时"。

南唐亡后，刘敞偶遇南唐宫人，才知道这种被视为珍宝的澄心堂纸在内府尚有遗存。得纸之后，刘敞赠送十幅给欧阳修，欧阳修得纸后没有独享，又分赠两幅给梅尧臣。梅尧臣欣喜若狂，作《永叔寄澄心堂二幅》，诗云："滑如春冰密如茧，把玩惊喜心徘徊。"欧阳修在和刘敞的诗作中则说："君家虽有澄心纸，有敢下笔知谁哉！"明代有名的大书法家董其昌，得了澄心堂纸时，也感慨地说"此纸不敢书"。

而这首名动一时的《玉楼春·晚妆初了明肌雪》，也是落笔在澄心堂纸之上。这样美丽的词，这样美丽的纸，还有那段美丽的往事、美丽的情感，和那一个美丽的夜晚，是痴情的李煜留给后人的一段终将逝去的青春。

李煜写作这首《玉楼春·晚妆初了明肌雪》的时候二十多岁，正值青春。那时宋兵未至，大难还未临头。他的生活里，还只有书法、艺术、音乐与爱情。在那个如此美好的夜晚，伶工们都已准备就绪，歌舞即将上演。那些准备歌舞的宫女们，晚妆已毕、明艳照人。"晚妆初了明肌雪"，所谓肤如凝脂、肌肤如雪，晚妆已罢的舞女们何等美丽，只见她们的装扮便知即将开演的歌舞的美妙。"春殿嫔娥鱼贯列"，"鱼贯列"三字说明宫女人数之多，以及舞队之整齐。"嫔娥"两字，则说明不仅有宫娥，还有嫔妃，可见这场歌舞的阵仗之大。

到底什么样的歌舞需要那么多的人，以及那么隆重的准备呢？"笙箫吹断水云间"。笙和箫都是用来吹奏的管乐器。"吹断"则是"吹尽"的意思，是指乐工们尽自己的所能，把乐曲演奏到极致。而乐声飘扬，回荡于水云之间，让人如闻仙乐、如临仙境。这样的排列、这样的音乐、这样的明艳、这样的晚妆，都是为了一曲怎样的歌舞啊！

第四句便交代了真相，"重按霓裳歌遍彻"。原来，这样精心的准备、浩大的阵仗、极致的音乐，都是为了要演奏美丽的"霓裳羽衣舞"。看上去这只是一场歌舞晚会，但因为它演奏的是"霓裳羽衣舞"，就变得大有不同。《霓裳羽衣舞》原名《婆罗门》，是唐代乐舞的代表之作，也是被称为"梨园之祖"的李三郎和杨贵妃联合创作的不朽经典，更是他们爱情的见证。

据说唐玄宗登三乡驿，望见女儿山，即传说中的仙山，触发灵感，先作《霓裳羽衣曲》，后又经舞蹈天才杨玉环的演绎，由玄宗配乐而成《霓裳羽衣舞》。但不论是《霓裳羽衣曲》，还是《霓裳羽衣舞》，因为规模宏大，"安史之乱"后便已失传。到了南宋年间，姜夔发现商调的《霓裳曲》有乐谱十八段，但这只是整部《霓裳羽衣》的一部分而已。姜夔整理之后，保存在他的《白石道人歌曲》里。在《霓裳羽衣舞》和《霓裳羽衣曲》失传数百年之后，姜夔还能得见《霓裳羽衣曲》的大段残谱，实在是得益于李煜和大周后那段无比美丽的爱情。

陆游的《南唐书》、马令的《南唐书》都记载了一件事，就是李煜辗转得到了唐玄宗遗留的《霓裳羽衣曲》的残谱，但乐工按残谱索其声，却不能尽善尽美。这时，一个关键的人物出场了，她和李煜意趣相合、志趣相投，尤其关键的是，她精擅音乐，尤善琵琶。凭着这种无上的技艺和艺术灵感，终于呕心沥血，帮李煜彻底恢复了《霓裳羽衣曲》《霓裳羽衣舞》。所以，在那个美丽的夜晚，李煜才能欣赏到"笙箫吹断水云间，重按霓裳歌遍彻"。

这个"通书史、擅歌舞"，可称为"妙人"的女子，就是李煜的发妻大周后，也称周娥皇。李周两家结姻，既是门当户对，也是父母之命；既有父辈的祝福，也有共同的志趣。两人兴趣相投，相辅相就，可谓是最好的爱情与姻缘。

可以想见，当《霓裳羽衣曲》被周娥皇复制而出，重降人间，年轻的李煜那难以描绘的高兴与快乐。"临风谁更飘香屑，醉拍阑干情味切。"此时宫中"有主香宫女，其焚香之器曰把子莲、三云凤、折腰狮子……凡数十种，金玉为之"，主香的宫女用精美的香器焚烧起名贵的香屑，氤氲的香气随着音乐和舞蹈，随风而来。闻香却不见焚香之人，于是明知故问："临风谁更飘香屑？"仿佛无理却有情，更显意气风发，飘然欲仙。而"醉拍栏杆情味切"，逸兴遄飞，酣饮畅醉，以致乐已忘形，把栏杆拍遍，神采飞扬。

这首词的前六句写尽了歌舞宴饮的欢乐，而歌阑酒散、情满欢极之后，这位情思婉转、风流倜傥的南唐国主，生花妙笔却忽然一转，由不尽的繁华美妙而至清凉世界。"归时休放烛花红，待踏马蹄清夜月。"明人王世贞评曰：结尾两句诚为"致语"。叶嘉莹先生则说："后主真是一个最懂得生活之情趣的人。而且'踏马蹄'三字写得极为传神，一则，'踏'字无论在声音或意义上都可以使人联想到马蹄嘚嘚的声音；再则，不曰'马蹄踏'而曰'踏马蹄'，则可以予读者以双重之感受，是不仅用马蹄去踏，而且踏在马蹄之下的乃是如此清夜的一片月色，且恍闻有嘚嘚之声入耳矣。这种纯真任纵的抒写，带给了读者极其真切的感受。"是啊，如此轻灵的月、宁静的夜、清脆的马蹄声、朦胧的花束、习习的春风，在那样的歌舞之后，与心爱的人携手同归，偃烛熄火，骑马踏月，好一个美妙的人间，好一个清凉的世界。

因为有这样美妙的夜晚，这样美妙的音乐，还有周娥皇这样美妙的人，李煜才能将词句落笔在美妙的澄心堂纸上。曾经的那一刻，简直就是最好的人世间。然而，就是这样一位女子，却在最美好的年华离世而去，把一切都留在了李煜的回忆之中，也让我们悟到了人间的悲哀与无奈。

为伊不悔

院深，怨深，愿深，深深深几许

愿有岁月可回首，且以深情共白头

两情若是久长时，又岂在、朝朝暮暮

触不到的恋人

没道理、有深情的一问

我爱你，但与你无关

世上最好的爱

无此等伤心事，无此等伤心诗

千度，百度

来自星星的你

生死相许，生死不渝

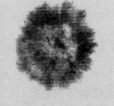

《蝶恋花》这首曲子特别适合描写情感的缠绵悱恻，而柳永的这首《蝶恋花·伫倚危楼风细细》在词史上的地位更是不容小觑。

词云：

伫倚危楼风细细，
望极春愁，黯黯生天际。
草色烟光残照里，无言谁会凭阑意？

拟把疏狂图一醉，
对酒当歌，强乐还无味。
衣带渐宽终不悔，为伊消得人憔悴。

但凡词作高手，几乎没有不作《蝶恋花》词的。

像晏殊的"昨夜西风凋碧树，独上高楼，望尽天涯路"；苏轼的"天涯何处无芳草，多情却被无情恼"；冯延巳的"百草千花寒食路，香车系在谁家树"；欧阳修的"庭院深深深几许""泪眼问花花不语，乱红飞过秋千去"；晏几道的"衣上酒痕诗里字，点点行行，总是凄凉意"；周邦彦的"楼上阑干横斗柄，露寒人远鸡相应"；辛弃疾的"老眼狂花空处起，银钩未见心先醉"；李清照的"醉里插花花莫笑，可怜春似人将老"；李煜的"一片芳心千万绪，人间没个安排处"；纳兰容若的"若似月轮终皎洁，不辞冰雪为卿热"，等等。

王国维在《人间词话》里引三首宋词论人生境界，其中两首都是《蝶恋花》，另外一首就是辛弃疾的《青玉案》。《蝶恋花》这个词牌的魅力可见一斑。但是，由乐而词，第一个把《蝶恋花》这首教坊曲发扬光大，并使之成为后来众多词家纷纷一擅胜场的代表词牌，就是柳永的这首《蝶恋花·伫倚危楼风细细》。

柳永自云"奉旨填词柳三变"，又说在词中浅斟低唱，"自是白衣卿相"。虽是愤懑之语，但就词史的创作实际来看，如果将宋词史比作一个王朝的话，那么在词的王朝里，柳永还真是有倾世之才、卿相之尊。回头来看柳永的天性与才情，大概与词的创作有一种天生的吻合，甚至是一种完美的匹配，所以他才会因为填词而改变全部的人生。

柳永当年初次进京参加科举考试，落榜之后愤而作《鹤冲天·黄金榜上》，其中有"忍把浮名，换了浅斟低唱"之句。后来再次应举的时候，仁宗皇帝批评说："（此人）且去浅斟低唱，何要浮名？"柳永因此自称"奉旨填词柳三变"，是因填词断送了大好功名。

"奉旨填词"这一典故世人熟知，很多人知道柳永二十五岁入汴京参加礼部试，但少为人知的是，他其实十八岁就离开福建老家，准备入京来参加这场人生第一次的重要考试了。

从十八岁离开家乡，一直到二十五岁，之间的六七年柳永都干了些什么？一般人可能想不到，他居然是被音乐、被词，以及背后的生活完全吸引了。

柳永十八岁计划入京，由福建进入浙江，由钱塘来到杭州，因迷恋湖光山色、都市繁华，遂滞留杭州，沉醉于秦楼楚馆与音乐歌词创作。

在此期间，柳永还曾拜访真宗朝的名臣、据说还是他的旧友孙何，写下了著名的《望海潮·东南形胜》。此词一出即被广为传颂，在杭州名噪一时。他的音乐才能和创作才能使得他迅速成为当时乐坛的一股清流，一时间苏杭之地的歌女们都以唱柳永的词为荣。

柳永在杭州缱绻日久，后来他离开杭州，沿汴河到苏州，再从苏州一路游玩至扬州。在这条京杭运河的天堂路上，在每一个春风沉醉的夜晚，风流倜傥、才华横溢的柳永，都和他的音乐、他的词，还有他的那些歌女、知己们在一起。

一晃就这样度过了整整六年的时光。六年之后，柳永才收拾行装，入京参加礼部试。次年礼部落榜，柳永自己愤愤不平，但在很多人看来倒是意料之中的事情。

对于这样放荡不羁的生活，柳永后悔了吗？对于风尘中他的那些知己，他深爱着的那些深情的女子，柳永后悔了吗？读一读他的《蝶恋花》吧，那就是他的自白书。

"伫倚危楼风细细，望极春愁，黯黯生天际。""危楼"是高楼，而且是非常高的楼。李白说"危楼高百尺，手可摘星辰"。伫倚在危楼之上，应该风很大，可是柳永却说"伫倚危楼风细细"，说明是在一个安静的氛围里。正是在宁静之中，诗人才可以长久地站立，春风一丝一缕拂面而来，并不浓郁。诗人远远凝望着天地的尽头，望不尽春的轻愁，这就是"望极春愁，黯黯生天际"。

请注意，这里的笔法非常巧妙，所谓春愁本是因人，但是柳永却不说，只说那望不尽的春日离愁是黯黯的，从遥远无边的天际缓缓升起来，仿佛春愁与他无关，仿佛那伫倚危楼的人只是一个旁观者。在这幅宁静的画面里，在一丝一缕的细密春风中，诗人将自己的灵魂抽离了出来，与春天、与春愁面面相对。这是一种审视、审美的状态。若是不能理解这种审视和审美的状态，就很难理解为什么柳永最后能写出"衣带渐宽终不悔，为伊消得人憔悴"的千古绝唱。

正是在这种状态里，当灵魂从环境里抽离出来，又突然回身自问："草色烟光残照里，无言谁会凭阑意？"在碧绿的草色里，在迷茫的烟光里，在掩映的落日余晖里，谁能听见，谁又能明白那个默默无言的凭栏人他心底的声音？

既然这么说，词的下阕立刻让我们听见诗人内心的两种声音：

一是"拟把疏狂图一醉，对酒当歌，强乐还无味"。

要注意的是，这里的"还"字不能读成白话文中的 hái，应该读作 huán。诗人内心的一种声音说，放纵一下吧，就让慵懒放纵的心情喝得烂醉。可是想一想，即便对着美酒纵情高歌，能勉强能取得一些欢乐，可最终还是会觉得毫无兴味。

这是一种矛盾的心声，体现了诗人内心的挣扎与痛苦。因为这种痛苦，我们遂得以了解那种黯生于天际的春愁，其实生于作者的内心；那种相思的愁苦，牢牢地扎根在他的灵魂里，并从灵魂里蔓延出来，通过他的身体，他的眼睛，通过他伫倚危楼的姿势，不知不觉间，蔓延到了草色烟光、残照无尽的春日天际。

到这一种心声凸显的时候，我们才知道拥有浩荡春愁的并不是春野，而是诗人那颗相思的心灵。这种笔法，特别有好莱坞心理大片的技巧手法——主人公仿佛从环境里抽离出来，看着各种奇怪的情绪，到最后才发现所有的这些情绪其实都是因为自己而生。这种错位和恍然，又反过来加强了人物情感的表达，使得情绪一下子淹没了这世上与之相关的一切。

柳永词比好莱坞大片还要高妙的是，他在吐露一种心声、暴露一种矛盾之后，还有另一种心声，另一种坚定，那就是——

"衣带渐宽终不悔，为伊消得人憔悴。"

这句话最早来自《行行重行行》里的"相去日已远，衣带日已缓"，可两者的区别在于"相去日已远，衣带日已缓"是一种状态的描写，而柳永却把这种状态写成了一种心声："衣带渐宽终不悔，为伊消得人憔悴。"

还记得《倚天屠龙记》里那个叫杨不悔的女孩子吗？当纪晓芙在灭绝师太以生命相要挟的威逼之下，依然不悔于自己那段世人眼中惊世骇俗的爱恋。当杨道听到年幼的杨不悔说妈妈说永远都不后悔，泪如雨下的时候，你就会知道"衣带渐宽终不悔，为伊消得人憔悴"是一种怎样的坚定，怎样的痴情，怎样默默而伟大的心声。

因此王国维在《人间词话》中说，古今之成大事业、大学问者，必须经历的第二层境界，就是这种锲而不舍的坚定——"衣带渐宽终不悔，为伊消得人憔悴"。

一首情诗情词，柳永写来既别出机杼，又别有深情。集万般巧妙于一种相思，一种境界，非柳永不能道出。所以宋代叶梦得的《避暑录话》里记载："柳永为举子时，多游狭邪，善为歌辞。教坊乐工，每得新腔，必求永为辞，始行于世，于是声传一时。余仕丹徒，尝见一西夏归朝官云，'凡有井水饮处，即能歌柳词'。"

这段话是说，当时歌坛每得新的曲调，必求柳永为之填词，然后才歌行于世，甚至很多著名的歌女非柳永作词不唱。而柳永的词作每出，声传一时，天下传唱。连一位出使西夏的官员回来都说，凡有人烟之处，都能听到柳词的歌声，可见柳永词作影响之大。

想来，柳永之所以能取得这么高的成就，和他自己"衣带渐宽终不悔，为伊消得人憔悴"的人生经历，也是息息相关的。后来真如他自己所说，仕途上一直潦倒失意，晚年浪迹天涯，居无定所。传说柳永离世之时身无分文，还是歌女们凑钱安葬了她们心中的乐圣、词圣。后来每年清明节，歌女们都相约到他的坟地去祭扫，并且相沿成习，世人称之为"吊柳会"，又叫"吊柳七"。

长眠于地下的柳永，作为词史上前所未有的天才，他的灵魂如果能听到凡有井水饮处，便能传唱柳词；凡有文明薪火的传承处，即有被人铭记的词篇，他的灵魂一定会伫立在远远的天际，默默地吟唱：

"衣带渐宽终不悔，为伊消得人憔悴！"

欧阳修的"庭院深深深几许"，共三个"深"。其中，有院深，有怨情之深，也有命运心愿之深。真是"深深深几许"啊。

词云：

院深，怨深，愿深，深深深几许

欧阳修《蝶恋花·庭院深深深几许》

庭院深深深几许，

杨柳堆烟，帘幕无重数。

玉勒雕鞍游冶处，楼高不见章台路。

雨横风狂三月暮，

门掩黄昏，无计留春住。

泪眼问花花不语，乱红飞过秋千去。

李清照是这首词的铁杆粉丝，她曾在自己所作的《临江仙》词序中说，"欧阳公作《蝶恋花》，有'深深深几许'之句，予酷爱之。用其语作'庭院深深'数阕，其声即旧《临江仙》也。"就是说，欧阳修那一句"庭院深深深几许"，真是让她着迷，她太喜欢这一句了。

所以，李清照曾经模仿这一句"庭院深深深几许"作了好几首词。比如她的《临江仙》，开篇就直接把欧阳修的这句名言拿来。词云："庭院深深深几许？云窗雾阁常扃。柳梢梅萼渐分明。春归秣陵树，人老建康城。""人老建康城"，说明这是她南渡到了南京之后，即丈夫赵明诚任江宁知府时所写。"感月吟风多少事，如今老去无成。谁怜憔悴更凋零。试灯无意思，踏雪没心情。"上下两片的结句，都写得非常精彩。

以李清照的水平，因这一句"庭院深深深几许"，而仿作数阕词，一定是觉得欧阳修的原作妙不可言。那么欧阳修的这首原作，到底好在哪儿？它为什么能让李清照这样的天才词人都爱不释手，甚至起了模仿之心？

李清照说，最好的就是第一句"庭院深深深几许"，三个"深"字的叠字连用十分精妙，我甚至猜想，李清照《声声慢》里写"寻寻觅觅，冷冷清清，凄凄惨惨戚戚"十四叠字连用，兴许也是受了欧阳修"庭院深深深几许"的启发吧？当然，这三个"深"字的叠用，固然非常精彩，但我们不禁又要问，只是三个叠字用得好吗？如果只是这种句式就能被称之为精彩的话，那反过来说，夜华浅浅浅几许，是否也能成为经典呢？

不得不说，"庭院深深深几许"的好，其实是和整首词紧密联系在一起的。那么整首词的好，又表现在何处？

第一句："庭院深深深几许，杨柳堆烟，帘幕无重数。"这讲的是院深。"庭院深深深几许"，看到早晨远处的杨柳密密匝匝，而且飞起片片烟雾。烟雾本身就仿佛重重帘幕，但事实上还不止是仿佛，这个庭院自身也是"帘幕无重数"，所以"杨柳堆烟"写的就是那种又浓又密的状态。而庭院深深，帘幕重重，正是对这种生活环境的真实的描写。

这就是女主人公的生活环境，说明她的身心都被这深深的庭院所禁锢，所压抑。所以，第一层就是实写，院子很深，就是庭院深深。那么第二个深是什么呢？第二层是怨深，这个怨，就是李白《怨情诗》的那个怨了。"玉勒雕鞍游冶处，楼高不见章台路"，敢这样直接把这"章台路"写到词里去，也就只有醉翁欧阳修了，真可谓大俗大雅。

这个"章台路"的章台，是引用汉代的典故，其实指烟花柳巷之地，歌姬们聚集之处。是谁跑到这个地方去呢？当然是女主人公的负心人，也是她的丈夫。"玉勒雕鞍"形容的是她那个身为贵族的丈夫。"游冶处"就是他们寻欢作乐的歌楼楚馆。所以，豪华的车马停在贵公子们寻欢作乐的地方。而独困深院的女主人公，她即使登楼向远处望，也根本看不到那条通向章台的大路，那位负心人已经走得太远了。

这其中有深深的感慨：命途多舛，曾经相爱的两颗心，如今竟已形同陌路。而那个如今四处放纵的负心人，竟然就是我曾经爱过的人。这是多么悲哀的现实！这里女主人公的怨恨，不只是对那个负心人的埋怨，还有对惨痛的现实、不公的命运的埋怨！这种怨何其深重，怪不得李白写《怨情诗》的时候说："但见泪痕湿。不知心恨谁？"

欧阳修也不例外，接下来也会写泪痕。但在泪痕之前，却先写"雨横风狂三月暮，门掩黄昏，无计留春住"。先写雨，又写风，而且是雨横风骤。此时正是暮春时节。本来，应该是"暮春三月，江南草长，杂花生树，群莺乱飞"，一片生机勃勃；即使下雨，也会是和风细雨，而很少会有狂风暴雨。暴雨倾盆，狂风大作，所谓"疾风骤雨"，那是夏天才常见的气象。

所以，这里的雨横风狂，大概不是实写春天的雨，而是这个女主人公眼中的风雨，心中的风雨。也就是说，可能当时确实刮风下雨了，但真实的雨和风没有那么大，只是在伤心人看来，眼前皆是凄风苦雨。所以，这就更反衬了怨之深，甚至连"门掩黄昏"，也都"无计留春住"。有人说，"无可奈何花落去"，可是在花落去之前，先沉落的是什么呢？是"泪眼问花花不语，乱红飞过秋千去"。

后人评价欧阳修这首《蝶恋花》最精彩处，一在开篇，一在结语。也就是说，首先就在"庭院深深深几许"，其次就是在这一句"泪眼问花花不语，乱红飞过秋千去"。

这一句好在写出了第三个"深"来。这第三个深是"愿深"，即愿望、心愿的愿。他首先写的还是悲伤、痴情、绝望。"泪眼问花"其实是含泪自问，所以才会说"花不语"，说明这个女子的命运和落花的命运是一模一样的。"乱红飞过秋千去"。秋千是少女们青春嬉戏的工具，但在这孤寂的庭院之中，春光已逝，年华如水，最美的青春年华，都将如那落花流水一般。"花自飘零水自流"，是一种命运，两处闲愁。就像林黛玉《葬花词》里说"花谢花飞花满天，红消香断有谁怜"；说"一年三百六十日，风刀霜剑严相逼"；说"明媚鲜艳能几时？一朝漂泊难寻觅"；说"一朝春尽红颜老，花落人亡两不知"。

如此种种，都是在悲叹自己的命运。正是因为对命运认识得如此清醒，如此深刻，所以林黛玉才清楚自己生命的价值。这种价值就是"未若锦囊收艳骨，一抔净土掩风流""质本洁来还洁去，强于污淖陷渠沟"。说到底，就是林妹妹以泪还情的人生终极心愿。

《蝶恋花》里的这位女子，和林黛玉是一样的。当她清醒地认识到生命悲剧的时候，当她清醒认识到生命底色的时候，也就隐隐寄寓了对人生的清澈心愿，那就是即便终究要在孤独里，如花儿一般凋零，如"乱红飞过秋千去"，也要用最深情、最纯洁的笔触，来写就庭院深深里"质本洁来还洁去"的美丽人生。

虽然说唐代的严恽就有"尽日问花花不语"，温庭筠也有"百舌问花花不语"之句，都与这句的句式大致相同，但欧阳修的"泪眼问花花不语，乱红飞过秋千去"，不独语言更美，关键是意蕴更深厚，直指命运的底色，让人反复咀嚼，韵味悠长，境界则远胜前人多矣。只有写得出这种深情与深意，才能让一代词宗李清照都为之折服不已。

每念及"庭院深深深几许"，我也常想：当你独自身坐庭院之中，时光，会幻化成你的模样。眼前的岁月轻轻绽放。绽放出一朵，深深浅浅的忧伤。

元稹之妻韦丛离开元稹的时候刚刚二十七岁，苏轼妻子王弗病逝的时候也同样仅仅二十七岁。这是最美好的年龄，大概也正因如此，才让她们的夫君痛彻心扉。

下面我们要品读的，是被称作"千古悼亡之首"的苏轼的《江城子·乙卯正月二十日夜记梦》。词云：

> 十年生死两茫茫，不思量，自难忘。
> 千里孤坟，无处话凄凉。
> 纵使相逢应不识，尘满面，鬓如霜。
>
> 夜来幽梦忽还乡，小轩窗，正梳妆。
> 相顾无言，惟有泪千行。
> 料得年年肠断处，明月夜，短松冈。

苏轼在这首词的题记中说，"乙卯正月二十日夜记梦"，所以这首词上阕写实，下阕写梦，是在词中怀念十年前已离他而去的妻子王弗。

他说，我和你一生一死，隔绝十年，音讯渺茫。不想陷入思念的悲伤，却又不由自主地却难以忘怀。你的孤坟远在千里之外，我没有地方和你诉说心中的悲苦和凄凉。假使我们今夜相逢，你也应该不会认出我，因为我四处奔波，早已灰尘满面，鬓发如霜。晚上，忽然在隐约的梦境中，回到了故乡。只见你正在小窗前对镜梳妆。

我们互相望着，千言万语，却不知如何说起，只有相对无言，泪落千行。料想，那明月照着、长着小松树的坟山，就是我们相互思念，年年痛欲断肠的地方。

每次读到苏轼的这首《江城子》，我其实最先想到的并不是东坡和发妻王弗的爱情故事，而总是先想到国学大师唐圭璋先生。唐老凭一己之力，耗十年之功，编纂《全宋词》，被称作"词圣"。而我一直觉得，在"词圣"之前，应该再加一个词——情圣。

听我的老师说，唐老至情至性，年轻的时候和他的爱人在战火纷飞的年代相识相爱，结成夫妻。可是发妻在他三十多岁的时候，因病而逝。后来唐老独自带着孩子们艰难度日，一辈子都没有续弦再娶。据说每年清明时节，唐老都会带一把洞箫，去妻子的坟上，为她吹奏她生前最喜欢的曲子。

我的老师告诉我，有一次上课，唐老讲宋词，刚好讲到这首《江城子》。他在黑板上抄写下整首词，转过身来只念了一句，"十年生死两茫茫"，就突然泪如泉涌，声音哽咽，再也说不下去。后来整堂课，唐老就和学生相对而泣。偶尔，口中呢喃地说两声："苦啊，苦啊！"

我只听老师的转述，便已觉得这是人世间最伟大的课，永远都难以超越。唐老用他自己的全部人生，至情至性的灵魂，去诠释了这首千古悼亡之首的名作。

苏轼的这首词用语平实，却如此感人，正是因为有来自生活本身的力量。苏轼的发妻王弗，她的父亲是四川的一个乡贡士，在古代，也算是出身于一个知识分子家庭。

我们不知道王弗的才学到底怎样，但是苏轼自己在文章里记载过，说有一次自己在夜里读书的时候，就被红袖添香的王弗指出了一个错误。还有一次，他背书的时候突然忘了词，王弗就轻声地念出了下句，这让一肚子学问的苏轼大为佩服。我想，要指出苏轼读书中的错误，一般的知识积累肯定是不够的，王弗的才学肯定不一般。

王弗不仅天天陪着丈夫苏轼学习，做一对爱学习有文化的模范夫妻，而且她对丈夫的人生理想、仕途追求都很用心。史书记载，王弗有一个爱好，就是苏轼做官之后，家中凡是苏轼的同僚、下属来拜访，苏轼在前面接待、攀谈，王弗就在帘子后面悄悄地听。客人走了之后，王弗就凭自己女性特有的直觉，为丈夫分析谈话的内容，还有谈话的人，苏轼往往是大受裨益。

有一次，北宋文人党争中新党著名的成员章惇，在没有发迹的时候曾来拜访苏轼。王弗对苏轼说，这个章惇将来一定是个大奸大恶之人，不得不防，但是苏轼却并不以为然。章惇得志之后，果然是个极为偏激的人，苏轼等人都栽在他的手里。苏轼后来之所以被流放到惠州和遥远的海南，都是因为章惇。后来苏轼感慨说，还是王弗看人看得准啊。

由此可见，王弗不正是男人们求之不得的"贤内助"吗？苏轼在纪念妻子的墓志铭中，就明确地称妻子王弗是贤内助。苏轼的父亲苏洵，也认为这位儿媳妇非常出色。王弗去世的时候，苏洵还提出把王弗的灵柩送回四川眉山老家，和苏轼的母亲，也就是王弗的婆婆程夫人安葬在一起。可见，苏洵也非常器重这个儿媳。

苏轼写下这首《江城子》时是三十九岁，此时苏轼正遭遇他一生中第一次重大的坎坷。苏轼年少时名扬天下，意气风发，但这个时候，开始了熙宁变法，即王安石变法。苏东坡作为旧党成员，不被重视，只得外放地方，郁郁不得志。人到中年思及往事，对曾是贤内助的发妻王弗就更加思念。

历经了红尘的磨难，在时间的沧海中，苏轼想起当年恩爱的发妻，所谓"结发为夫妻，死生未可移"。不过，苏轼绝非是因为人到中年、仕途坎坷，才分外思念发妻，他和王弗的感情本来就非常好。

我们都知道苏轼号东坡，那是因为他在黄州的东坡上干了不少农活，但苏轼这辈子干过最多的农活是什么呢？

是种树。

他曾经在故乡四川眉州的山坡上，带着家人，亲手植下了三万株雪松。为什么要种那么多呢？因为王弗爱雪松。东坡居士的痴情，可见一斑。

苏轼的这首《江城子》，最大的特色一是平实，二是感人。既能让词学宗师唐圭璋先生，一生为之念念不忘；也能让半文盲的杨过，为之伤感发狂。金庸在《神雕侠侣》里面写道，杨过为小龙女跳崖，最重要的引子就是这首《江城子》。杨过一辈子痴心武学，读书不多，数年前在路边一个小酒店的墙壁上，见过这首词，随口念了几遍，就牢记下来。因为他觉得这首词情深意真。

杨过在绝情谷中等了十六年，等待与小龙女相会。过了约定的日子，却依然不见小龙女，失魂落魄之际，想起了这首《江城子》。杨过心想，苏轼是十年生死两茫茫，而自己已经和小龙女相隔十六年了。苏轼尚知爱妻埋骨之所，自己却连妻子葬身何处也不知。于是又想起下半阕，说的是苏轼夜晚梦到亡妻的情节，"夜来幽梦忽还乡，小轩窗，正梳妆。相顾无言，惟有泪千行"，那正是柳永所说的"执手相看泪眼，竟无语凝噎"。

杨过念及此，不由得心中大痛，因为三日三夜不能合眼，竟连梦也不能做到一个。杨过心中不觉万念俱灰，加上生性激烈，便纵身跳入万丈悬崖。

　　什么样的作品才是最好的文学作品，什么样的诗词才是最感人的诗词？很简单，来自真实的生活，来自深情的灵魂。

　　愿有岁月可回首，且以深情共白头。

有一年我去扬州高邮，当地的朋友对我说，他们正在筹划"少游七七情人节"，要为中国的情人节定一个秦少游的品牌。

我一听，不由得赞道，把写了那首千古绝唱《鹊桥仙·纤云弄巧》的秦观冠名在中国的情人节之前，也是实至名归。更何况他是那样一个聪明、痴情、深情的人。

词云：

> 纤云弄巧，飞星传恨，银汉迢迢暗度。
>
> 金风玉露一相逢，便胜却、人间无数。
>
> 柔情似水，佳期如梦，忍顾鹊桥归路。
>
> 两情若是久长时，又岂在、朝朝暮暮。

秦观是苏轼最得意的弟子之一，和黄庭坚、晁补之、张耒并称为"苏门四学士"。了解他成为苏轼弟子的过程，就可以看出他的聪慧和努力。

宋仁宗皇祐元年（1049）的寒冬腊月，在九江的江面上，一条小船迎着冷风缓缓前行。突然有仆人喊道："少夫人要生了！"前不着村，后不着店，船上一片混乱。没过多久，响起一声响亮的婴儿啼哭，一个崭新的生命就诞生在这颠簸的旅途之中，苍茫的云水之间。他就是后来的秦观秦少游。

秦观少时家境凄苦，父亲早亡，虽然极其努力，但很多时候也不得不借书来读。正因为这样，逼出了他过目成诵的惊人记忆力。后来，秦观屡试不第，这让他意识到，拜入名师门下的重要性。

有一次，他听说苏东坡要路过扬州，就事先策划了一场精彩的自荐。

苏东坡过扬州的时候，在一处寺庙突然发现有一首诗。这首诗无论是诗风，还是笔风，甚至包括书法，都和苏东坡非常相似，以至于苏东坡一时恍然，也觉得是自己的创作。但是，无论怎么想，都想不起来自己什么时候在这个地方写过这样一首诗。

怀揣满腹疑窦的苏大学士一路前行，来到了好友孙觉的家中。这时，孙觉拿出一个年轻人的文集交给苏东坡鉴赏。苏东坡一看，大为赞赏，脱口而出，看来在那个寺庙上题诗的一定是这个年轻人。

这个策划如此精彩的自我营销案的年轻人，就是二十六岁的秦观。

现在学广告的其实可以借鉴一下秦观的方法。当然，要策划这样精彩成功的自我销售案，必须要有扎实的功底。

诗要写得好，书法也要过硬。模仿宋四大家之首的苏轼，竟然可以到以假乱真的地步，足见秦观所下的苦功夫。

那么，只是努力、勤奋、聪明、功底好，就可以冠名在中国情人节之前了吗？当然不是。秦观有这个资本，还取决于四个关键的因素。

第一个理由，秦观本人就是一个深情之人、痴情之人、善良之人，有一颗赤子之心。

秦观在他四十多岁的时候，为了照顾母亲买了一个侍女。这个侍女非常聪慧，跟着秦观学了很多东西，将他和母亲的生活照料得无微不至。后来，秦观依照苏东坡和朝云的恩爱生活，将他亦师、亦生、亦友的侍女取名朝华。这个女子姓卞，所以她的名字叫卞朝华。

后秦观奉母亲之命，娶朝华为妾，但纳妾之后没多久，政治风暴突然袭来。

秦观的命运和老师苏轼的命运紧密相连，哲宗亲政之后，先是苏东坡被贬岭南，接着秦观因莫须有的罪名遭到贬谪。秦观的罪名是什么呢？是他喜欢抄佛经。新党栽赃他妄撰佛经，贬至湖南郴州，后来又把他一路贬到雷州，和他的老师苏东坡隔海相望，写下了"郴江幸自绕郴山，为谁流下潇湘去"的句子。

苏轼被贬岭南惠州，朝云誓死相随，死在岭南蛮荒瘴疠之地。朝华亦是如此。

可当时朝华还很年轻，秦观不愿耽误她的前程。又看到朝云的悲剧，就把朝华的父亲找来，让他带走女儿，劝她另嫁。朝华亦是极痴情的女子，等到秦观一路南贬，走到杭州的时候，朝华又追了上来。

秦观沉浸在与朝华分别的痛苦中，见朝华追上来，又不免缱绻欢喜，可是过了一段时间，他还是狠下心来，劝朝华离开自己，并最终以求真修道为由，生生断了朝华追随之心。

秦观是为朝华着想，怕朝华跟随自己远赴琼荒，在瘴疠之地受苦受难。自己此去是赴难之旅，无幸还之可能，后来秦少游也确实因这段贬谪流放的旅程，死在了途中。而朝华离开秦少游之后，削发为尼，立志终身不嫁，用最后的岁月报答她平生的爱人。

这段爱情故事不禁让我想起西方的情人节和"白色情人节"的传说。

公元 3 世纪，古罗马的一座监狱里，监狱长正在审讯一个年轻的囚犯。监狱长的身边，坐着一个年轻的姑娘，姑娘散发着青春的魅力，但美中不足的是她的眼睛晦暗无光，双目失明。

监狱长问囚犯，你认罪吗？年轻人回答说，不，我没有罪。我只是做了我应该做的事情。

审讯室里长久的沉默，那个失明的姑娘突然插话问，先生，你喜欢花吗？姑娘的问题让他感到意外，他自然而然地回答，是的，小姐。我喜欢花，我热爱自然。

从此，这个年轻的姑娘，也就是监狱长双目失明的女儿，每天都会来探望这个年轻人，陪他一起散步，一起聊天。

年轻人精通医术，在散步的路上，发现一种能够治愈姑娘眼睛的草药。他每天精心煎熬，为她洗眼，可是，姑娘的眼睛还没等来光明的时候，却等来了年轻人的死刑判决书。在年轻人生命的最后时刻，奇迹出现了。姑娘的眼睛复明了，她一路呼喊着年轻人的名字，跟跟跄跄奔向刑场，两个有情人拥抱在一起，可是死刑如期执行，年轻人倒在刑场上。不久，姑娘也抑郁而终。

这个凄美的爱情故事就是西方关于情人节的传说之一。

故事的男主人公就是当时赫赫有名的瓦伦丁修士。克劳迪二世规定，取消所有婚姻的承诺，所有的男人必须从军。而瓦伦丁修士则违反罗马暴君克劳迪二世的禁令，在教堂秘密为一对相亲相爱的新人主持了婚礼。后被人告发，送上断头台。

他遇难的那一天就是2月14日，后来教会为了纪念他，将这一天定为圣瓦伦丁节，也就是情人节。据说，瓦伦丁死后，他曾经为其主持婚礼的那对年轻人，冒着被惩罚的风险，在整整一个月之后，也就是 3 月 14 日，来到瓦伦丁被处死刑的地方，宣誓对他们的爱情至死不渝。这也就是"白色情人节"的来历。

真正伟大的爱情，不是自私的占有，而是无私的奉献，是为他人着想，为爱的人提供温暖和归宿。

从秦观到瓦伦丁，其实殊途同归。

除了痴情、深情与奉献，秦观能名正言顺冠名中国情人节的第二个理由是，他是一位"情歌王子"。

其实不止这首《鹊桥仙》，爱情是秦观词一以贯之的主题。他在当时是公认的抒情圣手，每一佳作出，天下尽传颂。

据史料记载，他很多著名的作品，都是写给那些在红尘中曾经绽放过生命光华的红尘女子的。比如说著名的《满庭芳·山抹微云》和《水龙吟·小楼连苑横空》。甚至有人揣测，他的很多词中都嵌着他同情、爱恋的那些底层女子的姓名。

其实，在宋代婉约词的创作中，秦观可以比肩晏几道，他们对那些处于社会底层的女子，充满了同情与爱。他们很多描写爱情的新词，往往一经问世，就迅速唱遍大江南北。

　　史料说，少游词，"元丰间盛行于淮楚"，有"唱遍青楼"之说。也就是说秦观的情词堪称当时真正意义上的流行歌曲，而他也堪称风流千古的情歌王子。

　　第三点理由是，秦观还是一位"大众情人"，举一例可见一斑。

　　据宋代洪迈在《夷坚志补》里的记载，说秦观在贬谪途中路过长沙，有个艺妓歌唱得特别好，生平酷爱少游词。每得一篇，必亲手抄录，反复咏唱。秦观偶然遇到她，以为当时的长沙离京城千里之遥，风俗粗陋，虽称名妓，估计也不怎么样。但一见面，清秀可人，举止大方。秦观看到茶几上有一本《秦学士词》，就故意问，这个秦学士是什么人，你哪来他那么多的词，你会唱吗？乐府名家那么多，你为什么独爱秦学士呢？这个秦学士难道来过这儿，你见过他吗？

　　这个艺妓当然不知道，对面就是她爱慕的秦观，然后一一作答，言辞里尽是倾慕与热爱。最后艺妓怅惘地说，此地边远荒凉，大名鼎鼎的秦学士怎么会来我这儿，又怎么会知道有我这样一个人，在深深眷恋着他呢？

　　秦观大为感动，自报家门与之坦诚相见，艺妓大惊，重新梳妆打扮之后，盛装行拜见之礼，一夜为君唱尽少游词。后来，秦观不得不踏上贬谪之路。这名艺伎发誓要洁身自好，从此闭门谢客，等待少游北归。

后来有一天她梦到秦观，哭醒之后，知道不是吉兆，派人打听，才得知秦观已死于滕州的噩耗。艺妓于是对母亲说，我已身许秦学士，现在不能因为他去世而背弃诺言。于是她身穿孝服，行船数百里，终于迎上秦观的灵柩，手扶棺椁，泣行三周。突然放声大哭，三声之后，气绝而亡。一个普通的艺伎，因为爱他的词而爱他的人，最终为之殉情，感天动地。对这位长沙艺妓，秦观也感念至深。据考，他的很多词也是为她而写，比如《木兰花·秋容老尽芙蓉院》。

当然，除了上述三点，秦观可以冠名中国情人节最重要的理由还是因为那首千古绝唱《鹊桥仙》。

牛郎织女的传说几乎是中国爱情文学中一个典型的母题。从《诗经》开始，到《汉乐府》，到《古诗十九首》里的《迢迢牵牛星》，到曹丕的《燕歌行》，再到柳永、欧阳修、苏轼，很多人都写过这个题材，但多不脱欢少离多的窠臼。所谓"盈盈一水间，脉脉不得语""牵牛织女遥相望，尔独何辜限河梁"……唯有秦观却道出，"纤云弄巧，飞星传恨，银汉迢迢暗度"。终于盼到了一年一度的七七相会，这样一个夜晚，"金风玉露一相逢，便胜却、人间无数"。

今天的都市社会有一夜情的说法。今天所谓的一夜情，比之秦观笔下的一夜之情，宁不愧乎！"金风玉露一相逢，便胜却、人间无数"。这样的情，是建立在深厚的爱情基础上，是因为爱，而不是因为性。

当好不容易盼来的一夜时光匆匆而过，相见的欢愉还在"柔情似水，佳期如梦"之中，怎么能够回头去看那要分离的归路？"忍顾鹊桥归路"，换了其他的诗人来写，此处一定是"盈盈一水间，脉脉不得语"，或者就是发出呐喊与悲伤的哀叹，可是秦观笔锋一转，吟唱出超越千古的一句，"两情若是久长时，又岂在朝朝暮暮"。

这两句，简直就是跨越银河而上，重开千古天地。

爱情是美好的，是充满希望的，虽经时光的折磨，命运的坎坷，但依然成为生命最光辉的绽放。

多么美好、唯美的爱情。

清初文坛盟主王士禛后来到了扬州，在江畔船头，突然放声长叹："风流不见秦淮海，寂寞人间五百年。"闻此，我也不禁想唱，"我的忧伤，是写不出一首美丽的诗，为你歌唱……"

有一首词，简直平白如话，根本不需翻译，但这首词里的情感却像那长江水一样滚滚而下，自然而然地流淌在了我们的心中。

这首词就是北宋诗人李之仪的名作——《卜算子·我住长江头》。

词云：

我住长江头，君住长江尾。

日日思君不见君，共饮长江水。

此水几时休，此恨何时已。

只愿君心似我心，定不负相思意。

李之仪是北宋词人，字端叔，自号姑溪居士，又号姑溪老农。他是沧州无棣（今山东庆云县）人。

早年李之仪师从范仲淹之子范纯仁，后来又在定州拜到苏轼门下，苏轼对李之仪也是亦师亦友，朝夕唱和。在苏门弟子中，李之仪的文采不算很高，比黄庭坚、秦观都差不少，但唯独这首词，苏东坡以及黄庭坚、秦少游、张耒等苏门中人都纷纷有唱和之作，可见大家都认为这首词写得精彩之极。

那么，这首词到底是写给他人，还是仅仅是简单地模仿汉乐府？有学者认为，这首词是李之仪写给自己妻子的。

李之仪的妻子名叫胡淑修，字文柔。要知道，在中国古代男权社会之下，一个女子能留下姓名，而且有字号，那是非常不容易的。胡淑修是常州晋陵（今江苏常州）人。胡淑修出身书香门第，祖父、外祖父都是当朝名臣，自幼天资聪颖，文采斐然，可惜的是没有作品留下来。很多人猜测李之仪的这首词，便是写给他深爱的妻子的。

这首《卜算子》用语明白如话，技法上复沓回环，既深得民歌精神和风味，具有民歌的素朴之美；同时，又兼具文人词的构思新巧之美。

"我住长江头，君住长江尾。日日思君不见君，共饮长江水。"二人同住在长江边，同饮长江水，却因相隔两地而不能相见。此情则如江水一般长流不息，此恨亦如江水绵绵，终无绝期，只能对空遥祝君心永似我心，彼此不负相思情意。语言极平常，感情却深沉、真挚，设想非常别致，有民歌特色，以情语见长。

"此水几时休，此恨何时已。只愿君心似我心，定不负相思意。"这首词的下片则写出了隔绝中的永恒的爱恋，给人以江水长流、情意长流之感。

全词以长江水为抒情线索，悠悠长江水既是双方万里阻隔的天然障碍，又是两人一脉相通，遥寄情思的天然载体；既是幽幽相思无穷别恨的触发物和象征物，又是双方永恒的情感与期待的一种见证。长江水的作用，随着词中情感的发展，也不断地变化，可谓妙用无穷。

当然，还有的说法则认为这首词是写给另外一个女子的。

李之仪仕途多舛，被贬到太平州，与他相濡以沫的夫人胡淑修也撒手人寰，遭遇到了人生极大的磨难，跌到了人生的谷底。这时，一位年轻貌美的奇女子出现了，她就是杨姝。

杨姝是一个很有正义感的歌伎。早年，黄庭坚被贬到当涂做太守，杨姝只有十三岁，就为黄庭坚的遭遇抱不平，弹了一首古曲《履霜》。《履霜》讲的是伯奇被后母所谗而受冤被逐的故事，表达纵使自己受到了天大的冤屈，此情、此心、此志却依然如故。宋代的文人范仲淹曾经几十年如一日只弹一首古琴曲，就是这首《履霜》。

杨姝与李之仪偶遇，又弹起这首《履霜》，触动了李之仪的心。他对杨姝一见倾心，把她当作人生知己，接连写下几首听她弹琴的诗词。这年秋天，李之仪与杨姝来到长江边，面对滚滚东逝奔流不息的江水，他心中涌起万般柔情，写下了这首千古流传的爱情词。

其实无论李之仪这首词究竟是写给谁的，这首词本身所传递的力量已经穿越古今。每次读这首词的时候，都让我想到一部叫《触不到的恋人》的著名影片，让我不禁想起最长的江河就是时间。

这部电影事实上有两个著名的版本，一个是最早的韩国版。后来因为电影太成功，好莱坞也拍了《触不到的恋人》，也是一个非常优秀的版本。

韩国版《触不到的恋人》由李政宰和全智贤饰演，李政宰饰演的主人公叫星贤，他搬到一个海边的小屋，为这个房屋取了一个意大利的名字，就是海的意思。

整理房间的时候，他发现这个房子在岸边的信箱里有一封内容非常奇怪的信，信上写着：我是你搬来前的上一个房客，如果有收到我的信，请寄来给我。更奇怪的是，这封信寄出的日期是1999年，也就是两年后，因为星贤当时的时间是1997年。星贤感到莫名其妙，但是又有抑制不住的好奇心，就立刻回信给这个奇怪的来信者，询问到底是怎么回事。

1999年的恩澍就是全智贤饰演的角色。恩澍是一个配音员，她发现回信的内容之后，就开始常常写信给两年之前的星贤。我住时间头，君住时间尾。日日写信，但是我们却不能相见，只能共用一个邮箱。恩澍的男朋友去美国之后很少和她联络，从美国回来后，却已经和别人订了婚。心碎的恩澍就写信给星贤，拜托星贤到当年她和男友最后见面的那一天，去改变他们的命运。但是，星贤却觉得很痛苦。因为通过彼此信件的来往，他已经爱上了恩澍。这种触不到的恋人，隔着时间长河的感觉，让人百感交集。

李政宰和全智贤的演绎非常精彩，使得这部片子在巧妙的构思之上，又更上一层。

就是因为太精彩了，好莱坞后来又拍了一版美国版的《触不到的恋人》，由著名的动作英雄基努·里维斯和美国著名的亲民一姐桑德拉·布洛克联袂主演。美国版讲述的是一个失败的建筑师，和两年后的一个孤独的女医生的相遇，他们的爱情也是通过屋外的神奇信箱，在互相传递信件中萌生的。这一次，这个小屋子不是放在大海边，而是放在湖边。他们通过神奇的信箱，在时间长河的两岸互相传递，时空交错中成就了一段刻骨铭心的凄美爱情。

我认为美国版的《触不到的恋人》把场景设置在一个湖边，比韩国版放在海边更有意境一些，因为时空在我们心中如水般流淌，看似静静的，没有多大波澜，却无声无息地改变了我们的生命，改变了我们的世界，改变了我们全部的人生。所以看这个影片的时候，我很容易想起梭罗的《瓦尔登湖》，以及他在湖边的日月。其实梭罗在瓦尔登湖湖畔，就是隔了时光和现在的我们进行着情感思想的交流。

或许，在我们每个人的人生中，都有这样触不到的恋人，都有一份潜藏在内心深处的，隔着时空的爱恋。就像美好的诗和爱，都总在远方。

　　远方的远，才是我们魂牵梦绕的地方。那些人、那些事从时间的长河里浮现出来，深深打动我们的灵魂。当思念越来越深，时间也只是陪衬，所有的夜晚，都一如旧时的夜晚，所有的清晨，都曾是血色的黄昏。

　　我也想笑傲江湖、跌宕一生、叱咤风云，却一不小心，默默钟情于一人。"我住长江头，君住长江尾。日日思君不见君，共饮长江水。"

没道理、有深情的一问

在苏轼的朋友圈中，除了王巩这样的人生知己，还有一个在苏轼研究中很少被人提及，但在词史上，经常和苏轼并列在一起的人。这个比苏轼小十五岁的朋友写了一首词，和苏轼那首著名的《江城子·乙卯正月二十日夜记梦》，并称为北宋词坛的"悼亡双璧"。这就是贺铸和他的名作《鹧鸪天·重过阊门万事非》。

词云：

重过阊门万事非，同来何事不同归？
梧桐半死清霜后，头白鸳鸯失伴飞。

原上草，露初晞。旧栖新垅两依依。
空床卧听南窗雨，谁复挑灯夜补衣？

据考，贺铸是五十七岁的时候写下了这首千古悼亡名作。他的忘年交好友苏东坡那首被称为"千古悼亡之首"的《江城子》，作于三十七岁的时候。一首三十七岁之作，一首五十七岁之作，并称为北宋"悼亡双璧"。放在一起比较，于悼亡词而言，甚至于整个宋词或词史而言，都特别值得细细揣摩品味。

"重过阊门万事非。""阊门"是著名的苏州阊门，也就是苏州城的西门。"阊门"可谓是"姑苏八门"中最有名的一门。"阊"本来就是"通天"之意，"阊阖"原是指"天门"之意。春秋五霸中的吴国，把面朝西的西门叫作"阊门"，其寓意自不待言。

吴国的西面是强大的楚国，吴楚争霸，吴欲灭楚。西门名曰"阊门"，其实它还有一个民间的叫法，叫作"破楚门"。既然气势那么大，后来的影响也就非凡了，《红楼梦》开篇就说："阊门最是红尘中一二等富贵风流之地。"所以，自古而下名扬天下的阊门，也就成了繁华姑苏的代名词。

所谓"重过阊门"，就是重临姑苏城。据考，贺铸晚年致仕退隐之后，便隐居在苏州。贺铸对姑苏非常有感情，前此元符二年（1099），贺铸丁母忧的那一段时间，曾经和他的妻子赵氏在苏州寓居了很长一段时间。他们来到苏州的时候，还是比翼双飞、相互扶持。而十年之后，重回苏州、重过阊门时，已是"十年生死两茫茫"，只剩下白发苍苍的贺铸形单影只。

立身阊门之下，即便此时已历尽沧桑、已到晚年的贺铸，也忍不住要发声质问："同来何事不同归？"这一问，真是问得无理而又深情。"同来何事不同归"，问的对象当然是他的发妻赵氏，而赵氏这时却已然与他阴阳两隔。你既与我当年同来此地，为什么今日不能与我再度同归呢？赵氏已然身在杳冥之中，不能再回答他，可贺铸却还偏要这么问，这也可以看出他的性格与苏轼不同。苏轼即便要问，他问的对象也是命运，也是自问自答式的浩叹。可贺铸的"同来何事不同归"，却明明白白地问向已与自己生死两隔的发妻，这显得毫无道理，却又让人闻之不觉落泪。

这种问法不由得让我想起绝情谷里的杨过来。杨过痴情一片，十六年后，在绝情谷断肠崖前，苦苦等候小龙女五日，数日数夜不曾合眼。终于，从满怀期望到彻底绝望，在过了约定之夜之后，在又一轮红日东升之后，杨过瞠视着小龙女所刻下的那几行字，大声叫道："'十六年后，在此重会，夫妻情深，勿失信约！'小龙女啊小龙女，是你亲手刻下了字，怎么你不守信约？"

我年轻的时候，性格偏激，不知中庸之道，最爱读的就是金庸先生的这部《神雕侠侣》。金庸先生在《神雕侠侣》里说，杨过自来生性激烈，所以此时才会有如此惊天之问。看上去是在质问小龙女，质问他深爱的人。可这种质问的背后，是何等深情、何等不甘、何等心痛！贺铸能对发妻有"同来何事不同归"之问，想来与杨过一样，也是生性激烈之人。

一般人对贺铸的印象，容易被他的那个"贺梅子"的外号所误导。他那首同样作于晚年隐居姑苏时的《青玉案》，为他迎来工妙娴雅、一时无两的盛名。词云："凌波不过横塘路，但目送、芳尘去。锦瑟华年谁与度？月桥花院，琐窗朱户，只有春知处。飞云冉冉蘅皋暮，彩笔新题断肠句。试问闲情都几许？一川烟草，满城风絮，梅子黄时雨。"但贺铸其实除了"贺梅子"这个清雅的外号之外，还有一个更耸人听闻的外号，叫作"贺鬼头"，这个外号就纯粹是形容他的长相。

据说贺铸长得特别难看，面色青黑如铁，眉目耸拔，而他为人的性格倒和他的长相非常吻合。程俱在为他写的墓志铭里说，贺铸豪爽精悍，"喜面刺人过。遇贵势，不肯为从谀"；《宋史》则说他"喜谈当世事，可否不少假借；虽贵要权倾一时，小不中意，极口诋之无遗辞，人以为近侠"。就是说他性格比较偏激，而且嘴巴比较狠，不论是多大的高官，多么权倾一时的贵要，只要不合他的意，他就能极尽讽刺、批判、挖苦之能事。

贺铸自己也说："铸少有狂疾，且慕外监之为人，顾迁北已久，尝以'北宗狂客'自况。"他这种豪爽任侠乃至偏激的性格，可以说是他自己自发自觉、自我塑造去形成的。所谓"知人论诗、知人论词"，只有知道这个传奇的贺铸到底是一个什么样的人，才会更深入地体悟他在深情之中、悲痛之时，那一句貌似无理却又深情之至的质问——"重过阊门万事非，同来何事不同归？"

在一句非常奇绝的开篇之问后，诗词要感人肺腑，要具备打动人心的力量，终究还是要回到意象与意境的塑造上。接下来的一个典型意象，就是这首词被后人特别称道的地方。在"同来何事不同归"的惊天之问之后，心如死灰的贺铸陡然写出"梧桐半死清霜后，头白鸳鸯失伴飞"的名联来，也正因为这一句影响，后来"半死桐"就成了"鹧鸪天"这个词牌的别名。

说到梧桐半死的意象，本来倒与悼亡无关。《诗经》中最早提到梧桐，是说它是制琴瑟的良材，比如《鄘风·定之方中》所云："椅桐梓漆，爰伐琴瑟。"《周礼·春官》中所云龙门之琴瑟，就是说用龙门的梧桐所做的琴瑟最为杰出。而到了枚乘的《七发》，开始有了"半死桐"的意象，但还是说用龙门半死梧桐来制成古琴，这样的琴声具有惊心动魄的魅力，"半死桐"所传达的则是凄楚、悲怨的声音。

古人借琴音所反衬的既有琴韵之高洁，又有人格品性之高洁。琴为君子之音，所以它的原材料梧桐，就同样具有了一种高洁的品质，故而哪怕是半死梧桐，或是被烧焦的焦尾梧桐，即便命运不济、现实无奈，也难掩高洁。据《后汉书》记载，天下四大名琴之一的焦尾琴就是蔡文姬的父亲蔡邕在偶然经过江浙时，听闻"吴人有烧桐以爨者，邕闻火烈之声，知其良木，因请而裁为琴，果有美音，而其尾犹焦，故曰'焦尾琴'焉"。

在枚乘的《七发》之后，庾信在《枯树赋》里也写出了"半死桐"的意象，并融入个人的身世之感。其言"半死桐"是说，枯树枯木的枝干虽存，但心已半空，据此来形容人生多艰，生命萧索，是一种极其落寞而灰心丧意的心态。受庾信影响，后世悲观派的诗人常有半死、半空、半心之说，体现出一种极消极、极失意的心态。

不论是在枚乘《七发》，还是庾信《枯树赋》里，"半死桐"指的都是一棵树的半死状态，是指单株梧桐的半死半生。可是我们知道，中国的诗词最擅抒情，最善于向自然寻找两情相依的意象典型。像梧桐、凤凰、鸳鸯、鹧鸪，这些都属于汉语里的雌雄复合式合成词。像凤凰和鸳鸯，都是雌雄双鸟，合并称一种鸟类，凤是指雄性，凰是指雌性；鸳是指雄性，鸯是指雌性。同样，梧桐也是这类合成词，古人认为梧为雄，桐为雌。为此我特地请教过植物学家，在植物学上其实认为梧桐是雌雄同株的。所以《诗经·大雅》就说："凤凰鸣矣，于彼高冈。梧桐生矣，于彼朝阳。"这里凤凰和梧桐并举，很明显地可以看出诗里这种雌雄并举的意象。更不用说司马相如的《琴歌》二首里有《凤求凰》："凤兮凤兮归故乡，遨游四海求其凰。"要注意的是，这里虽然唱的是"凤求凰"，但它是琴歌，是用梧桐所做的古琴弹奏，这种雌雄并举的意象也是非常明晰的。而到了我们都熟悉的《孔雀东南飞》里，刘兰芝与焦仲卿双双殉情后，"两家求合葬，合葬华山傍。东西植松柏，左右种梧桐。枝枝相覆盖，叶叶相交通。中有双飞鸟，自名为鸳鸯。"到了这里，梧桐和鸳鸯已经成了男女爱情的一种象征。

而将半死桐用于丧偶悼亡的寓意，在唐朝其实已经是很明确的意象了。李商隐《上河东公启》云："某悼伤以来，光阴未几。梧桐半死，方有述哀；灵光独存，且兼多病。"白居易《为薛台悼亡》云："半死梧桐老病身，重泉一念一伤神。手携稚子夜归院，月冷空房不见人。"苏门四学士中与贺铸关系最好的张耒，也有悼亡作品，其中也有半死桐的意象，比如他的《悼亡》其五就说："新霜已重菊初残，半死梧桐泣井阑。可是神伤即无泪，哭多清血也应干。"

但是，半死桐最终成为悼亡的一种标志性意象，它的节点式创作却是贺铸的这首《鹧鸪天》。所谓"梧桐半死清霜后，头白鸳鸯失伴飞"。这是说诗人与发妻便如那清霜之后的梧桐，一死一生阴阳两隔，又似那白头失伴的鸳鸯孤独倦飞。鸳鸯眼睛周围都是白色的，而且有白色的眉纹，所以特别醒目，也特别美丽。又因之雌雄双栖，被当作爱的经典意象之后，下片就关乎整首词场景与意境的升华。

过片云："原上草，露初晞。"这同样是一种意象的比兴，是用原本晶莹无比却又被迅速晒干的露水来代指发妻的离世，而一句"旧栖新垅两依依"，又使得前面的"原上草，露初晞"在比兴之外，成为荒郊野外发妻坟前的实情实景。"旧栖新垅"更成为一种悲伤的对应，"新垅"是指垅上的新坟，而"旧栖"则是旧日同栖的居室。陶潜《归园田居》其四云："徘徊丘垄间，依依昔人居。"旧栖对新垅，居所依依，却已天人永隔，这很清晰地见出诗人徘徊思念、黯然神伤的场景。而这样的场景要升华出意境来，需要一个点睛之笔，就像苏轼的《江城子》，在场景与升华之后，结尾再回到"明月夜，短松冈"，葬妻的孤坟之处。而贺铸则是先写"旧栖新垅"，先写孤坟，再回到那个经典的场景和要升华的意境。

那么，要与苏轼的《江城子》并称"悼亡双璧"，贺铸《鹧鸪天》中只剩两句的场景刻画与意境升华就显得尤为重要，他会如何塑造、如何升华呢？"空床卧听南窗雨，谁复挑灯夜补衣？"苏轼精巧地用了一个梦，而贺铸大巧不工，只回到生活的最平实处。一句"谁复挑灯夜补衣"的细节与场景，便最沉痛地表现出对当年患难与共、相濡以沫发妻的深切怀念。

他躺在空荡荡的床上，听着窗外的凄风苦雨，平添多少愁绪，他心中只有一声声的哀叹：今后的岁月里，还有谁能像你那样再为我深夜挑灯缝补衣衫？这样于细节处极平实的一问，与前此开篇"重过阊门万事非，同来何事不同归"，貌似无理却又极深情的一问，前后呼应，却各具面目、各具情意。而全词凭此两问，犹如空谷回音，悲伤之情、思念之情、悼亡之情、哀悔之情仿佛不绝于耳、不绝于心。

读苏轼《江城子》，如深情人茫茫四顾，而读贺铸《鹧鸪天》，则如痴情人自问于心。

这两首"悼亡双璧"之作，在深情与痴情上，虽曰殊途同归，但在表现方式与创作技巧上却各有特色。究其原因，一则苏轼是三十七岁中年之作，贺铸是五十七岁晚年之作；二则当然是和东坡居士与贺方回的性格气质迥然不同大有关系。苏轼平和旷达，虽则中年之作，但已见一代宗师气象；而贺铸生性激越，兼之人生沉浮潦倒，故而别有一往情深之意。

说到贺铸的这首《鹧鸪天》与苏轼的《江城子》，不仅在内容上并称，而贺铸与苏轼之间也别有一种交集。

贺铸终其一生与东坡居士论交，在其作品集中我们可以见到，他和苏轼酬答之作总共有六首，都是作于苏轼困厄、贬谪之际。对于苏轼这样的仕途恩人而言，贺铸酬答之作，不在其仕途风光时锦上添花，而必于其人生困厄处雪中送炭，可见贺铸的性格与人品。

贺铸其实有着辉煌的家世，家中不仅有贺知章这样的杰出先贤，还是宋太祖赵匡胤的发妻——原配孝惠皇后的五世孙。他所深深思念的发妻赵氏，更是皇亲国戚赵廷美的重孙。但人生就是这么讽刺，如此好的身世，如此显赫的家族，却成了贺铸心中和他命运之中不可言说之痛，不能承受之重。一切都是因为斧声烛影，一切都是因为金匮之盟，都是因为赵匡胤那个狼子野心的弟弟、赵廷美那个心狠手辣的二哥——宋太宗赵光义。

赵光义想要用牵机药毒死李煜，却要假赵廷美之手。赵廷美笃爱文辞，向来佩服李煜，却被哥哥暗算，亲手毒死了自己心中的偶像。当然，赵廷美也不改悲剧命运，三十八岁就被自己的亲哥哥逼死了。

贺铸既然是赵匡胤、孝惠皇后这一支，发妻赵氏又是赵廷美这一支，可以说两支虽为皇亲国戚，却都是太宗皇帝的心腹大患，只得以恩荫的方式补官进入仕途。而这在重科举、重进士出身的宋代，几乎就失去了一展宏图、仕途腾达的希望。晏几道虽为名相之子，但以恩荫补官，仕途依然偃蹇不得志，更何况贺铸这样深为猜忌的皇亲国戚。

贺铸之所以与发妻赵氏深情缱绻，所谓"旧栖新垅两依依"，大概除却生活中的相濡以沫，也还有这种命运中的悲苦意义。

贺铸晚年致仕归隐吴中，不仅绝意仕途，而且在思念亡妻的日子里冷眼旁观，看着这个所谓朝廷的腐败与黑暗，看着大宋王朝无可救药地一头扎进命运的深渊。他性格的偏激、冷静的批判，以及他词中的深情，其实都是为了不与这浊世同流合污，显现他独立的人格与自洁的操守。他要用一个人落寞的命运，一个人独自深情的思念，一种人格的微弱烛光，去反衬这个朝廷、这个时代的无望与黑暗。徽宗宣和七年（1125），一生贫病交加却淡泊平静的贺铸病逝于常州僧舍，而他死后的第二年便是靖康元年（1126）。

贺铸是幸运的，他离世的时候没有看到祖宗之辱，没有看到"靖康之难"，而他其实已用他的特立独行、用他的别具深情、用他的冷静评判、用他不堪命运的微弱烛火，甚至用他发妻的"旧栖新垅"，映照了那些不择手段、成王败寇的胜利者的无耻和黑暗，预示着那些煊赫一时的命运必将崩盘。

一个人的爱情、一首词的悼亡，貌似简单，却内蕴着一种命运、一个时代的悲鸣。

李商隐写过"荷叶生时春恨生，荷叶枯时秋恨成"。爱情里有无限的爱，却也有无尽的恨。爱情本身也不是千人一面，它之所以让人如此着迷，就是因为红尘中的每一个男女，其情感世界都各不相同。

下面，我们通过一首词，来见识爱情中的另一种面目与姿态。它就是宋代乐婉的《卜算子·答施》。

词云：

> 相思似海深，旧事如天远。
> 泪滴千千万万行，更使人、愁肠断。
>
> 要见无因见，拉了终难拉。
> 若是前生未有缘，待重结、来生愿。

我想大多数人没有听说过这首词，也大概从来没听说过这个叫乐婉的姑娘。

这首词有一个副题，叫"答施"，词牌是"卜算子"。为什么乐婉会用《卜算子》这个词牌来作答呢？

这是因为在她这首应答之作之前，那个姓施的人赠给乐婉的词就是《卜算子》。

明代陈耀文的《花草粹编》引宋代杨湜的《古今词话》，记录了那个姓施的人赠乐婉的《卜算子》。词云："相逢情便深，恨不相逢早。识尽千千万万人，终不似、伊家好。　　　别你登长道，转更添烦恼。楼外朱楼独倚阑，满目围芳草。"这首《卜算子》的副题便是"赠乐婉"，所以乐婉回赠的也是一首《卜算子》。

关于《卜算子》这个词牌，《词律》云："骆义乌诗，用数名，人谓为卜算子，故牌名取之。"骆义乌就是骆宾王，他是义乌人。他写诗喜欢用数字取名，所以当时人称他为"卜算子"，就是说他是卖卜、算命之人。骆宾王最喜欢管闲事，替痴情女骂负心汉，好打抱不平，而他自己的命运也跌宕起伏，颇具传奇色彩，后人就以骆宾王的这个绰号入词牌，作一些能揭示命运、又能模仿原生态生活的小令。

后来，因宋代无名氏《卜算子》有"蹙破眉峰碧"的名句，所以"卜算子"又名"眉峰碧"；也因苏东坡那首《卜算子》有"缺月挂疏桐，漏断人初静"之句，"卜算子"又有"缺月挂疏桐"的别名。

当然就宋词而言，最有名的《卜算子》还是李之仪的那首："我住长江头，君住长江尾。日日思君不见君，共饮长江水。"后又有陆游的《卜算子·咏梅》："驿外断桥边，寂寞开无主。已是黄昏独自愁，更著风和雨。"

词史上有这么多《卜算子》的名篇，乐婉的这首《卜算子》到底又有什么独特之处呢？

我们首先要看看这个姓施的人到底是谁，他为什么写下《卜算子·赠乐婉》？

我们确实不知道他叫什么名字，虽然后来的《全宋词》也收录了这首《卜算子·赠乐婉》，但《全宋词》和杨湜的《古今词话》，都没有明确地说到这个人的身份，只说他姓施，以及他的一个官职——写这首词的时候，他正在杭州做酒监，所以后人称他为施酒监。

所谓酒监，本是酒席筵间众所推举监督饮酒的人。后来就变成了一种管理酒市的官职。在宋代，酒、盐等都属于国家专卖，不是什么人都可以随便卖酒、随便贩盐的，苏辙就曾被贬官做筠州酒监。

那么，这个施酒监为什么要写一首《卜算子》赠给乐婉，乐婉又是什么人呢？

乐婉是当时杭州的一个名妓。在一次偶然的酒席宴会中，看到乐婉的歌舞之后，施酒监一见倾心，惊为天人。后来只要有乐婉的演出，施酒监必来捧场。施酒监对乐婉极尽倾慕，一往情深，而乐婉虽小有名声，然又不过一官妓而已。

她感动于施酒监的倾慕与追求，终于接受了这段爱情，和他走到了一起。于是，在西湖这个情意缱绻的天堂之地，施酒监与乐婉你侬我侬，仿佛人间一对令人艳羡的鸳鸯。

沉溺于爱河中的男人总会信誓旦旦，施酒监承诺一定会想尽办法帮乐婉摆脱官妓的身份，可是说来容易，做起来就是千难万难。

后来施酒监调任他州，信誓旦旦要带乐婉走，可到最后又因为乐婉的官妓身份，一切愿望终成奢望，当初的承诺终不能够兑现。

诀别之时，施酒监作《卜算子》赠与乐婉，说："相逢情便深，恨不相逢早。"这是说，自己当初一见乐婉便倾心不已，恨不能此生早早与乐婉相逢。"识尽千千万万人，终不似、伊家好。"古人一个"伊"字，不仅指所有的他，也可以指你。这是施酒监与乐婉告别时，依然在不停念叨着的情意绵绵的情话，他说，我一生识尽千千万万的人，没有一个像你那么美、像你那么好、像你那么让我挂牵，让我深深地眷恋。可是再多的情话也于事无补，终究要面临人生的诀别。

"别你登长道，转更添烦恼。楼外朱楼独倚阑，满目围芳草。"施酒监这是在倾吐自己内心的苦恼，我不能带你一起走，我也为之有不尽的烦恼。想来与你一别之后，我去了天涯海角，当春情、春思之际，若我登高之时"伫倚危楼独倚阑"，看着天涯不尽的芳草，我的眼中、我的心底就一定还记着永远的你。

这样的情话说得固然深情，可是又有什么用呢？此一去便是永远的诀别，或许再无重逢相见的时机。

事实上，后世诗论也大多认为这两首《卜算子》是两人最终分别时的互赠之作。对于这样的爱情结局以及人生的永别，乐婉并没有抱怨什么。所谓"投我以木瓜，报之以琼琚。投我以木桃，报之以琼瑶"，乐婉"答施"的回赠之作《卜算子》，也依然充满了深情。

其中"泪滴千千万万行，更使人、愁肠断"，是直接回应施酒监的"识尽千千万万人，终不似、伊家好"，两个"千千万万"，让人看出乐婉的才情。她说，我与你这场人世间的相逢，都付出了最真挚的情感，一别之后唯余相思，而旧情、旧事便如绚烂的云霞永远挂在天边。

乐婉说"要见无因见，拚了终难拚"，"拚"是"拼"的本字，在这里，就是表达一厢情愿、心甘情愿。可是，再心甘、再情愿，从此一别之后大概再也无缘相见。我们这两个深爱的人，只能作最后深情的道别，"若是前生未有缘，待重结、来生愿"。想来大概是前生未有缘，那就一同期待来生缘吧。

乐婉这样的回赠之作不失深情，深情之中又是何等平静。细细地揣摩、反复地诵读乐婉的这首词，越读越有滋味。"旧事如天远""泪滴千千万万行""要见无因见，拚了终难拚""若是前生未有缘，待重结、来生愿"这样的语句，总让我不自觉地想起一个人来，想起一个同样经历滚滚红尘，经历种种人生坎坷，但至死都保持着一种高贵的平静的当代才女。

她也和乐婉一样，深陷在"相思似海深"的爱情里，可即便在热恋中，她也未失平静。"于千万人中，遇见你所要遇见的人，于千万年之中，时间的无涯的荒野里，没有早一步，也没有晚一步。刚巧赶上了，那也没有别的话可说，惟有轻轻地问一声：'噢，你也在这里吗？'"这样一句轻叹，胜过多少"相逢情便深，恨不相逢早"的誓言。

是的，她就是那个至死都高贵平静的一代才女张爱玲。

张爱玲有着像谜一样的人生，在父母离异后，她先是与父亲反目，来到母亲身边后，生活却依然充满了逼仄与屈辱。后来，她在无比艰难的时世中靠自己的手来养活自己。再后来，她遇到了生命中最大的幸福，却也是滚滚红尘里最大的陷阱，那个叫胡兰成的男人。

胡兰成确实有才，当他在病中读到张爱玲小说的时候，也是一见倾心。他向杂志社要了张爱玲的地址，找到张爱玲的居所。她不在，他便留下倾慕的字条，留下自己的姓名、电话和地址。当张爱玲看到当时名声、地位远胜于她的胡兰成留下的字条，仿佛于艰难人世中遇到知音。

第二天，她便去拜访了胡兰成。

胡兰成真的很懂她，赞美说："读你的文章，像踩在钢琴上，每一步都能发出音乐。"张爱玲彻底沦陷了。她不是不知道胡兰成的身份，却心甘情愿，"当年拚却醉颜红"。张爱玲后来在《半生缘》里说，爱没有值不值得，"爱就是不问值不值得"。没有婚礼，没有证书，两个人只有一纸简单至极的婚书，张爱玲在前面写下"胡兰成与张爱玲签订终身，结为夫妇"，胡兰成在其后写下"愿使岁月静好，现世安稳"，真让人无比慨叹。这样美的语句，这样美好的情意，竟是出自胡兰成之手。

抗战胜利之后，胡兰成开始了逃亡岁月，可是天性花心的胡兰成，一路逃亡却也留下了一路的风流韵事。张爱玲千辛万苦地帮他逃亡，见到他时，他却与新欢滋润地生活着。张爱玲留下资助胡兰成的钱，便黯然地在风雨里离开。此后的八九个月里，张爱玲还是照常给胡兰成寄生活费，到最后，她把《不了情》和《太太万岁》两部书稿的稿费三十万元，一并寄给了胡兰成，并写下最后的诀别信："你不要再来寻我，即或写信来，我亦是不看的了。"

干净、平静，自有深情却并不纠缠，就连她的死，她与人世的告别也是如此。

1995 年 9 月 8 日，在洛杉矶的简陋公寓里，张爱玲被发现身着旗袍、穿戴整齐，收拾得妥妥当当，安安静静地躺在一张行军床上，一如往日的平静，彻底告别了人世。

有人觉得她死得凄惨，却不知道这样的离别方式，才是独属于张爱玲的骄傲、平静与平淡。是的，我是那样深深地爱过你，但我爱你、我爱过这个世界，却与你、与这世界无关。虽然"相思似海深"，但"旧事已如天远"。今生即便如此永别，那也没有关系。如果幸运的话，如果来生还有爱，还能遇见，那么就到那时"待重结、来生愿"。

讲李清照，一定绕不开她和赵明诚的爱情。下面要讲的这首词，不仅是易安词创作技巧臻至化境的一首代表作，也是她人生与爱情非常重要的一个里程碑。这就是李清照著名的《一剪梅·红藕香残玉簟秋》。

词云：

红藕香残玉簟秋。

轻解罗裳，独上兰舟。

云中谁寄锦书来，

雁字回时，月满西楼。

花自飘零水自流。

一种相思，两处闲愁。

此情无计可消除，

才下眉头，却上心头。

上片开篇一句"红藕香残玉簟秋"，实在是妙不可言。"红藕"就是荷花，"玉簟"，则是光滑如玉般精美的竹席。"红藕香残"是说，荷花已残，荷香已消。而"玉簟秋"则是说冷滑如玉的竹席，已透出深深的秋凉。暑去秋来，荷花凋谢，连竹席都变凉了。这样的描写看似随手写来，但在不经意间却饱含了青春易逝、红颜易老之感。

将这一句与李璟《摊破浣溪沙》中的名句"菡萏香销

翠叶残"相比，便知境界高出不少。"菡萏香销翠叶残"也是写荷花凋谢，秋天要来了，可是李清照一句"红藕香残"，就已把李璟全句的意思表达出来，再加上一个"玉簟秋"，通过竹席生凉，来表达秋的到来，在客观的描述中加入了主观的感受，这样不知不觉间，主客观就融在一起。同样是七个字，但李清照的"红藕香残玉簟秋"，远比李璟的"菡萏香销翠叶残"丰富得多。陈廷焯便曾说："易安佳句，如《一剪梅》起七字云'红藕香残玉簟秋'，精秀特绝，真不食人间烟火者。"他说，这一句的精妙，简直就是不食人间烟火者方能道出。

一句"红藕香残玉簟秋"，已然在客观的描述中糅入了主观的感受，接下来主人翁的出场则显得自然而然。"轻解罗裳，独上兰舟"，描写的是谁呢？

一种说法引《琅嬛记》的记载，李清照这首《一剪梅》是送别之作，送别她要外出求学、负笈远游的丈夫赵明诚。这样一来，这个"轻解罗裳，独上兰舟"的人，就应该是赵明诚了。可是仔细体味全诗，我们可以肯定地说，《琅嬛记》的这种说法是不准确的。

李清照写的，并不是"执手相看泪眼，竟无语凝噎"的送别场景，而是别后的相思与思念。而且"轻解罗裳"的"裳"，古人上衣为衣，下衣为裳，北宋文人士大夫，男子并不着裳，只有女子才着下衣之裳，也就是裙子。这一定是在内心感受到"红藕香残玉簟秋"的那个人，正在百般无奈、难以排解的情绪中，生出秋意渐凉、时光飞逝的感慨，才会"轻解罗裳，独上兰舟"，坐上小船划进河塘，在如水的时光里浸润流淌如水的思念。

"云中谁寄锦书来，雁字回时，月满西楼"，便正是这种思念的体现。仰头远远地凝望，那云卷云舒的天际，谁会将锦书寄来？当雁群排成人字一行行南归的时候，皎洁的月光一定会洒满曾经倚栏独望，亦曾经相拥而伴的西楼吧。

"云中谁寄锦书来？"当然是李清照心爱的丈夫赵明诚寄书而来。"雁字回时，月满西楼"这一句就有些争议了。有人认为，这是李清照已经离开了乘坐的兰舟，来到西楼之上，从白天到夜晚，独倚危楼，思念如月光一般。这样说也无不可，但是下片接下来说"花自飘零水自流"，说明李清照的眼前景还是河塘，还是舟中所见，岂非矛盾？所以另一种观点认为，"雁字回时，月满西楼"，其实是李清照的期望。

当爱人锦书寄来的时候，她可以想到他们重新相聚时，相拥在洒满月光的西楼之上，爱河永浴。其实，词中这样温润、圆融的情绪，完全不必强解。诗词的意象和情绪之间，本身就有着跳跃性的勾连，有时候不必非要追究事理性的逻辑。我以为这一句最关键的是，赵明诚会寄锦书而来，会知道他心爱的妻子对他深深的思念，因为他也同样深深思念着她。

这种相互的思念其实特别重要，所以接下来才会有"花自飘零水自流，一种相思，两处闲愁"。请特别注意这一句，虽然"花自飘零水自流"依旧流淌着不尽的青春易逝的伤感，可"一种相思，两处闲愁"的这种爱与相思，在古人的词作里却是不常见的。

古人写思妇之愁，大多如温庭筠所说"梳洗罢，独倚望江楼。过尽千帆皆不是，斜晖脉脉水悠悠，肠断白蘋洲"，都是思妇对丈夫的思念，这种思念大都是单向的。而李清照说"一种相思，两处闲愁"，虽然相思让人堪愁，但是她对自己和赵明诚间的爱情，却是无比自信。这也正是李清照和赵明诚的感情，让人羡慕的地方。

后人称李赵之间的爱情叫"金石良缘"，"金石良缘"的"金石"是指赵明诚所擅长的金石学。金石学其实就是考古学的前身，"金"指的是青铜器上的铭文，钟鼎铭文又被称为"金文"；而"石"则是碑石上的石刻。当然，广义的金石学不仅包括青铜器、碑石上的铭刻和拓片，还包括竹简、甲骨、玉器、砖瓦、兵符冥器等上面的文字。金石学成为一门独立的学科，始于北宋，最重要的两位奠基人是欧阳修和赵明诚，欧阳修的《集古录》和赵明诚的《金石录》可谓金石学的奠基之作，所以"欧赵"并称。

赵明诚可以说是中国古代考古学之父。赵明诚既然是考古学家、金石学家、文字学家，他对本朝的文字也特别专注，尤其是苏东坡与黄庭坚的文字。据说即使后来苏东坡、黄庭坚被划为元祐党人，他们的作品甚至被朝廷封禁，但是赵明诚作为一个真正的学者，每遇苏、黄文字便大喜，便书录之。李清照的父亲李格非，正是苏门后四学士之一，从师承关系上看，李清照也可以算是苏东坡的徒孙了。

赵明诚的父亲虽然是新党中人，但赵明诚出于一个伟大学者的本能，和李清照之间在学识上产生强烈的共识，那实在是一件水到渠成的事情。李清照在嫁给赵明诚之后，受赵明诚的影响，也对金石学产生了浓厚的兴趣，同样也成了古代考古学重要的奠基人。她和她的丈夫赵明诚共同完成的《金石录》，如上所言，是中国的金石学、早期考古学最重要的奠基之作。

最好的爱情不仅是两情相悦，李赵二人那些为人所熟知的婚后幸福生活的片段，还源于这种共同的志趣与情趣。

比如，赵明诚在太学里就读，偶尔回家，就会带李清照去大相国寺淘古玩。因为赵明诚还在读书，没有生活来源，两家又向来家教甚严，所以二人并不富裕，他们就典当衣物，去买心爱的古玩和字画。虽然物质生活比较匮乏，但一旦购得心爱的古玩字画，两人便彻夜赏读把玩，快乐无比。

又如，李赵二人因学识超绝，夫妻之间的有些游戏也高雅无比。比如有时泡得香茶，却要赌谁先喝，于是两位杰出的文献学家、金石学家，便打赌看谁记得书中的原句，在第几页第几行。而赵明诚总是不如机智的妻子，李清照总是飞快地答出，便兴奋地抢茶来喝，有时兴奋快乐之际，茶未入口，倒不小心泼满一怀。夫妻哈哈大笑，真是人间至乐。后来纳兰容若在怀念自己妻子的时候，不无羡慕地用到"赌书消得泼茶香"，就是引用李清照和赵明诚日常恩爱的生活片段。

受李清照影响，赵明诚在诗词上发愤创作，虽然终究比不上老婆大人，但是心甘情愿地被他的才女夫人所启迪。反过来，在赵明诚的影响下，一代才女、一代词宗李清照，也在金石学上成为大家。所以"一种相思，两处闲愁"，那是一种相爱的自信，正因为这种平等而相互的爱，这种相思才会化为两处闲愁。像李清照和赵明诚，他们算得上真正的琴瑟之合。在后世，我能想到的，大概只有钱锺书与杨绛先生才能与之相比。

不过，再完满的爱情也一定有不如人意处。"此情无计可消除，才下眉头，却上心头。"此情当然是相思之情，但更是纯洁之爱、心心相印之情。越是纯洁高尚的爱情，越会在现实的风雨中面临红尘的种种考验。

赵明诚的父亲赵挺之和李清照的父亲李格非，分属新旧两党。虽然宋徽宗登基之初，努力平和两党之间的矛盾，就是在这段平和期，李清照嫁给了赵明诚。但后来没多久，新旧两党之间矛盾依旧爆发。李格非被列入元祐党人，遭受罢官返乡的厄运。李清照为了救父，恳请公公赵挺之施以援手，可赵挺之冷漠以对，李清照愤然手书，"炙手可热心可寒"。

李清照不仅没能拯救父亲，作为犯官家属也不得再居汴京，只得离开丈夫赵明诚，只身返乡。最值得庆幸的是，在政治的风浪和命运的坎坷面前，她的爱情经受住了所有风雨的考验，她深爱的那个丈夫，没有辜负她的爱，没有因为家世、政治、环境而离开甚至疏远她。赵明诚依然和她"一种相思，两处闲愁"。

这才是最好的爱情、最好的婚姻。不仅遇到最好的你，还因为你，让我成为更好的自己；更因为你，我可以抵挡全世界的风雨。于是，在全世界的黑暗里，我是那么地思念你，那思念"无计可消除，才下眉头，却上心头"。

后人屡屡评价，说李清照的"此情无计可消除，才下眉头，却上心头"，是如何超越了范仲淹的"眉间心上，无计相回避"，又如何与李后主的"剪不断，理还乱，是离愁，别是一番滋味在心头"有异曲同工之妙。其实我认为，对李清照的这首《一剪梅》，完全不用做技巧上的分析，只要了解她和赵明诚的爱情，了解他们共同的志趣与心心相印的人生，你就能深刻体悟到"一种相思，两处闲愁"的背后，他们那唯美、崇高而纯洁的爱情。

多么羡慕赵明诚，因为他可以遇见李清照。同样，李清照也是幸福的，因为她终于遇到了赵明诚。你看，那鸿雁在传颂着他们的爱意，那时光在流淌着他们的传说。这正是："云中谁寄锦书来，雁字回时，月满西楼。"

陆游的两首《沈园》作于其七十五岁高龄的时候，这两首诗其实需要合着两首《钗头凤》，放在一起对照着读，才能读懂、读尽最美情诗里的人生况味。

其一诗云：

城上斜阳画角哀，沈园非复旧池台。

伤心桥下春波绿，曾是惊鸿照影来。

其二诗云：

梦断香消四十年，沈园柳老不吹绵。

此身行作稽山土，犹吊遗踪一泫然。

陆游写《沈园》二首，可以说写得痛彻心扉。

"城上斜阳画角哀"，残阳如血自不必说，"画角"是古代的一种军乐器，常于清晨或者黄昏吹奏，其声凄厉哀怨，所以秦观《满庭芳》说："山抹微云，天连衰草，画角声断谯门"。姜夔也说："渐黄昏，清角吹寒。"斜阳与画角声，眼中景、耳中音，无尽悲哀。

为什么如此悲哀呢？

因为诗人又来到了沈园。"沈园非复旧池台"。年老的陆游晚年屡屡去沈园，去寻找曾经留有芳踪的旧池台。可是那么久的时光流淌而过，就连旧池台都不可辨认。要唤起对芳踪的回忆，似乎都成了不能再得的奢望。因此连桥都变成了伤心的桥，只有看到伤心桥下的绿水，才能清晰地感受到这个世界居然还如当年的春天。

"伤心桥下春波绿，曾是惊鸿照影来。"这里沿用了曹植《洛神赋》"翩若惊鸿，婉若游龙"的典故。只有这伤心桥下的春水，才能把数十年前那道美丽的身影，送到如今伤心人的眼前来。那么，数十年到底是多少年呢？第二首诗中就准确地作出了回答。

"梦断香消四十年"，梦断沈园指的是当年的沈园之痛，香消玉殒指的是唐琬的离世。"梦断"和"香消"之间，就是陆游和唐琬曾经写下的两首《钗头凤》。

事实上，陆游写《沈园》二首的时候，唐琬离开人世已经四十多年了，诗里说四十年只是取一个整数而已。这么多年的时光，连沈园里的柳树都苍老得不能在春天开花飞絮了，所以才有那一句"沈园柳老不吹绵"。

然而，四十多年的时光，虽然改变了沈园，甚至改变了沈园里的柳树，可长久的伤痛与哀叹却依然每日萦怀。陆游说"此身行作稽山土"，但"犹吊遗踪一泫然"，就是说自己终究也将化为会稽山的泥土，可是割不断那一线的情丝，让他每天不自觉地还要来到沈园，寻找当年那找也找不到的踪迹。时光漫漫，唐琬不再，四十多年来日日怀念她的陆游只能泪下泫然。

陆游晚年经常来到沈园，凭吊他和唐琬当年逝去的青春与爱情，而《沈园》两首也是他数十年来怀念之作中最具代表性的作品。通过这两首诗，我们固然可以看出陆游的用情之深，可是也难免要问，难道四十多年还是不能放下这段感情吗？除了深情之外，会不会还有其他一些因素呢？

要解答这个问题，就要去看看那两首《钗头凤》，去看看四十五年前陆游和唐琬在沈园的相遇。那时，陆游捧着那杯唐琬送来的酒，眼含着热泪在沈园的墙壁上提笔写下：

红酥手，黄滕酒，满城春色宫墙柳。东风恶，欢情薄，一怀愁绪，几年离索。错、错、错！　春如旧，人空瘦，泪痕红浥鲛绡透。桃花落，闲池阁。山盟虽在，锦书难托。莫、莫、莫！

陆游在词中说，你红润酥软的手中，捧着盛着黄滕酒的杯子，满城荡漾着春天的景色，而你却像那宫墙中的绿柳般遥不可及。春风是多么的可恶，欢情就那样被吹得稀薄，那满杯的煮酒像是一怀忧愁的情绪，离别以来的我又是那样的萧索。回想当年，只能感叹：错、错、错！美丽的春景依然如旧，只是人却白白地相思消瘦，泪水洗净脸上的胭脂红，又把薄绸的手帕全都湿透。满城的桃花凋落在寂静空旷的池塘楼阁之上，永远相爱的誓言还在，可是锦文书信再也难以交付，回想当年，只能感叹：莫、莫、莫！

这里的黄縢酒，一般我们可以泛指美酒，宋代的官酒以黄纸为封，所以黄封就代指这种美酒。但是我在白话译文里也提到一个词叫"煮酒"，宋人包括陆游在诗词里经常提到"青梅煮酒"，也有说"煮酒青梅"。我的一位老师考证，其实自三国演义以来我们大多都犯了一个集体无意识的偏差错误，以为是用青梅来煮酒。其实青梅和煮酒是两样东西，煮酒就是黄縢酒就是黄酒，泥封之前加煮过了就叫作煮酒，放到第二年春天再去打开喝，没有煮过的酒就叫清酒。

所以煮酒，也就是黄縢酒放在这里是有深意的，一是它特别醇厚绵密，二来它当年封藏的时候其实加热过，是有温度的。所以那样美好的红酥手，那样曾经有温度的黄縢酒，和这满城的春色宫墙柳，都已然遥不可及。即便物还是，酒尚温，可人已非，情已非，愁已深，所以说错、错、错！三个错字寄予了陆游最痛彻心扉的懊恼与悲愤。

在陆游饮尽杯中的黄縢酒，跟踉而去之后，当时表现沉静、内心却实难割舍的唐琬，事后又一个人来到沈园，在陆游的《钗头凤》的下面和作一首《钗头凤》。词云：

> 世情薄，人情恶，雨送黄昏花易落。晓风干，泪痕残，欲笺心事，独语斜阑。难、难、难！　人成各，今非昨，病魂常似秋千索。角声寒，夜阑珊，怕人寻问，咽泪装欢。瞒、瞒、瞒！

唐琬说，这世间人情的凉薄，就像黄昏冰冷的雨丝，将那花儿无情打落，晨风吹干了昨夜的泪痕，写不下千言万语的心事，只有我一人独倚危阑，难、难、难！往事已矣，咫尺天涯，我病中的魂魄就像那秋千索，画角声寒、夜色阑珊，我的心何尝不是如夜似寒，如今谁又知我强颜欢笑的日子里默默流泪的容颜，瞒、瞒、瞒！

其实细读这两首词，我们就会感觉到，在各自抒情的背后仿佛还隐藏着一点什么。

话说回来，要说唐琬的命不好，其实我认为她多少要比晚年的李清照幸福得多。唐琬和李清照都曾再嫁，可是晚年的李清照嫁了狼子野心的张汝舟，唐琬却嫁给了豁达温情的赵士程。

唐琬和陆游在沈园的相遇之情，赵士程不会看不出来，而唐琬当时就介绍了前夫陆游，可见赵士程对唐陆以前的感情是相当了解的。在这种情况下，妻子主动给陆游送酒，他也完全支持，不会因此心里就打翻了镇江陈醋瓶。而唐琬过后重回沈园，赵士程也未必不知道，可见赵士程对于唐琬还是非常体谅、大度，甚至是非常体贴的。嫁给这样的丈夫，按道理说可以平息往日的伤痛，最起码可以好好地过日子，可唐琬的幸福生活又怎么会突然断裂了呢？

写完这首《钗头凤》之后，唐琬泪流满面，回到家里一病不起，没过多久就香消玉殒了。堪称幸福的再婚生活，都没能让她从重遇陆游的伤痛里解脱出来，反过来也可以看出她对陆游的爱有多么深，对那段情又是多么难以释怀，难以自拔。她当着赵士程的面介绍陆游时候的从容，或许只是掩饰突然相遇时的心情激动，而后来又当着丈夫的面送酒给陆游，这实在是心有所想，完全不是我们局外人理解的大度和知礼节。

而当她在陆游的《钗头凤》下题写自己的绝命之作时，她终于回到了她童年时做过无数次的过家家的梦里。她心里再也放不下别人，哪怕像赵士程这么好的人，她的心里只有她的表哥陆游，于是她带着生命离开，回到她表哥的梦里。

我曾经在沈园，站在那两首《钗头凤》面前，不止一遍地想，陆游在写那三个"错、错、错"的时候，心里该是如何的悔恨；而唐琬在写那三个"难、难、难"的时候，心里又会是如何的哀婉。当时他们的心中，会是怎样的一种滴血之痛啊！

我当年在沈园看镌刻在碑上的那两首词，都是红色的，就像鲜血一样。陆游后来是在先得知唐琬逝世的消息之后，才又在沈园读到了唐琬的那首《钗头凤》，一旦了解了表妹对自己的刻骨之爱，陆游一下子就明白了唐琬真正的死因。我想这时候的陆游一定受到了巨大的心理冲击，所以从这一刻起，沈园就成了他一生魂牵梦萦、解不开的结。

那么这个巨大的心理冲击是什么呢？我个人觉得应该是由懊悔引发了歉疚与怀念，让我们来看这两首《钗头凤》原文。

陆游词里最后一句是，"山盟虽在，锦书难托，莫、莫、莫"，意思是当年我们海誓山盟仍在，可如今我即便就在你的面前，也无法把我写满相思的情愫传递给你看，罢了，罢了，罢了。这三个"莫、莫、莫"毫无疑问是三声哀叹，但除了哀叹旧情不在，我们还能从中读出一些陆游当时的心情，在激愤之下甚至对唐琬生出一些埋怨来。也就是说，我陆游还是一个伤心人，而你唐琬却已经平淡从容了。你看你向赵士程介绍我时是多么平和，而我们当初的那些海誓山盟呢?

我们当然不能说陆游就是个小气的人,不能说他会把唐琬当着丈夫给他送酒看作是对他的奚落。但是,面对自己心爱的女人嫁作他人妇,要说陆游心里一点都没有怨怼之气,我觉得也不一定。

唐琬的词里也说"欲笺心事,独语斜阑。难、难、难!""怕人寻问,咽泪装欢。瞒、瞒、瞒!"这里固然有对红尘的无奈,但也应该有对表哥的解释,至少要追求与陆游达到情感的共鸣,而这种努力正可以反证出陆游词境中那种孤愤的情绪。

正是这种情绪在唐琬死后,尤其是知道她是思念自己,为情而死,就让陆游产生巨大的心理负担与负罪感。其实伤痛不一定会让人背负一生,而负罪感反而更容易让人长久背负。

因此我认为,陆游此后数十年对沈园的感情几乎类似于深厚的宗教情绪。陆游后来的人生曾经浪迹天涯,也曾经金戈铁马,可到了晚年,生命绚烂之极归于平淡,最珍贵的东西才浮泛出来。一是他的爱国情怀,一是他对沈园、对唐琬类似于宗教式的情感。所以他说,"伤心桥下春波绿,曾是惊鸿照影来。"

这里用了曹植《洛神赋》的典故,曹植写梦中与甄宓相会，说甄宓的身影"翩若惊鸿，矫若游龙"。要知道曹植只是在说一个梦，而陆游这样说，就不仅仅是在说白日梦了，那就是苏轼所说的"不思量，自难忘"，以至于想得有些精神恍惚了。

设想一下，唐琬这时已经离开人世四十多年了，这四十多年中，陆游又岂止是到晚年才这样恍恍惚惚的呢？那个"铁马冰河入梦来"的抗金英雄，原来也生活在另一种沉痛的梦里。所以石遗老人陈衍在《宋诗精华录》里评《沈园》二诗说："无此绝等伤心事，亦无此绝等伤心之诗。就百年论，谁愿有此事？就千秋论，不可无此诗。"

如果说唐琬是把生命赠给了陆游，那么陆游就是把沈园相遇之后五十年的沧桑岁月，一起赠予了唐琬。因为那个清纯的表妹，和那片小小的沈园是陆游生命中的不能承受之轻。

错、错、错！难、难、难！

千度，百度

我们如果把辛弃疾的名作《青玉案·元夕》当作情诗来解读，它当然非常符合爱情中的男女那种寻寻觅觅，那种所谓伊人、在水一方的感觉。但是，王国维在《人间词话》里用它比拟人生的最高境界，就不仅仅是爱情的境界，而更是人生的境界。

词云：

> 东风夜放花千树，更吹落，星如雨。
> 宝马雕车香满路。
> 凤箫声动，玉壶光转，一夜鱼龙舞。
>
> 蛾儿雪柳黄金缕，笑语盈盈暗香去。
> 众里寻她千百度，蓦然回首，
> 那人却在，灯火阑珊处。

解读这首词，首先要面对的一个问题，就是《青玉案》这个词牌名。

前些年，我一直坚持这个词牌应该读作"青玉碗"。后来经过反复思考，我认为还是应该读回"青玉案"。

说到这个词牌，所有人公认是来自张衡的《四愁诗》，其中说"美人赠我金错刀，何以报之英琼瑶""美人赠我锦绣段，何以报之青玉案"。问题就在于张衡的这首《四愁诗》里，他到底说的是"何以报之青玉案"，还是"何以报之青玉碗"？此前大多数观点认为，《四愁诗》里这个地方肯定是"何以报之青玉碗"。美人赠我锦绣段，我不可能回赠一个几案给她。青玉这里指独山玉，所赠应该是玉做的食器。南宋巩丰引吕少卫《语林》说，这个"案"字乃古"碗"字，就是通古写的这个"碗"字。所以回报给美人的一定是青玉做成的碗。

《语林》已经不可考了，但是巩丰一引用之后，后来很多人都以这个观点为依据，把它读成"何以报之青玉碗"。到了明代，大才子杨慎和"后七子"的领袖王世贞都考证过，认为巩丰对吕少卫的这个解读可能是有误的。我也专门向有些考古专家请教，还到一些博物馆去看，反复推敲，觉得吕少卫的说法确实有误。

这个"何以报之青玉案"的"案"肯定不是指几案，更不是小桌子。但不是几案，是不是就一定是碗呢？

我们对古人所用的食器，仔细进行分类就可以看出，比如喝酒要用杯子，比杯子大一点的是"碟"，碟也是装零食用的，比杯子深一些的叫做"盏"，所谓"三杯两盏淡酒"。

但是盏，通常是用来喝茶的。比盏更大更深一些的，就是"碗"，碗主要是用来装饭的。比碗更阔、更浅一些的是"盘"，盘子是装肉或者装菜用的。盘子分两种，一种是无足的，就是我们现在看到的大多数平底盘。但古人有一种盘子，是有腿的，就像古代的"豆"器一样。有时候有三只腿，虽然很短，但这样一来有足的就可称为"案"，无足的就是"盘"。所以，这里说的不是青玉做的碗，而是青玉做的有足的盘子，也是一种食器。当然，比盘更大就是"盆"了。

"案"是食器盘子里面较独特的一种，因为这个盘子可以做得很大，有玉做的，当然也可以有木质的。这个器形放大了之后，就变成一种几案。古人对桌子的分类也有几种，桌子肯定是有腿的，那么腿短而面窄的，就叫做"几"，像我们经常说茶几、条几。桌子腿短而面宽的，就叫"案"，归根结底，是由这个有腿的盘子发展而来。腿长而面阔，就是"桌"子。由此一大篇考证，我认为这个词牌还是应读作青玉案，它不是青玉做成的碗，而是青玉做成的有足的盘子。

说完了音韵和训诂，我们再回到诗词本身。"东风夜放花千树，更吹落，星如雨。"辛弃疾写的是元宵夜的胜景。

宋代烟花的技术已经非常高超了，中国人的四大发明如火药、指南针，一旦发明出来，首先不用于武力和扩张，而是用于生活。火药技术的发明，使得烟花技术在两宋期间就像印刷术一样突飞猛进。元宵之夜，一簇簇的烟花飞向天空，就像吹落如雨的星辰。烟花绽放之后，像星雨一样散落下来，而人被这种闪亮的星雨所笼罩，情绪一下子无比亢奋，沉浸在火树银花的节日狂欢里。

"宝马雕车香满路。""宝马"和现在的宝马车当然不一样，但是本质上倒也相同，毕竟每个时代都不乏拜金的喧嚣。这里的宝马和雕车指的是达官显贵们携带家眷出行，满满的脂粉气如紫陌红尘拂面而来。这里不仅有视觉的绚烂，还有嗅觉的香艳。

"凤箫声动，玉壶光转，一夜鱼龙舞。"凤箫，一般解读为吹奏笛箫，其实细细甄别还是有用意上的差异。民族乐器里的箫，还分为洞箫、琴箫、排箫。这里的凤箫应该指的是排箫。洞箫适合独奏，排箫适合和古琴一起演奏。洞箫和琴箫的音量都不是很大，其声就像苏东坡说的"如怨如慕，如泣如诉"，适合在幽静的环境下吹。而排箫的音量很大，音域也比较广，吹起来非常响。这里的凤箫声动，当然也可以泛指，应该指的就是当时的场面非常之热闹。

关于玉壶，古人争议很大，一说是指月亮，另外一说就是指花灯。我个人认为指月亮，可能效果更好一些。因为后面的"一夜鱼龙舞"的"鱼龙"就是像鱼像龙一样的灯笼。如果玉壶还是指花灯，那么在灯笼的光辉下，灯笼在舞动，显得太平常了。

相比之下，不如说在月华之下，灯火辉煌，甚至人们因为沉浸在节日里，通宵达旦，载歌载舞，非常欢乐。这种情绪，甚至都影响到了月亮。所以说"玉壶光转，一夜鱼龙舞"，就是在元夕赏花灯的节日氛围里，所有你能看到的因素，无论是演奏、音乐、月光、花灯、宝马、雕车，还是闻到的脂粉香气，都在一种狂欢的状态里。

辛弃疾调动了视觉、听觉、嗅觉、触觉等各方面的感觉，来写元宵灯会的盛景，这正是他技法上的高妙之处。当把所有的感觉都用上去的时候，在这种极其喧嚣热闹的背景衬托下，最后的第六感让你蓦然回首，那种直觉下的第六感的寻找，才特别能触动你的灵魂，所以下片开始，作者在上片营造的元夕氛围下直奔主题。

"蛾儿雪柳黄金缕，笑语盈盈暗香去。"这一句写的是元宵观灯的女子，穿着美丽的衣服，戴着漂亮的首饰。"蛾儿""雪柳"和"黄金缕"，都是古代女子们在盛大节日出行时，头上戴的各种装饰品。这说明辛弃疾眼中所见，满街的女子都是盛装出行，她们欢天喜地地从诗人身边走过，所过之处，阵阵暗香，随风飘荡。可是诗人这种极尽渲染之能事的描写，却是为了反衬心中的不为所动，于是盛装的女子们与各种感官的诱惑一样完成了她们作为目标诱惑的使命。

"众里寻她千百度"，词人在人群中，在人流中，在无数的美丽女子中，正在有目的地寻找。他知道自己要找的是什么人，所以才说"众里寻她千百度"。

那么，他找到了吗？

"蓦然回首，那人却在，灯火阑珊处"。阑珊，是零落稀疏的样子，"灯火阑珊"因为《青玉案·元夕》已经变为一个成语，成为浓缩的精华。对于这一句，一种说法认为"灯火阑珊"就是指当时灯火渐渐散尽，天空飘洒下来的礼花在快接近地面的时候，已经熄灭散尽了。头上虽然有流光溢彩，而那姑娘站立的地方却是昏暗的。相较于当时喧嚣热闹的背景，她却站在人烟稀少而冷清的地方。还有一种说法则认为，这里的灯火阑珊是良夜将逝，火树银花的灯会接近尾声，这说明作者经过了一个漫长的寻找过程。

我认为这两种说法都有可取之处，但我更喜欢后一种说法。现在我们经常用的"灯火阑珊夜"，就是说入夜之后家家举灯，就寝的时候就会关灯。那么，灯火阑珊夜指的不是家家开灯，而是逐渐灯都灭了，说明夜深了，深夜无人时分才是"灯火阑珊"。自万家灯火透亮，再到灯一个个地熄灭，这种过程就让人有一种时间上的无限感慨。当然，因为有蓦然回首在，第一种说法即便看到烟花将灭，意为灯火阑珊也无不可。

不管怎么样，整首词最精彩的就是这一句，"众里寻她千百度，蓦然回首，那人却在，灯火阑珊处"。

这首词，有人觉得是写爱情，但还有一种观点认为，辛弃疾其实是用一首情词来表达对人生的追求。所以"灯火阑珊处"的那个人，固然可以是一个青春妙龄少女，但也可以是诗人伟大灵魂的自喻。

辛弃疾自幼就有坚定的报国之志，有一颗不屈的爱国之心。年轻时加入义军，擎起抗金大旗，然后渡江南归寻宗认祖。他曾突入金兵大营，生擒叛贼张安国，当时"马作的卢飞快，弓如霹雳弦惊"，从此欲"了却君王天下事，赢得生前身后名"。没想到的是，南渡之后，一腔报国之志却无从实现。他的抗金名作《美芹十论》《九议》，不过是当权者案上的一堆废纸。甚至他为了准备收复失地，苦练飞虎军，也终遭弹劾，阻力重重。

当然，即使有种种阻挠、种种非议、种种现实的悲哀，辛弃疾也从未放弃过他心中报国的理想，以及对人生价值的永恒追求。甚至到临终之际、病榻之上，他还大喊："杀贼！杀贼！"现实是悲哀的，尘世是荒凉的，政治是无奈的，然而在现实的喧嚣与无奈里，那个坚定的精神自我反倒凸显了出来，这不就是"灯火阑珊处"的那个人、那个我吗？

其实，爱情和理想、和信仰是一样的。我经常感到，爱情本身就是一种信仰，要找到你真爱的那个她，就像要找到你追求的那个我，必须在红尘里，在视觉、听觉、幻觉等一切喧嚣的诱惑中，坚定你的追求，坚定你之所爱。

秋夜，看见天空里有一颗明亮的星，依偎在明月的身旁，一时间心有所感，便会想起范成大的《车遥遥篇》。

下面，我们就共同来赏读这首美丽的诗篇。

诗云：

> 车遥遥，马憧憧。
> 君游东山东复东，
> 安得奋飞逐西风。
> 愿我如星君如月，
> 夜夜流光相皎洁。
> 月暂晦，星常明。
> 留明待月复，
> 三五共盈盈。

来自星星的你 范成大《车遥遥篇》

《车遥遥》其实是《乐府诗集·杂曲歌辞》中的名篇，到了唐代元白"汉乐府"运动之后，很多诗人都喜欢以此为体，拟《乐府》之作。范成大的《车遥遥篇》其实也是这样的一首作品。

当然除了"乐府诗体"，也有其他体裁的创作。像魏晋时期的傅玄，同样有《车遥遥篇》，但用的却是"离骚体"，而非"乐府体"创作。想来大家之所以这么喜欢用"车遥遥"进行不同体裁的诗歌创作，大概是因为以前的日子很慢，车、马、邮件都慢，一个问候要等上好多天。而"车遥遥，马憧憧"的意象就成为悠长岁月里，一份容易拿起却难以放下的挂牵。

所以不论是范成大的"车遥遥，马憧憧"，还是傅玄骚体诗里说"车遥遥兮马洋洋"，都是从车马的姿态入手，去写时光和思念。我甚至认为像杜甫的名作《兵车行》，开篇起句的"车辚辚，马萧萧"，应该也是从《汉乐府》的"车遥遥"演化而来，只不过是将乐府演化为歌行体而已。当然，杜甫是"诗史"，是"诗圣"，他的写实更为沉重，他的车马之别所反映的现实也更为惨痛，而范成大的这首《车遥遥篇》则更为唯美。

开篇说，"车遥遥，马憧憧"，"遥遥"是说你坐的马车渐行、渐远、渐无穷，而"马憧憧"是说拉车的驿马的身影，在眼中来回晃动，摇曳不定。车马的身影其实在很短的时间里就远得望不见了，可是在多情人的目光中，仿佛还一直停留在眼中，仿佛只要还能看见车马的身影，就可以安慰自己那颗思念的心，就可以告诉自己，思念的人还未走远，还在我的眼里，还在我的身边。

"车遥遥，马憧憧"，一个努力要留住车马身影的愿望，就可以看出那个相思女子内心的不舍和期盼。接下来诗人索性舍去所有的艺术手段，直接披露相思人的心声，"君游东山东复东，安得奋飞逐西风"。"东山"应该是在东海之巅、大海之边，学者大多认为应该是在泰山的东侧，因为这里可以观看日出时的美景，有所谓"日观峰"，也称东山。"君游东山东复东"，是指所念良人东游身影的去向，而"安得奋飞逐西风"则是写相思迫切的心情。

　　想来这应该是一个秋天，良人东去，该如何能追上他的身影，不如化身于秋风之中，这样便可飞去他的身旁。所谓"西风"就是秋风，而这个追逐的"逐"字，它其实是一个入声字，最好读得短而促，这样更能体现出那种相思的迫切心情。现代人喜欢唱"你是风儿，我是沙"，而《车遥遥》里的这位相思的女子却愿意"你若远行，我就是风"，我愿追随你的脚步一程又一程。

　　"安得奋飞逐西风"，这样的相思固然真切，但仔细一想，却又显得有些过于迫切。凡事过犹不及，过于迫切急躁总难以持久。于是，相思的人儿放下"奋飞逐西风"的愿望，理了理相思的情绪，突然说出一种更恒久、更绵长的爱情之语来，"愿我如星君如月，夜夜流光相皎洁"。这也是这首《车遥遥》里最为世人传诵的名句。我只愿我是一颗星星，而你是那皎洁的明月，在浩瀚的夜空里，你我夜夜流光洁白，相互辉映。在银河般的岁月里，我们长相厮守，哪怕经历黑暗与夜晚、哪怕沧海桑田，也改变不了你我穿过黑暗，彼此默默凝望、陪伴的光芒。

这该是一种多么唯美的爱情！这也是我看到秋夜里的星与月，忽然想起范成大的这首《车遥遥》的关键所在。

关于选取物象以为爱情的比拟，范成大在一篇之内就有了两种，先是写了"安得奋飞逐西风"，但只一句"愿我如星君如月"，就彻底转向星月之比。

魏晋时期傅玄的那首"骚体诗"的《车遥遥》篇，其诗曰："车遥遥兮马洋洋，追思君兮不可忘。君安游兮西入秦，愿为影兮随君身。君在阴兮影不见，君依光兮妾所愿！"

这一篇相思的比拟也同样非常有特色，车马里坐的良人不是去东方，而是去西面，"君安游兮西入秦"。怎么样才能让我的相思追上你的身影呢？傅玄没有写"我是风儿，你是沙"，而是说"愿为影兮随君身"，我愿化作你的影子，长久跟随着你，这样你走到哪里，也不可能摆脱我的追随与思念。

这个设想确实非常奇特，但更奇特的是顾影自怜的相思人，突然发现影子的存在是需要光的，若是身在背阴之处影子就会不见。这样的发现简直让她有些焦急和抓狂，所以她在最后竟向她的爱人发出一种呼唤，"君在阴兮影不见，君依光兮妾所愿！"我心爱的人，你可不能去那背阴处，你一去我就会消失不见了，希望你站在阳光下，那样我可以永远做你的影子，那可是我的一片心愿！

这样的设想和比拟非常奇特，但不论是"愿为影兮随君身"，还是"安得奋飞逐西风"，虽然这样的思念确实很真切、很生动、很形象，可是细想来却很难恒久绵长。

真正美好而恒久的爱情，不是简单的依附，不是因为爱你而丢失了自我，变得卑微，而是因为爱情让我遇见这个最好的你，也让我遇见一个更好的自己。最好的爱情，一定不是简单的占有，不是盲目的依附，更不应该是卑微的从属关系，而应该是如星如月那样交相辉映。虽然星月各有不同，但却在暗夜里各有其人生的光芒。这种"夜夜流光相皎洁"的辉映，才能让人看到，因为美丽爱情而各自获得升华的美好生命。因此，从愿做一片风随你前行，到愿为一颗星与君辉映，从"风中一片雨做的云"到"来自星星的我"，这样爱情的成长与升华的历程，读来真是让人感慨。

其实从今人的角度，重新去揣摩这种星月之比，我觉得它还有一个非常深刻的地方。就像诗里接下来说的，虽然星月交相辉映，但"月暂晦，星常明"，月亮也有朔望之变。农历每月初一为"朔"，而每月十五为"望"，每月最后的一天就是"晦"。朔、晦之日，月亮都在地球和太阳的中间，我们在地球上看月亮是看到它背光的一面。这时的月亮，最多只有个牙儿，甚至一点都看不见了。而到了每月十五、十六，在地球上只能看到月亮全部受光的一面，这时看到的是一轮满月，所以即使是皎洁的明月，也有朔与晦的暗淡。

这不禁让我想到，夜空里美丽的星星和月亮，如果我们能走近的话，会发现它们身上也有满目的荒凉与沧桑。我们知道，其实月亮上满是陨石坑，嫦娥和玉兔住的地方，可以说是满目疮痍。夜空里所能看到的每一颗星星也是如此。如果你走近，会发现每一颗星或炎热或冰冷，不论怎样都是无法居住的，都是不近人情的，这也有点像残酷现实里的爱情，有些美真的只可远观而不可近玩焉。

这个世界上没有绝对完美的爱情，所有世人看到的所谓完美，也一定有它不如人意的一面。"不如意事常八九，无奈何时岂二三。"这种感慨又岂止是人间事，其实也一定囊括人间情。

但是，应该怎么去超越这种无奈，怎么跨越人世间的所谓"七年之痒"，所谓"婚姻终成爱情的坟墓"，所谓"靡不有初，鲜克有终"，所谓"围城"的现实沉痛呢？最好的解决与超越之道，想来还是应该像星星和月亮那样，虽然各有各的沧桑，但因为彼此辉映，就能在夜空里绽放出各自生命的光芒。

"留明待月复，三五共盈盈"，努力地升华自我，释放生命的光亮，一直陪你到三五之夜，也就是农历十五的"望日"。这时你又如那满月一般，朗朗清辉，明照古今。而我每晚都在你的身旁，在你暗淡时光亮相依，在你明亮时默默陪伴。我就是这样一个来自星星的我，在永恒的距离里与你相依相偎，我对你的爱从来都默默地释放着永恒的光亮，从不因你的坎坷或成就而黯然失色。

这就是最好的爱情。如李清照之于赵明诚，如杨之华之于瞿秋白，如杨绛之于钱锺书，虽现实沉重，虽命运坎坷，虽暗夜茫茫，却能因各自的光亮，因交相辉映的光芒，成为这个茫茫寰宇中最永恒的恒久与绵长。

作为金、元之际的著名文学家，元好问在文学上有着重要的承前启后作用。下面，我们就来品读让无数人为之痴狂的元好问的代表作：《摸鱼儿·雁丘词》。当然，它还有一个词牌名叫《迈陂塘·雁丘词》。

词云：

> 问世间，情为何物，直教生死相许？天南地北双飞客，老翅几回寒暑。欢乐趣，离别苦，就中更有痴儿女。君应有语：渺万里层云，千山暮雪，只影向谁去？

> 横汾路，寂寞当年箫鼓，荒烟依旧平楚。招魂楚些何嗟及，山鬼暗啼风雨。天也妒，未信与，莺儿燕子俱黄土。千秋万古，为留待骚人，狂歌痛饮，来访雁丘处。

在这首词的题记中，元好问交代了一个让人感伤的故事。

元好问作这首词的时候，刚刚十六岁。他去太原赶考，在汾河岸边遇到一位猎人，猎人讲述了一个奇异的故事。

猎人说，他几天前捕获了两只大雁，雄雁脱网而出，雌雁则被束缚在网中。猎人将雌雁带回家，雄雁凝望着网中的雌雁，一路相随，在空中悲鸣，盘旋不去。雌雁亦在网中呜咽，不吃不喝。后来猎人杀死了雌雁，雄雁在空中看到爱侣已亡，竟一头从空中栽下，撞地殉情而亡。

十六岁的元好问被深深感动了。他没有埋怨猎人的无情，只是从猎人手中买下这两只大雁，将这对忠烈的爱侣埋葬在了汾河的岸边，并用石头垒起了一座小小的坟。然后为它们的爱情写下了这首著名的词。

这首词的每一句都值得我们细细品读，第一句最是有名："问世间，情为何物，直教生死相许"。这简直是叩问世间的惊天一问。十六岁的元好问将自己的震惊、感动、同情，将自己所有的深情化为这千古以来感动人心的一问。

他问的是世人，问的是苍天，其实也问的自己的灵魂，究竟情为何物？这让我想起汤显祖在《牡丹亭》里所说的，"情不知所起，一往而深。生者可以死，死可以生。生而不可与死，死而不可复生者，皆非情之至也"。这一问太过精彩，在历史的长河中久久回荡，引起读者深深的思索，在思索之后，继而引发对世间所有生死不渝真情的热情讴歌，就显得那么自然而然。

紧接着"情为何物"之下就是"直教生死相许"，这一句感慨真如雷霆万钧，如此震撼人心，又如熔岩沸腾奔涌而出，情至极处，竟是何物，以至于要让人生死相许。"直教"两字更突出了爱情力量的雄伟、奇伟。这样的开篇用一个突如其来的问句，犹如盘马弯弓、先声夺人，为下文描写大雁的殉情蓄足了力量，也使大雁殉情的内在高洁得到了升华。

第二句，"天南地北双飞客，老翅几回寒暑"。这写的是雁侣之间感人的生活场景。大雁秋天南下越冬，春天北归双宿双飞，所以元好问称他们是"双飞客"，并赋予它们比翼双飞、如人世间夫妻相爱的理想色彩。

天南地北，自空间着墨；几回寒暑，从时间落笔。这种高度的艺术概括，写出了大雁相依为命的恋情，非常有生活感。

《本草纲目》说雁有四德："寒则自北向南，止于衡阳，热则自南向北，归于雁门，其信也；飞则有序，而前鸣后和，其礼也；失偶不再配，其节也；夜则群宿，而留一奴巡警，昼则衔芦，以避征缴，其智也。"就是说雁有四种品德。冬天的时候，就像蒙古长调里唱的："鸿雁向南飞"，一直飞到衡阳，所以衡山有回雁峰。等到天气变暖又自南而北，归于雁门关，雁门关也因此得名，这是它们的守信。飞而有序，这是它们的礼仪。大雁是一夫一妻制的动物，感情真挚，这是他们的节——气节。晚上群宿，有大雁放哨，白天"衔芦"，以避"征缴"。"征缴"就是古代时候的短弓箭，当时弓箭很珍贵，射出去以后，上面有根绳子，就是"缴"，再把弓箭又再拿回来用。大雁可以避征缴说明了它们的智慧。

其中最让人们感慨的就是它们的诚信、团结与深情。"天南地北双飞客，老翅几回寒暑。"就以人间夫妻为喻，写出大雁的生活中的深情。

第三句，"欢乐趣，离别苦，就中更有痴儿女"。这几句是说大雁长期以来共同生活，既有团聚的快乐，也有离别的酸楚。在平平淡淡的生活中，形成难以割舍的一往深情。所以"痴儿女"三字最是出神。以人世间真心相爱的痴情儿女相喻，使得大雁的恋情和人世间的恋情完全融合为一，毫无隔阂。

第四句，"君应有语：渺万里层云，千山暮雪，只影向谁去？"这里的"君"是指殉情的大雁。这一句是对大雁殉情前的心理活动细致入微的揣摩描写。当网罗惊破双栖梦之后，年轻的元好问认为，孤雁心中必定会有生与死、殉情与偷生的矛盾斗争。但这种犹豫与抉择的过程并未影响大雁的殉情，相反更足以表明以死殉情是深入思索后的理性抉择，从而揭示殉情背后深刻的内涵。相依相伴、形影不离的情侣已逝，而自己形单影孤，前路渺茫，失去一生的挚爱，即使苟活下去，还有什么意义呢！"万里、千山"，写征途之远；"层云、暮雪"，写前路之难。这样烘托的手法揭示了大雁心理活动的轨迹，也就交代了大雁殉情的深层原因。

下阕第一句，"横汾路，寂寞当年箫鼓，荒烟依旧平楚"。这里有一个历史典故。"横汾路"是指当年汉武帝巡幸之处。《史记·封禅书》记载，汉武帝曾率百官，至汾水边巡祭后土，作《秋风辞》。其中有一句说"泛楼船兮济汾河，横中流兮扬素波，箫鼓鸣兮发棹歌"，可见当时是箫鼓喧天，棹歌四起，山鸣谷应，何等热闹，而如今却是四处冷烟衰草，一派萧条冷落。古与今，盛与衰，喧嚣与冷落，形成鲜明的对比。"寂寞当年箫鼓"，是说"当年箫鼓"如今已然寂寞。"荒烟依旧平楚"，"平楚"就是平林，"平林漠漠烟如织"，可如今一片荒凉。这种鲜明的对比，是说煊赫一时的盛况转瞬间烟消云散，反衬了真情的万古长存。

"招魂楚些何嗟及，山鬼自啼风雨"，这又是用了《楚辞·招魂》的典故。首先这里的"些"读suò，《楚辞·招魂》句尾均用"些"字，所以称"楚些"。"招魂楚些何嗟及"是说武帝已死，招魂无济于事。《楚辞·九歌》中有《山鬼》篇，描写山中女神失恋的悲哀。"山鬼自啼风雨"说的就是山鬼枉自悲啼，而死者已矣。这两句借《楚辞》之典反衬了殉情大雁真情的永垂不朽。

"天也妒，未信与，莺儿燕子俱黄土"——大雁生死相许的深情连上天也为之嫉妒，所以这对殉情的大雁决不会和一般的莺儿燕子一样化为黄土，而是"留得生前身后名"，与世长存。这一句从反面衬托，突出了大雁殉情的崇高，为下文寻访雁丘作了铺垫。

最后一句"千秋万古，为留待骚人，狂歌痛饮，来访雁丘处"，这是从正面对大雁的称赞。元好问展开想象，认为千秋万古后，也会有和他一样的人，来寻访这小小的雁丘，来祭奠这一对爱侣的亡灵。"狂歌痛饮"生动地写出了人们的感动之深。

事实上，元好问所言不虚。千百年来，多少和他一样的人，去到汾河岸边，祭奠那小小的雁丘。我年轻的时候壮游天下，也曾经来到汾河岸边。如今太原的汾河公园里有一块大石头，上面写着"雁丘"，背后用殷红的字题写着元好问的这首《摸鱼儿》。当然，因为版本差异，词的第一句"问世间，情为何物"就写成了"问人间，情为何物"。这在汾河公园里是一个不太显眼的景点，但就像元好问说的那样，千秋万古，总有和他一样的灵魂，来这小小的雁丘，去吟诵他的"问世间情为何物"。

很多人对这首词的了解或许都首先来自金庸先生的名作《神雕侠侣》。

那个让人无限感慨的李莫愁的出场和最后走入烈火之中结束自己的生命时，念的都是这一句"问世间情为何物，直教生死相许"。因为不能放下，所以那么美的莫愁女，最后成为一个让人扼腕叹息的女魔头。

爱不是伤害，不是占有，爱有时候因放手而得永久。李莫愁就真的没有让人同情与理解的地方吗？她一生不能放下，也没有忘记那个给自己带来痛苦的爱人，并为之守身如玉。她爱要爱得刻骨铭心，恨也要恨得惊天动地。从生到死，她唱着"问世间情为何物，直教生死相许"，蹈身深入火海之时，这一曲歌声实在是她一生的写照。她虽然恨极了那个负心郎，但直到生命的最后一刻，她还是爱着他，念着他。这份情感之深，之固执，之绝望，如果不论是非，就其程度而言，其实也不逊色于杨过与小龙女，只是造化弄人罢了。黄泉路冷，谁又能和这个本来美丽温柔，后来却成为魔头的李莫愁一路同行呢？

所以到最后，还是绕不过这一句经典的提问与感慨："问世间，情为何物，直教生死相许。"人生自是有情痴，此恨不关风和月。这大概就是爱情让人欲说还休、欲罢不能的魅力所在。

元好问二十七岁的时候，蒙古兵已经攻陷了金国的大都（今北京），金国被迫迁都开封。元好问为避战火，退避到河南，他在那里听到他的朋友李用章说了一个大名府的故事。这个故事和他十一年前听到的那对殉情的大雁一样让人动容，他也为此写下了另一首名作：《摸鱼儿·问莲根有丝多少》。

词云：

> 问莲根、有丝多少，莲心知为谁苦？双花脉脉娇相向，只是旧家儿女。天已许。甚不教、白头生死鸳鸯浦？夕阳无语。算谢客烟中，湘妃江上，未是断肠处。

> 香奁梦，好在灵芝瑞露。人间俯仰今古。海枯石烂情缘在，幽恨不埋黄土。相思树，流年度，无端又被西风误。兰舟少住。怕载酒重来，红衣半落，狼藉卧风雨。

当时北方虽然在金朝的统治之下，但礼教风俗依然是中原的规矩。两个年轻人私下相恋，可是得不到家人的认可和祝福，也得不到礼法社会的认可。因为没有媒妁之言而私定终生，在那个封建礼教杀人的时代，就算是犯了天条。

那时候的人们在理学的影响之下，早已经失去了自由相爱的机会。不要说《诗经》里直截了当相爱的时代，就连唐代那种宽容的气氛也早已经消失殆尽。

一天，这对恋人失踪了。人们都以为他们肯定是私奔了，父母亲戚友人都以此蒙羞。可是几天之后，采莲的人在荷塘中发现了他们，二人拥抱在一起，永远沉在了荷塘的深处。那一年的仲夏，当荷塘中开满了荷花的时候，荷塘中满是罕见的并蒂莲，而原来洁白的荷花在那一年开放时，每一朵都有着殷殷的红色。

这个故事比之当年殉情的大雁更让元好问感慨、伤感甚至激动。因为二十七岁的他固然比十六岁的他更深情、更执着，也更多了一些理性的批判精神。于是，他超越那样的时代，写出又一篇同样震慑千古的《摸鱼儿》。

同样是以惊天之问、柔情之问、固执一问开始全篇，"问莲根、有丝多少，莲心知为谁苦？"请注意，这个地方的"丝"其实谐音思念之"思"。元好问说，那并蒂开放的荷花含情妖娆、相亲相爱，不就是旧时那一对相亲相爱的年轻男女吗？连夕阳也会对此无言。接着，用谢灵运诗之哀愁和娥皇女英二妃之怨，表现了元好问对他们不幸爱情的深切同情和哀悼。

下阕中香奁的典故是说深闺中让人沉醉的好梦，而灵芝瑞露是指青年男女死后魂魄化为有灵气的并蒂荷花。元好问对他们殉情的爱，极尽赞美之至。他叹息，这样美丽的爱情成为人世间的陈迹，但他们的爱情海枯石烂、惊世不俗，他们对世道的控诉和怨恨，大概就连黄土掩身也不能灭其踪迹。

诗人怀着一颗同情之心，乘着兰舟在荷塘之中流连忘返，甚至担心自己下一次带着酒水再次回来凭吊的时候，满塘并蒂荷花的花瓣或许已大半飘零，残花狼藉飘零于风雨之中，这样的景象当何以面对？所以再留恋一下，徜徉其中，为这样美丽的爱情、这样痴情的男女，唱一首千古的赞歌。

元好问生活的时代，是在金末元初的动乱之中。他的诗歌创作大多数是即时的感愤之作，情词在他的三百多首词作中其实只占很小的比例，但只要有这两首《摸鱼儿》就够了，也只有元好问能写出这样的《摸鱼儿》。

元好问是一个非常重感情的人，战乱流离的生活之中，他在自身难保的情况下他毅然收养了自己好朋友白华的儿子。他说元白本应是世交，从元稹和白居易那里开始就是如此。他对白华儿子的疼爱，甚至要超越自己的孩子。孩子小时候得了瘟疫，眼见生命垂危，元好问在流离失所中，把这个幼小的生命抱在臂弯里，抱了整整六天六夜。第六天的时候，孩子发了一身汗，奇迹般地从死神那里夺回了生命。这个幼小的生命在元好问的悉心培养下，也成为文学大家。他就是后来写下了《梧桐雨》《墙头马上》，与关汉卿、郑光祖、马致远并称为"元曲四大家"之一的白朴。

没有至情至性的元好问，也就没有后来名扬天下的白朴。正是那个不幸的时代，反而磨砺了元好问的一颗赤子之心。正是因为葆有那颗赤子之心，元好问才能写出这样千古不朽、至情至性的两首《摸鱼儿》。许昂霄在《词综偶评》中所说：《问莲根》一词"绵至之思，一往情深，读之令人低徊欲绝"，真是"从前幽怨应无数。铁马金戈，青冢黄昏路。一往情深深几许？深山夕照深秋雨"。

如花美眷，似水流年

难将心事和人说

知己式爱情

只有相思无尽处

不朽的诗都是纯粹的泪

极品男人的爱情与人生

有一种红尘，叫作爱情

所谓诗而歌之，宋词也自宴乐而来，曲则更不用说。下面我们要讲的就是那首著名的《皂罗袍》。

正所谓唱不尽的游园惊梦，说不完的木石前盟。正所谓不到园林，不知春色如许。

曲云：

原来姹紫嫣红开遍，似这般都付与断井颓垣。良辰美景奈何天，赏心乐事谁家院！朝飞暮卷，云霞翠轩；雨丝风片，烟波画船。锦屏人忒看的这韶光贱。

我曾经来到姑苏的昆曲传习所，在那唯美的园林之中，隔水听曲，宛如东风拂面，心中百感交集。

当时，很多朋友不知道我们当时所在的那个园子正是1921 年，贝晋眉、徐镜清、张紫东，还有吴梅、汪鼎丞这些昆曲界前辈们筚路蓝缕，在世事艰难之中，用一腔热血建立起来的著名的昆曲传习所。

因为有前辈前贤与大师们的苦心孤诣，才能有今天昆曲生命艺术的再次美丽绽放。其实，不只昆曲如此，华夏文明向来如此。我们每个人都可以是文明薪火相传上的一环，努力发出自己生命的光和热，也就有了华夏文明的传承与灿烂。

我非常喜欢昆曲，算是"发烧友"。当然，票友还算不上。这首曲子我很喜欢唱，也敢唱。我一唱，柯军老师就说我唱的和标准唱段大相径庭，有典型的学者气、书卷气。

这其实是因为我经常加入一些个人的理解在里面。比如说像这个"原来"，我会把这个腔拖得还要长一些。我相信，有些性子急的朋友可能早就按捺不住了。就像一位朋友曾问我，这个一字一句咿咿呀呀拖这么长，为什么不能唱快点呢？当时我听到他这个问题，一口茶差点没笑喷出来。后来，他也是感慨万千。现代人已经接受不了慢节奏的东西了，尤其是我们传统文化中的慢节奏。这实在是一件非常值得深思的事情。

接下来，我们把这个慢节奏的问题先暂时放下。转换一下节奏，看看《牡丹亭》中杜丽娘、柳梦梅的爱情故事。

这段《皂罗袍》出现在《牡丹亭》的第十出"惊梦"部分，也就是我们常说的《游园惊梦》。《牡丹亭》是汤显祖的代表作，汤显祖作有《牡丹亭》《南柯记》《紫钗记》《邯郸记》，合称"临川四梦"。而汤显祖自己说："一生四梦，得意处唯在牡丹。"

《牡丹亭》一出可谓惊艳当世。娄江有一女子名俞二娘，因阅《牡丹亭》伤心而逝。有一名伶曰商小玲，因演《牡丹亭》绝地而亡。还有一女子名曰冯小青，在不幸的婚姻里，因慕《牡丹亭》而魂归离魂天。这些都是真实的事情，便如汤显祖所说："情不知所起，一往而深，生者可以死，死可以生。"

这些生生死死的痴情人，都因为一部《牡丹亭》，就都像杜丽娘那样，用至情穿越生死，用生命书写传奇。剧中的杜丽娘是南宋时期南安太守杜宝的独生女，才貌端妍，气质出众，又正当芳华妙龄，从师陈最良读书。杜丽娘由《诗经》的《关雎》而伤春、寻春，在丫鬟春香的帮助下，来到她从未到过的杜家的后花园，所以她一到园中便说："不到园林，怎知春色如许"，继而唱出了这段著名的《皂罗袍》。

"原来姹紫嫣红开遍，似这般都付与断井颓垣"，我之所以唱那句"原来"的时候，喜欢把那个中间的音拖得更长一些，便是因为一句"原来"，既让人感慨，又让人悲哀。

这样在我们看来最普通不过的春景，对于那个礼教牢笼中的杜丽娘来说却是那么难得一见。而花园中姹紫嫣红的春天，就像她美丽绽放的生命一样无人欣赏，无人共醉，都只能"付与断井颓垣"。

"良辰美景"与"赏心乐事"本出自谢灵运。谢灵运说："天下良辰、美景、赏心、乐事，四者难并。"一句"良辰美景奈何天"，一句"赏心乐事谁家院"，"奈何天""谁家院"，凸显了杜丽娘心中的向往和现实的悲哀。

就像艳丽的春光和黯然的心情，这种巨大的矛盾，让这个十六岁的女孩在痛苦中产生出一种巨大的、渴望挣脱的力量。所以"朝飞暮卷，云霞翠轩；雨丝风片，烟波画船"，在这堵院墙之外应该还有更美的春光，更美的世界，而"锦屏人"却被一道墙、一道屏风、一座宅院画地为牢，被牢牢地困在生命的死角。所以既然觉醒，那么为了这种追求，哪怕付出生命的代价也在所不惜！

整段《皂罗袍》其实代表了一个十六岁的姑娘杜丽娘心灵的觉醒。于是接下来，杜丽娘回到闺房做了一个梦，梦见她命中注定的爱人柳梦梅，珍惜她的容颜，珍惜她的情感，珍惜她对生命之美的追求。

梦醒之后，杜丽娘更是深深的悲哀，更因为这个梦一病而逝。

杜丽娘是带着无奈和痛苦与阳间诀别的，她在生命殆尽之际，还在憧憬着梦中情人的出现，于是她将自画像藏在梅花庵的柳树之下，后来她的梦中情人柳梦梅入京赶考，路过梅花庵，因梦与杜丽娘相会，找到杜丽娘的自画像并开棺使得杜丽娘复活。杜丽娘为了追寻自己的爱情，敢于和阎罗对话，敢于在生死之间自由游走，最后甚至直面自己迂腐的父亲。因为杜丽娘的这种坚持、自信和勇气，她最终和柳梦梅有情人终成眷属。

《牡丹亭》的故事，其实原型来自话本小说《杜丽娘慕色还魂》，但是汤显祖的创作使得杜丽娘的形象和她的穿越生死、一往情深，成为文学史上的经典。文学史上有一个很重要的观点，认为《牡丹亭》正是《红楼梦》最重要的过渡与铺垫。也就是说没有《牡丹亭》，也就产生不了对生命的赞歌写到极致的《红楼梦》。

　　很多人读《牡丹亭》，都有一个疑问：这位太守家的千金小姐居然从来没有去过自己家的后花园，要知道这时候她已经十六岁了。就算没有去过，那么来到后花园之中看到"原来姹紫嫣红开遍"，产生"似这般都付与断井颓垣"的感慨之后，居然又做了一个春梦，然后因为一个梦，就撒手人寰，毅然决然地离开了人世间。这真实吗？

　　我们若以生活逻辑推之，会觉得这太蹊跷了，太不符合我们的认知习惯了，为什么会这样呢？

　　当时比较传统的看法是从文本思想和内容上来解释，她的父母，她的家庭，她所住的这个太守的官衙，甚至是她的老师都是封建礼教对她的束缚。当看到后花园与园中的春色，杜丽娘心中对自由、对爱情的向往觉醒了，故而她的"生者可以死，死可以生"，本质上是对压迫人的封建礼教以及当时所谓"存天理，灭人欲"的理学的一种抗争与反叛。这样说当然没有错，但是我个人觉得依然没有解答"后花园"，以及"后花园中的牡丹亭"和"园中的春色"所存在的意义。

除了在思想、情感上帮助十六岁的杜丽娘情感觉醒、自我意识觉醒，其实在哲学上，这个"后花园"的意义也非常重大。对于年轻的杜丽娘以及青春的生命来说，这个"姹紫嫣红开遍"的后花园，这个能让杜丽娘一梦还魂的后花园，其实意味着一个崭新的、不同于现实世界的内在精神世界，而进入这个后花园则意味着生命打开了一个新天地。在这个内在世界里，杜丽娘可以为情而死，为情而生，可以直面一切权威，直面阎罗，直面君王，甚至直面她向来一副家长威权面孔的父亲。这个世界的广阔丰富、美丽深刻甚至要远远超出外在的现实世界。

到了《红楼梦》里，看曹雪芹所写的那些美丽的青春女子，他要为女儿立传，描写的却是她们细细碎碎的生活。那些细碎的生活琐事没有惊天动地、波澜起伏的历史功业，可是为什么却那么吸引着我们。这是因为曹雪芹通过展现生活，写到了无比丰富的心灵世界。

回过头来，我们就可以解读昆曲的迤音，也就是指每个字音后面都拖了长调。昆曲是百戏之祖，所谓京昆不分家，不光是昆曲，京剧里的迤音也非常丰富。我经常举《四郎探母》的例子，这也是我很喜欢的一出戏。杨四郎思念母亲，有一句唱腔，"我好比南来雁失群离散"。他唱这么一句，别人一首《小苹果》都能唱完了，这就是自昆曲以来迤音夸张的表现传统。

我们知道，魏良辅改革昆山腔，其实他主要的成就是水磨腔，水磨腔充分体现的就是南曲的慢曲子。这样就使得旋律行进中运用更多的装饰性花腔，尤其像里面的赠板曲，就是把里面四拍的曲调放慢成四分之八拍，在唱每个字的字音的时候能够一字数转，别有韵味。

其中的韵味在哪里呢？就在于从最简单的对象入手，开拓出一个丰富、崭新的世界来。

中国文化的特点也正在于此。

我们以前解读诗歌的时候讲过，有短歌行，有长歌行，短歌、长歌指的不是内容的丰富与否，而是指音调。其实在中国的古诗里，长歌行是主体，道理就和昆曲京剧一样，它要在短小的空间里打开一个崭新的丰富世界。这也就像书法，方寸之间腾挪跌宕。代表了中国民族乐器的古琴，所谓琴音悠扬也是如此。而传统内家武术，更是要运用自己的身体打开内在的精神世界。而中医，就是直接从内在向外在的追寻。中国文化的深刻正在这个地方。

现代量子物理学的最新成果告诉我们，维持我们这个宇宙生存的物质世界，即我们已知的外在物质，根本不足以支撑这个宇宙运行。最新的量子物理学理论推测，构成这个宇宙所需的物质与能量中，我们已知的物质只占其中的 5% 左右，90% 以上的未知物质现在被称为暗物质、暗能量，中国文化中的向内追寻，这种精神世界的构建，可能就是属于这种未知的暗物质。想到这一层，就可知中国文化的伟大了。

科技的发展越来越快，但科技也是把双刃剑。已故的著名物理学家霍金甚至预言，按人类发展的加速度，必须在一百年里另寻出路，否则将要有灭顶之灾。

面临越来越快节奏的现实世界，与此刻人类危机四伏的所谓当代文明，中国文化的慢节奏，向内追寻，开辟另外一个丰富的精神世界的方式，有可能正是拯救人类文明的一剂良药。

慢下来，停下来，让自己的灵魂跟上来。哪怕只为她"如花美眷，似水流年"，听一曲"原来姹紫嫣红开遍"，叹一声"良辰美景奈何天"！

我们讲最美情诗，其实是通过那些唯美的诗词，看到诗词背后那多情的人生、那深情的灵魂。

而说到多情与深情，往往又与才情息息相关。在大明王朝里，论及才情二字，首屈一指的恐怕要数唐寅。下面，我们就来解读唐寅的一首名作《美人对月》。

诗云：

斜髻娇娥夜卧迟，梨花风静鸟栖枝。

难将心事和人说，说与青天明月知。

这首短小的七绝，极富深情，又极具画面感。

"斜髻娇娥夜卧迟"，是说一个夜晚，一个美丽的女孩子还没有睡觉，她是什么样的呢？只用一个细节来体现，叫"斜髻"。"斜髻"是一种古代女子的发式。

《礼记》里记载，男子二十而冠，女子十五及笄，笄就是要梳发髻时，盘头发用的簪子。女子十五岁"及笄"，就可以梳髻盘发，就算成年，可以出嫁了。《陌上桑》里就说："头上倭堕髻，耳中明月珠。"这说明她的身份是一个已婚的女子。今天我们从考古发现和很多历史文物中可以看到，秦汉之际就有倭堕髻、堕马髻等各种发髻样式。到了隋、唐、宋，妇女的发髻样式就更多了，比如盘龙髻、鸳鸯髻、栖鸭髻、如意髻，再加上金钗玉簪，一方面可以显示身份的尊卑，一方面也可以去刻意装饰，体现出成年女子别样的美丽。

可见，发髻本应是一个成年女子精心装扮时的一项重要内容。就像现在一些女性去参加重要的活动，都会花时间把头发好好打理一下，道理是一样的。有些比较讲究的女孩子，平常也会花大量时间去梳理装扮头发，因为对女性而言，头发的处理是对妆容非常重要的一部分。

而唐寅这首诗一上来说"斜髻娇娥"，这个发髻是斜盘着的，说明她是漫不经心地把头发挽了一下，然后用发簪一簪。这个细节就体现了一个对妆容根本不在意，或者说别有心事、别有怀抱的女子形象，所以才说"夜卧迟"。

接下来说"梨花风静鸟栖枝"，风也不再吹了，梨花也不再落了，鸟儿也已经栖枝安歇了，说明世界的一切都安静了。可在这安静的世界里，那一颗鲜活的女孩子的心却安静不下来。

下面一句直抒胸臆，"难将心事和人说"。可见她有满怀的心事、情事，但那情、那心、那事都无法与人诉说。所以只有"说与青天明月知"。这一句青天明月，仿佛画面清朗之至，但细想却又无尽的悲婉凄凉。因为举目望去，世无知己，一腔心事便无从说起，这是何等孤独，何等悲哀。漫漫尘世，大概也只有那青天中的明月，能成为这个女孩子的人生知己，所以题目叫《美人对月》。唐寅很清楚地把这个女孩子定义为一个美女，而能与这个美丽的女孩子相互对应的只有那青天明月而已。

看到这个题目，我们不由得想起唐伯虎最擅长画美人图。唐伯虎固然是才子、诗人，但他首先是中国明代画坛上著名的大画家，他擅长山水，又尤其工画人物，特别精于画仕女图。明代"后七子"领袖王世贞的弟弟王世懋也是著名的文艺理论家，他曾经评价说，"唐伯虎解元，于画无所不佳，而尤工于美人，在钱舜举、杜柽居之上，盖其生平风韵多也"。王世懋的意思是说，唐伯虎之所以擅长画美人，之所以能写出这样的《美人对月》，大概是因为他一生风韵之事尤多，比如说坊间尽知的"唐伯虎点秋香"。我们忍不住要怀疑，这个对月的女人是否就是秋香呢？

关于"唐伯虎点秋香"，我们都知道一个著名的"三笑"的故事，以前还被拍成一部电影，片名就叫《三笑》。到后来周星驰又拍过一部《唐伯虎点秋香》，就更有名了。

很多人都以为周星驰的那部《唐伯虎点秋香》极尽夸张之能事，但是，倘若仔细对照冯梦龙的话本小说《警世通言》中的《唐解元一笑姻缘》来看，这个点秋香的历程还真的没有夸张太多。

书中说，有一天唐伯虎在苏州阊门的河边作画，渐渐地进入艺术的佳境。事实上，艺术家一旦进入艺术的境界往往就目中无人了。在这种情况下，按道理只有观众瞻仰他的份，不可能有他来看观众的份，可偏偏就有一个人，一下子吸引了唐伯虎的视线。

这位叫秋香的姑娘实在是太聪明了，她只是站在河中的一条船上从这里经过，看到岸边作画的唐伯虎的眼光扫过来，便嫣然一笑。这一笑，明眸善睐，就像是一束穿破乌云的光芒，一下子就把唐伯虎的心从人堆里、从艺术的痴狂里拽了出来。

我们常说"眼睛是心灵的窗户"，笑容大概就是窗户上的那个把手。就因为这一笑间的瞬目，唐伯虎从痴狂的艺术境界里，掉进了更痴狂的生活境界里。他表现得更着魔了，连手里的画笔也扔了，眼睛定定地看着那只载着青衫美人渐渐远去的小船。

他突然间抛下一切，跑到河边租了条船追了上去。据说在这段追船的过程中，还有两笑，一是船靠岸的时候，秋香上得岸来，对还在后面船头的唐伯虎又回眸一笑。唐伯虎追上了岸之后，跟丢了华府的队伍，结果在秋香回府之前又偶然碰上，两个人相视一笑，这一下就总共有三笑了，最初那部关于唐伯虎点秋香的电影就叫《三笑》。

但是，我们不禁有点怀疑，唐伯虎与秋香的故事最早见于明代嘉靖年间嘉兴项元汴所做的笔记《蕉窗杂录》上。后来发展到冯梦龙的话本小说《唐解元一笑姻缘》，再后来还有孟舜卿的杂剧《花前一笑》，这些故事从题目就可以看出来，说的都是"一笑"，怎么后来的故事和电影却变成三笑了呢？

其实这也不足为奇。中国的民俗文化在演绎这些故事的时候，往往会极尽夸张之能事。原来是一笑，但老百姓渐渐觉得一笑不过瘾，便添作"三笑"。古代小说中，"三顾茅庐""三气周瑜""三打白骨精"，甚至喝酒都是"三碗不过冈"。中国人就喜欢三，如是者三，连治水的英雄大禹都得三过家门而不入。所以秋香的三笑，自然也就比一笑来得不负众望了。

当然，不管是一笑还是三笑，唐伯虎这个才情惊艳天下的大才子，被那笑容勾了魂才是关键。他不是看不出来那位姑娘的打扮只是一个丫鬟，可唐伯虎就是唐伯虎，他根本不管你的身份，只要"我选择我喜欢"。于是他卖身为奴，深入华府，并用他的才学在华府里大展身手，最终做到了华府的总管。在华老爷和华夫人的准许下，他在华家所有的丫鬟里挑老婆，最终他在百花丛中点中了秋香，接着两个人不取华府一分财物，悄悄地离开了。

据说在秋香到来之前，唐伯虎家中原来有八个老婆，现在又来了个秋香，家里地方就嫌小了。所以唐伯虎娶回秋香之后，又在苏州的桃花坞买了一个大别墅，叫桃花别业。

说到这个桃花别业，那倒还真不是传说了。

一是有史料证据，证明唐伯虎当时曾向朋友借了一大笔钱来买这个桃花别业；二是今天我们去苏州还可以见到唐伯虎当年桃花坞的旧址。现在苏州还有个地名就叫桃花坞，有两条街道的名字就叫桃花坞大街和桃花坞桥弄，这说明唐伯虎确实曾在此地购房。

但说到唐伯虎为秋香买下桃花坞别业，这里又有一个很蹊跷的事情，就是号称"诗、书、画"三绝的江南第一才子的唐伯虎，要买个桃花坞别业，居然是借款买的房子，也就是说，连唐伯虎也曾经是一个房奴了。奇怪的是，唐伯虎的画那么好，这样有才情的大艺术家放在今天，不要说买一个别墅，买七八个别墅也应该毫不费力。怎么从文献上看，他居然背了一身的债，才买下了这个桃花坞的别业。

根据记载，唐伯虎在决定购买这处房产的时候，首先向北京一位当官的朋友借了一大笔钱，而这笔钱使用了自己的一部分藏书作为抵押，后来他更是经过两年多的时间，努力作画卖画，才筹足了购房款。他这种行为属于典型的按揭。而且他买的这个桃花坞别墅，在当时其实已经是一个废弃的园林，也就是说，用今天的标准来看，其实是一个死楼盘，根本无人问津。别人不要的房子，按道理应该不需要那么多的钱。唐伯虎为什么要背上那么大的债务去买一块别人不要的地方呢？他是不是就为了那个叫秋香的美女才背上这么多债务的呢？

听上去好像完全是传说，但其实还真的就是这么回事。当然，那个对月的美人未必叫秋香，那么即便不叫秋香，唐伯虎会不会为一个婢女卖身为奴呢？

从历史上来看，还真有一个人为了一个婢女而卖身为奴。据明代文人笔记《茶余客话》和《耳谈》记载，明代嘉靖年间，有个书生曾经为了一个大户人家的丫鬟而卖身为奴，最后两个人还有情人终成眷属。但这个人不是唐伯虎，他的名字叫陈立超，看来后人是把这个陈立超做的事情安在了唐伯虎的头上。

华府有没有一位姑娘叫秋香呢？也确实有。据史学界的考证，明代成化年间，苏州是有个姑娘叫秋香，但她后来到南京做了妓女。算起来，就算是她认识唐伯虎，她的年龄比唐伯虎至少要大十几岁。

还有一个问题，唐伯虎到底有没有九个老婆？说起来，唐伯虎的婚姻比传说中要惨多了，而他的人生也非常悲惨。

唐伯虎就像那个对月的美人一样，他的人生中有一段"难将心事和人说"的经历，是他后来坎坷人生乃至狷介孤狂的性格的根源所在，那就是他的科举经历。

我们知道，后世称唐伯虎叫唐解元，解元就是乡试的考试第一，也就是举人中的第一。举人考试相当于现在的高考；再往上就是会试，相当于考硕士，考硕士的第一名就叫会元；最高一级是殿试，是皇帝亲自在金銮宝殿御考，这就像考博士一样，在古代是最高级别的考试，过关的人都叫进士，第一名就叫状元。那么从解元考到会元，再中状元，就叫连中三元。

当时社会上认为能够连中三元的，呼声最高的就是唐伯虎。因为他在江南考秀才，相当于现在中考的时候，就是江南第一。后来乡试考举人，又考中了解元，又是第一。眼看就要去参加会试、殿试，当时各大八卦媒体纷纷猜测，不出意外的话，这个唐伯虎还是第一。甚至还有独家报道预测，依据唐伯虎当时的气势，估计殿试的时候他还是第一，这样连中三元的神话不久就会上演。

然而，才到会试阶段，唐伯虎就遭遇了巨大的人生危机。原因是唐伯虎交友不善，和他同去考试的江阴巨富家的公子徐经，也就是徐霞客的高祖，在路上和唐伯虎结为莫逆之交。徐经家很有钱，唐伯虎只是一个苏州贫苦小市民家的儿子，徐经非常豪爽，隐然成了唐伯虎这只牛股的大股东，唐伯虎也对豪爽慷慨的徐经心存莫大的感激。

就这样两人结伴而行，进京应试，唐伯虎糊里糊涂地卷入了徐经的科考案。关于这场科考案的历史真相，直到现在史学家们还争议不止。我研读明代的相关史料，也认为徐经的这场科考案非常冤，但是最冤的毫无疑问是被拖下水的唐伯虎。唐伯虎因为这场科考案锒铛入狱，在狱中足足待了一年多才被释放。放出来之后，也被彻底断送了前程，一辈子被禁止参加科举考试。

在中国古代，知识分子自古华山一条路，要想出头的话，一定要通过科举取士。唐伯虎那么大的才学，人生的"学而优则仕"之路一下子被彻底断送，这对他来说——对那个曾经的唐解元简直是灭顶之灾。

更何况在狱中的那段生活，对他的心理产生巨大的影响，他在给他的好朋友文徵明的信中说："至于天子震赫，召捕诏狱。身贯三木，吏卒如虎，举头抢地，涕泪横集。"就是说这场牢狱之灾委屈之极不算，在狱中还经常被狱卒打，被狱卒羞辱，作为当时"超级男生"的代表，一代青年才俊唐伯虎怎么能忍受这种屈辱呢？所以他在后来的人生中表现出狂士的一面，应该和他的狱中生活以及被科举拒之门外，都有一定程度的关系。

　　事实上就是因为这场科考案，唐伯虎从一生辉煌的顶点跌入冰点，而他的婚姻感情也因为这场科考案跌得粉碎。唐伯虎二十五岁的时候，曾经娶过一个同乡姓徐的女子为妻，两个人本来感情很好。可才过了三年，徐氏就病死了，后来他又续娶了一个，可就是因为这场科考案，等他回到苏州老家的时候，这个老婆早就跟别人跑掉了。

　　唐伯虎又气又累，大病一场。就是在这人生最无望的患难之际，唐伯虎结识了一位红颜知己。

　　这个红颜知己不是秋香，她叫沈九娘。沈九娘姓沈，但至于她的名字叫什么，史料没有记载，只记载她的小名——九娘。大概正是因为他的这位人生知己小名叫九娘，后人才附会出唐伯虎有八房妻妾的传说。

　　沈九娘也是一个独具怀抱、别有才情的女子，当世人都以奚落不堪的眼神，去打量这个科考案劫后余生的落拓才子唐伯虎的时候，她却伸出了温暖的手臂，在艰难的红尘中，与唐寅成为人生的知己。正是因为有知音沈九娘扶持，唐伯虎才从人生的困境里重新站了起来。

　　唐伯虎不仅重新站了起来，而且因为这段惨痛的人生经历，更激发了他的艺术创作才情与无尽的潜力。我们都知道他有一方"江南第一才子"的印，但据史学家考证，那方印其实并不是他亲自刻的。唐寅作为江南知识分子的象征，经受了莫名其妙的科考案，并因此终身落难，实在是让人扼腕叹息。这不只是天妒英才，还有社会环境的不公，这就使得唐伯虎对科举考试从此深恶痛绝，并由此激发出对冷酷现实的批判精神。所谓"不炼金丹不坐禅，不为商贾不耕田。闲来写就青山卖，不使人间造孽钱"，这话里全是愤世嫉俗！

唐寅后来半生轻狂，甚至跟祝枝山等人扮成乞丐，在街上唱"莲花落"要钱，然后用讨来的钱去喝酒，这固然开了作家上街乞讨的先河，但他真正的意图，却是要用这种行为来反讽社会。

正是这样的性格、这样的眼光，才使他看中了那片叫桃花坞的废弃荒园。为此他宁愿背上一身的债务，只与他心爱的人生知己沈九娘，远离喧嚣的城市，住进那城外的荒园之中。在那远离尘嚣之处与桃花为伍，与明月作伴，甚至当花落满地时，他还会像黛玉那样，把满地落红一一拾起，放入锦囊之中，葬在院子里，还为此作有很多落花诗。不过，我们不应该说他像黛玉，事实上这种美丽的行为艺术，恰恰是黛玉从唐伯虎那里学来的。

此后的唐伯虎就像他自己说的那样，"此生甘分老吴闻，宠辱都无剩有狂"。一切尘世的繁华皆与他无关，他所能拥有的就是那处叫桃花坞的荒园，以及坞里的桃花，夜晚的青天明月，与他相伴人间的人生知己沈九娘。

有花、有美人、有月，对唐寅而言，这就是他对抗喧嚣尘世的那片至美、清纯的世界。所以，那美人对月的心声，其实也是这位一代才子的心声吧。

　　记得在诗词大会上董卿问我最喜欢的诗，我回答说是两句"当时"：一句是"此情可待成追忆，只是当时已惘然"，还有一句就是"当时只道是寻常"。

　　下面，我们就来赏读一下纳兰容若的这首名作《浣溪沙·谁念西风独自凉》。

　　词云：

　　　　谁念西风独自凉，萧萧黄叶闭疏窗，
　　　　沉思往事立残阳。

　　　　被酒莫惊春睡重，赌书消得泼茶香，
　　　　当时只道是寻常。

　　曾经为纳兰容若编定《饮水词》的知己顾贞观曾说，"容若词，一种凄婉处，令人不忍卒读"，讲的就是他的悼亡词。其中最具代表性的就是这首《浣溪沙》。这样的悼亡词，这样的《饮水词》，真是一品断人肠。

　　在古诗词创作中，悼亡诗、悼亡词通常专指悼念亡妻而言。诗词本来重情，前有潘岳、元稹的悼亡诗；中有苏轼的《江城子》、贺铸的《鹧鸪天》，堪称北宋"悼亡双璧"；其后的文学作品也不乏悼亡之作，但真正写入人的灵魂深处的唯有纳兰容若的悼亡词。

在纳兰容若的感情生活中，虽然前有念念不忘的初恋，后有江湖儿女兼人生知己的沈宛，但毫无疑问，他最悲伤的情感、最深沉的思念，他在这个人世间最最痛彻心扉的爱与回忆，都给了与他只有三年夫妻生活的亡妻卢氏。他的《饮水词》中最感人的悼亡词，全都是写给卢氏的。

有关纳兰容若与卢氏的婚姻，此前的研究者大多解读为一种政治婚姻。

卢氏的父亲卢兴祖是第一任的两广总督，而纳兰容若的父亲纳兰明珠则是当朝重臣，京官与地方官结亲是政治婚姻最理想的模式。一个是中央要员，一个是封疆大吏，朝中有人好做官，地方有人好办事，这样的婚姻本来与爱情和人生志向无关，况且纳兰容若还曾有一段心心念念、难以忘怀的初恋。所以这种解读一般都认为卢氏来到纳兰容若的身边之后，开始并没有获得纳兰容若的爱情，而是在接下来相濡以沫的岁月里，用自己的温情、温婉与善解人意，化开了纳兰容若心中的千千结，融化了他因初恋的伤痛而在心中凝起的冰山。

不过，我对这种解读实在难以接受。我认为这种解读有两个根本性的问题，第一就是对史料与认知的把握问题。

卢氏的父亲卢兴祖确是封疆大吏，他于康熙四年

（1665）二月迁任广东总督。因为能力超群，不久朝廷就裁掉了广西的总督，让卢兴祖兼制。后来，两广总督成为定制，卢兴祖就成了第一任的两广总督，权力不可谓不大。而当时纳兰容若的父亲纳兰明珠正任内务府总管，是宫廷事务的最高长官；康熙五年（1666）的时候，又任弘文院学士，开始参与朝政，正是仕途上最重要的上升期。这个时期，两个人一是朝中冉冉升起的政治新星，一个是主政一方的封疆大吏，他们结为亲家完全有可能是政治姻亲。

可是，这个时间是康熙四年（1665）到康熙六年（1667）之间，而到了康熙六年的六月，卢兴祖就因当地的盗窃案、贪贿案被革职罢官。请注意，卢兴祖所受的处罚不是贬官而是革职，《钦定八旗通志》里明确说："寻议兴祖不能屏息盗贼，应革任。从之。十一月，卒。"也就是说，卢兴祖因为盗窃案与贪贿案，六月被革职，十一月就病死了。从史家秉笔之书可以看出，卢兴祖当时的责任不小，其实是以罪官的身份被革职的，他的死其实也和他的获罪息息相关。这时离卢氏在康熙十三年（1674）嫁给纳兰容若还有整整七年。

这里就有问题了。如果是一门纯粹的政治婚姻，纳兰明珠怎么会冒天下之大不韪，让自己的长子纳兰容若娶罪臣之女呢？况且这时候的纳兰明珠马上就要调任吏部尚书，吏部尚书在古代是天官，正是官运亨通、官位显赫之时。所以不外乎有两种可能，一是七八年前，那时的卢氏和纳兰容若才十二三岁，但卢兴祖官运正隆，纳兰明珠又是一颗冉冉升起的政坛新星，两家此时可能有定亲之举。这样的定亲确实会有政治联姻的考虑，可到了迎亲之时，纳兰明珠还能接受卢氏这样的罪臣之女作为纳兰容若的正妻，说明一定不仅仅是从政治角度出发的。还有一种可能，就是两人并未定亲，但纳兰容若却能接受卢氏，作为父亲的明珠也不反对，故而容若最终能与卢氏走到一起，结为连理。

不管是哪一种可能，就当时的情况来看，纳兰容若与卢氏的婚姻，可能并没有太多的政治的成分。这就要说到第二个根本问题了——为什么前人喜欢说纳兰容若与卢氏的婚姻是一种政治婚姻的开始呢？

其实这是基于一种婚姻与爱情的填补观。为了要表现纳兰容若的深情与痴情，那么他对他的初恋就要念念不忘，就不能轻易去接受一段新的感情。当那个不知是表妹还是婢女的初恋，在纳兰容若的心中留下永远的痛之后，这个伤痛必要经过一个过程才得到填补。所以，人们就会认为他们一开始必是政治婚姻，谈不上什么感情，是卢氏用一颗金子般温暖的心，融化了容若心中初恋的伤痛，然后她才最终被容若接受，二人才成为人间的神仙眷侣。

从心理学的角度上去分析，这就是一种传统的男尊女卑文化现实下的婚姻与爱情填补观。说实话，我个人很难接受这种观念出现在纳兰容若的爱情生活中。因为他写出了《木兰花·拟古决绝词柬友》，写出了"人生若只如初见"。他的爱情观和曹雪芹一样，是站在女子的立场上去看待爱情，甚至是站在对所有生命敬爱的立场上去看待爱情。

正是因为有这种对等的爱情认识，他才会和曹雪芹先生一样对女性、对青春充满了同情与爱护。我们知道，"决绝词"一定是女子向男子的诉说，"柬友"一定是写给友人，也即男性的文人士大夫。用女子的口吻来"柬友"，这充分表现出了纳兰容若对等的爱情观。

纳兰容若与卢氏的婚姻总共不过三年，如果说卢氏需要用相濡以沫的岁月，用她的温情去融化纳兰容若心中初恋的伤痛，填补上那个属于爱情的位置的话，三年不显得太短、太匆匆了吗？而最重要的理由是，纳兰容若自己能接受这样爱情的填补吗？他最向往的爱情便在这首《浣溪沙》中，便是李清照与赵明诚那样的爱情。而他们的爱情里又何曾有所谓爱情的空缺，哪里又需要什么填补。

所谓情感空缺的填补，不过是滚滚红尘中、碌碌俗世里红男绿女的情感游戏，岂能与易安居士、与纳兰公子沾上半点的边？虽然没有材料明证，但我个人揣摩纳兰容若与卢氏的婚姻，应当是出于纳兰容若的自愿。

今天我们能看到有关卢氏的第一手资料是她的墓志铭。据此我们可以知道，卢氏"生而婉娈，性本端庄，贞气天情，恭容礼典"，这只是指她温婉的性格。她还有很重要的一面。墓志铭里说卢氏"幼承母训，娴彼七襄"，是说她擅长女工。接下来一句"长读父书，佐其四德"，说明卢氏自幼饱读诗书，尤其是她曾跟随父亲走南闯北，随父亲远赴两广，称得上是行万里路、破万卷书。

纳兰容若可谓是清初之际满汉文化交融时的一个最璀璨的结果。纳兰容若作为满人，对博大精深的汉文化充满好奇、景仰与学习之心。他的父亲、政治上一意进取的纳兰明珠娶的是英亲王阿济格之女，因为这一政治婚姻，纳兰明珠就成为了康熙皇帝的堂姑父。可是到了纳兰容若，他娶的卢氏却是一个汉人。

这里要解释一下，所谓满汉不通婚，是指旗人与非旗人之间。卢兴祖是汉军镶白旗人，所以纳兰容若娶卢氏并不违反祖制。但卢氏后来成为罪臣之女，容若却要娶她为正妻，明珠也并不反对此事。由此可见，在对待容若的人生选择上，很多时候，其父明珠是非常大度的。

纳兰容若喜爱汉文化，对此纳兰明珠一直很支持，不仅请来老师教容若，对容若营救吴兆骞的义举，明珠最终也是倾全力相救，虽然后人大多说这位父亲不了解容若，又加之他最后弄权失势，后人谈及容若时大都对他有各种嘲讽，但我觉得作为父亲的明珠，其实还是很爱儿子的。

综合种种分析来看，我认为卢氏与容若的婚姻与爱情，虽然谈不上像今天的自由恋爱，但不排除容若对卢氏有了解的可能，因为很难想象卢氏是填补了容若初恋伤痛的空缺，才最终获得容若的深爱的。

在匆匆三年的夫妻生活中，在情投意合、琴瑟相合，以及共同的意趣、情趣与志趣里，他们谱写了一段人间真挚爱情的绝唱。经历了爱情的真挚纯粹，以及相伴的缱绻情深与互相敬重，纳兰容若才会在卢氏突然病故之后，"悼亡之吟不少，知己之恨尤深"。卢氏墓志铭里提到的纳兰容若这一表现，不恰好证明了容若视妻子卢氏，视他的爱人为知己吗？所以，容若与卢氏本质上是一种知己式的爱情。正因为如此，容若在卢氏逝后，用全部的生命去写就最痛彻心扉的悼亡，写就这样的"当时只道是寻常"。这首《浣溪沙》就是知己式爱情最好的明证。

这首词上片写当下之景，而下片写当时之情。结构和技巧极其简单，用语与用典也非常浅白晓畅。但是，为什么这首简单的词却那么让人喜爱，成为纳兰悼亡词中最具代表性的杰作呢?

上片固然只是写当下之景,细细推敲却也不简单。

"谁念西风独自凉",西风其实就是秋风,秋风一起,便念西风之凉。

古人说,"九月寒砧催木叶,十年征戍忆辽阳",又说"长安一片月,万户捣衣声。秋风吹不尽,总是玉关情"。就像世间所有恩爱的夫妻一样,每当秋风一起,作为妻子的卢氏大概也要开始为纳兰赶制冬衣了。可是如今,世间还有那么多恩爱的故事在上演,但都与此时的纳兰无关了。谁又为我念西风之凉呢?没有人。卢氏一去,便只剩纳兰在西风之中独自萧索,独自寒凉。

一句"谁念西风独自凉",写尽此刻纳兰的落寞,也隐约透出他内心的不甘。虽然他不像杨过在断肠崖上的呼喊那样偏激,可毕竟也发出一种心痛的质问:你留我一人在这凄凉的人世间,可知这秋风里我灵魂的孤寒?

又像是面对命运的一种认命,接下来纳兰看到的是"萧萧黄叶闭疏窗"。"黄叶"一词太容易让人想到司空曙的"雨中黄叶树,灯下白头人"。当然这里的"黄叶"并不是雨中的黄叶,而是在西风的悲凉中,在命运的无奈里,萧萧落下的黄叶。

所谓"无边落木萧萧下",枝头的黄叶,终将飘零归于大地，这是一种终究无法摆脱的命运。大概是不忍见这样认命的安排，所以才要闭上疏窗。

可夕阳最后的光芒还能照进来，照在凄凉孤寒又有些恍惚的纳兰容若身上，"沉思往事立残阳"。"沉思往事"是为了引起下片，但"残阳"的意象在这里特别关键。

一般古诗词中最常被书写的意象首先是月亮。李白喜写月，杜甫喜写月，苏轼喜写月，纳兰也不例外，特别喜欢写缺月、残月、晓月。纳兰写道"辛苦最怜天上月，一昔如环，昔昔都成玦。若似月轮终皎洁，不辞冰雪为卿热"，又写"明月多情应笑我，笑我如今。辜负春心，独自闲行独自吟"。

据统计，《饮水词》中，纳兰共用到了一百三十五次"月亮"意象，几乎是纳兰最喜欢写的意象之一。除了月亮之外，还有残灯、西风、落花、回廊、淀荷、纤腰、幽莲等，仅次于月亮。

可出人意料的是，《饮水词》中唯一比月亮意象出现得还要多的就是残阳、夕阳。据统计，残阳、夕阳的意象在纳兰词中总共出现近一百六十次。这不由得让人深思，纳兰为什么这么喜欢残阳呢？

我对这一点尤其有感触。

一直到上大学前，我的视力都非常好。那后来为什么会近视呢？其实就是在高三的那一年，我养成了一个习惯。每天放学之后，我都会跑到离学校不远的一座小山上，望着远处的夕阳。有时我会看得热泪盈眶，常常就像被魔法定住了一样，眼睛一刻也离不开，看着那样暖、那样亮、那样美的夕阳，无可奈何地落下去、暗下去，感觉像有一双命运的手拽着我们，让我们无从抗拒、无可奈何地被拖入黑暗之中。

那一刻，在光与暗的交界，对于温暖、明亮、美丽，黑暗、萧索与恐惧，才会有着那么鲜明而又那么深刻的理解。

那整整一年的沉思无语看斜阳，最后的结果就是我眼睛近视了。可我从不后悔，我也因而特别理解像纳兰那样的人，为什么在卢氏亡后总要立于残阳之中。

因为那样亮、那样暖、那样美的感觉就是他们曾经的爱情，仿佛还在眼前，仿佛只要他伸出手去就能拽住那无限美好的夕阳。

可是"青山遮不住，毕竟东流去"，又何况是残阳、夕阳呢？"最是人间留不住，朱颜辞镜花辞树。"卢氏带着那光、那暖，离纳兰而去，从此纳兰容若就将独自面对无比的暗夜与凄凉。唯有在残阳中沉思往事，仿佛才能留住些当年的光与暖、温情与美好。

于是，下片便写到往事之情。

对于纳兰与卢氏这样互相深爱的人来说，虽然只有短短的三年，但他们之间幸福的往事一定不只是数件、数十件，甚至可能是数百件、数千件。对于那样相爱的人来说，曾经的点点滴滴都如寒天饮水痛彻心头，但纳兰只选了两件往事来代替所有的回忆。这两件往事，也就显得尤为关键了。

第一件是"被酒莫惊春睡重"。这是说，自己在春天里酒喝得多了，睡梦沉沉，卢氏怕扰了他的好梦，动作、说话都轻手轻脚，不敢惊动他。这仿佛只写了卢氏对纳兰无微不至的体贴和关心，与后一句"赌书消得泼茶香"的典故并无关系，可从知人论诗、知人论事的解读角度上来看，又并非如此。

纳兰容若并不善酒力，但他却有几分豪侠气，与朋友相交往往有饮茶纵酒之时。纳兰在与卢氏共有的几个春天里，会因什么事而"被酒春睡重"呢？从年谱与生平资料中，我们可以得到两个线索，纳兰畅饮或是因为和顾贞观、朱彝尊这些好友诗酒聚会，或是因为《通志堂经解》浩大工程的阶段性完成，这里也就要讲到卢氏与纳兰知己式爱情形成的关键。

在卢氏到来之前，纳兰不仅有年少时的初恋之痛，更有直接的人生之痛，这曾使得十九岁的他一度倍感消沉。

纳兰容若出身名门，又才学无双，梁启超先生甚至评价他为"清初学人第一"。他少有大志，不愿托庇祖荫，而希望以自己的才学走科举仕途一路，这是年轻人的志向，也是学识底气造就的必然。

年轻的纳兰第一次参加应天府的乡试便高中了举人，参加会试后成为贡士。就在他十九岁准备参加殿试，意欲一举折桂时，命运却给了他当头一击。就在会试之前，他突发寒疾，而且病得很重，使他生生地错过了殿试。眼看着其他人蟾宫折桂，年轻的纳兰却只能独自吞下一碗碗的苦药。

就这样，一直到了康熙十三年（1674），一生最大的幸运终于来到二十岁的纳兰身边。那年他迎娶了卢氏，因为美好的爱情，他摆脱了往日的消沉，开始投入到《通志堂经解》的编纂过程中。

以他的才学，一旦沉浸其中，这一千八百卷的煌煌巨著便进行得特别顺利。每有阶段性的成功，都让纳兰喜不自胜，于是他畅饮小酌，以至"被酒莫惊春睡重"。接着，他再度参加科举考试，终于在康熙十五年（1676），考中二甲第七名，赐进士出身，也就是全国第十名。再接着，更大的喜讯来了，此时卢氏有了纳兰的子嗣，一时间幸运接踵而来，幸福满满在怀。

可是命运就是这样，把你送上幸福的顶点，然后再让你从巅峰摔落到低谷里，把那颗幸福的心摔得粉碎。

康熙十六年（1677）的夏天，卢氏在艰难地生下儿子海亮之后，因难产不幸亡故。当所有的光与暖随卢氏而逝之后，命运留给纳兰的就只有无边的凄凉与暗淡。

按照中国古人的丧葬礼仪，人去世之后，不会马上下葬，要停灵、停棺。地位尊贵的可以停在寺庙里，停的时间越长，说明身份越尊贵。天子当然最尊贵，一般停三年；亲王一般停一年；郡王，会停七个月；平民百姓，根据经济条件，停三到四十九天不等。

卢氏病逝之后，纳兰将她的棺椁停放在双林禅院，停灵的时间最后超过了整整一年，甚至超过了亲王贝勒的身份。这显然违反了礼制，但也可以看出，纳兰始终不愿相信，他心爱的卢氏就这样离开了自己。所以"沉思往事立残阳"，实在是本能地想挽回些光与亮，却什么也挽不回。

因为有这样的"被酒莫惊春睡重"，才有了下一句的"赌书消得泼茶香"。这是全词唯一的一处用典，也可以看出纳兰对自己与卢氏爱情的认识。他把自己与卢氏比作了李清照与赵明诚。"赌书消得泼茶香"的典故，每每让我无限伤怀。

晚年四处漂泊的易安居士，回忆她与赵明诚最幸福的生活，她说：

> 余性偶强记，每饭罢，坐归来堂，烹茶，指堆积
> 书史，言某事在某书某卷第几叶第几行，以中否角胜
> 负，为饮茶先后。中，既举杯大笑，至茶倾覆怀中，
> 反不得饮而起。甘心老是乡矣！故虽处忧患困穷，而
> 志不屈。

前文已经提过，李清照天生记忆力过人，每次吃完饭
和丈夫坐在归来堂上烹茶，说某一典故出在某书某卷第几
页第几行，以猜中与否来定胜负，作为饮茶的先后。猜中
了便举杯大笑，以至于把茶泼倒在怀中，起来时反而饮不
到一口。

这就是人间最好的爱情。

正是这样知己式的爱情，才让李清照在丈夫死后的
二十七年里，为了完成丈夫保护文物的遗愿，受尽世人的
嘲讽与冷眼、欺骗与欺侮。没有这样的爱情，又何来后来
如此伟岸的易安居士？

纳兰将自己与卢氏比作李清照与赵明诚，在他的心中，
卢氏一定并不仅仅是貌美温婉的妻子，而是一个能理解自
己、帮助自己，在人生的志趣与理想上志同道合的人。这便

是既不离柴米油盐，又可以超越尘俗的美丽爱情。可是，当时竟不知道，"只道是寻常"。只有在一切美好失去之后，当日的情趣志趣，当时的欢喜才历历在目。他伸出手仿佛想要挽回，却在残阳之中什么也留不住。这样一句"当时只道是寻常"，似乎说得何其平常，细细想来又是何其痛彻心扉。

李义山说"此情可待成追忆，只是当时已惘然"的时候，虽然心痛，那时已经是局外人了。以局外人观之，当时的惘然虽留下不尽的怅惘，却已不足论、不须论，连自己都只能远远地观望，所以世人更无从得解，只能远远地看他"锦瑟无端五十弦，一弦一柱思华年"。

可纳兰不一样，他的一句"当时只道是寻常"，平易中有着无限的悲痛与凄凉。事实上，说这话的时候他还是局中人，还没有走出残阳，还没有走出往事里卢氏留下的光亮。当纳兰一年里反反复复来到双林禅院，看着卢氏停在庙里的棺椁，恍惚间还会看到卢氏衣袂翩翩地朝他走来。那时的他一定会有一种错觉，夕阳还未落下，残阳的温暖还在紧紧地拥抱着他。

一句"当时只道是寻常"，其中的痛与遗憾却最是不寻常，真是"夕阳何事近黄昏，不道人间犹有未招魂"。

《红豆曲》是宝玉的一篇杰作，非常有名。但是，在《红楼梦》中并没有诗题，之所以称它为《红豆曲》是因为1987年版《红楼梦》中的一首插曲。

这首《红豆曲》在电视剧里出现过两次，小说里它只出现过一次。

因为1987年版《红楼梦》太经典、影响太大，《红豆曲》也因此唱遍了大江南北。电视剧里《红豆曲》的音乐固然精彩，那么小说中这首《红豆曲》又有怎样的作用呢？

曲云：

> 滴不尽相思血泪抛红豆，开不完春柳春花满画楼。睡不稳纱窗风雨黄昏后，忘不了新愁与旧愁。咽不下玉粒金莼噎满喉，照不见菱花镜里形容瘦。展不开的眉头，捱不明的更漏。呀！恰便似遮不住的青山隐隐，流不断的绿水悠悠。

这首《红豆曲》，出现在《红楼梦》第二十八回。

这一回，冯紫英请客，宝玉去赴宴。席上有五人，冯紫英、贾宝玉、薛蟠、蒋玉菡，还有云儿。先是云儿在薛蟠的要求下，唱了一首比较俗的俚曲：

> 两个冤家、都难丢下，想着你来又记挂着他。

只有相思无尽处

曹雪芹《红豆曲》

两个人形容俊俏，都难描画。

想昨宵幽期私订在荼蘼架，一个偷情，一个寻拿。

拿住了三曹对案，我也无回话。

这是一种典型的民歌俚曲的小调。虽然也很接地气，但毕竟格调不高，所以宝玉就笑道："听我说来：如此滥饮，易醉而无味。我先喝一大海，发一新令，有不遵者，连罚十大海。"冯紫英、蒋玉菡等都说："有理，有理。"

宝玉拿起海来一气饮干，说道："如今要说悲、愁、喜、乐四字，却要说出女儿来，还要注明这四字缘故。"这就是要行一个新的酒令了。说悲愁喜乐，却要扣住女儿来说。其实这是曹雪芹在不经意间借宝玉之口，道出了他写这部《红楼梦》的出发点。

曹雪芹写《红楼梦》是要为女儿立传。他不是简单地写个人的情爱历史，也不是只为了表现家族的沧桑变幻，而是满心满意要为女儿立传，为那些以青春女子为代表的最美的生命和青春立传。

宝玉说，说完以女儿行悲愁喜乐四字令的酒令之后，要唱一个新鲜时样的曲子，最后还要拿席上的一样东西来结。

宝玉自己"身先士卒"，说了四句酒令："女儿悲，青春已大守空闺。女儿愁，悔教夫婿觅封侯。女儿喜，对镜晨妆颜色美。女儿乐，秋千架上春衫薄。"平心而论，这四句话说起来并不是特别出色。这也体现出曹雪芹用笔之细。从前面的俚曲俗调引向宝玉的《红豆曲》，要有一个过渡。

　　说完四字酒令之后，宝玉开始唱了，一张口就是"滴不尽相思血泪抛红豆，开不完春柳春花满画楼"。

　　有关这首《红豆曲》，有两个疑问特别值得注意。

　　一是这首红豆曲有没有隐喻。我们知道曹雪芹是最擅长写伏笔的，特别喜欢用谐音。这一点，我们在讲温庭筠"玲珑骰子安红豆"的时候就说了。温庭筠和曹雪芹特别相似之处，就是在精神上，他们都蔑视权贵，都为女儿代言。在技法上，他们都擅长用隐语谐音。在席间行令的时候，蒋玉菡很清楚地说道，"女儿喜，灯花并头结双蕊"。包括后来他作的时候，拿着一朵木樨花来，念道："花气袭人知昼暖。"这毫无疑问是隐喻了最后他和袭人的结合。

　　席间两个有雅兴的人就是蒋玉菡和贾宝玉，那么蒋玉菡都有隐喻，宝玉的这首《红豆曲》难道没有隐喻吗？当然不可能，《红豆曲》的得名，是因为这第一句"相思血泪抛红豆"。就是这样的一句，陡然间让人想起绛珠仙草来了。

所谓"绛珠"，绛就是红色，绛珠就是红色的珠子。黛玉的前身是西方灵河岸上、三生石畔的绛珠草，赤霞宫的神瑛侍者每天以甘露浇灌，使得绛珠草要转世人间以泪相还。所以"相思血泪抛红豆"，肯定讲的是黛玉。

当然，关于绛珠草到底是一种什么草，红学界争议也很大。红学家周汝昌先生认为，绛珠草就是《尔雅》所说的酸浆草。周先生这么认为，是因为酸浆草有一个别名叫作洛神珠，暗含了黛玉投水自尽的结局，但我不太认同这种观点。因为这种酸浆草其实很常见，结酸浆果。如果绛珠仙草只是酸浆草的话，完全没有办法和通灵宝玉相匹配。所以我觉得绛珠仙草应该是一种杜撰，是结了红色珠子，像极了相思豆、相思子的那种仙草，而不能说只要结了红色的果子的就是绛珠草。但不管怎样，"绛珠"二字完全可以和"滴不尽相思血泪抛红豆"贴合。

而"开不完春柳春花满画楼"，也不由得让人想到第七十回黛玉写的《桃花行》。她说，"桃花帘外东风软，桃花帘内晨妆懒"。那不就是"春柳春花满画楼"的时节吗？无论是红香绿玉的怡红院，还是凤尾森森、龙吟细细的潇湘馆，都曾经开满春柳春花。可终究也有一天要面临"物是人非事事休"的悲凉结局。

"睡不稳纱窗风雨黄昏后"，不由让人想起黛玉后来病卧潇湘馆所作的《秋窗风雨夕》。"抱得秋情不忍眠，自向秋屏移泪烛"，所以从春柳春花到秋情不眠，真是"忘不了新愁与旧愁"！

"咽不下玉粒金莼噎满喉"，"玉粒金莼"本意指的是锦衣玉食，但此时却堪比张季鹰的"莼鲈之思"，再美的佳肴也难以下咽。

"照不见菱花镜里形容瘦"，这不就是颦儿的形象吗？提到颦儿二字，真是"展不开的眉头啊，捱不明的更漏"。宝玉初见黛玉时，就为黛玉取字颦颦。是说林妹妹眉间若蹙，不正是"展不开的眉头"吗？"捱不明的更漏"，则是长夜漫漫，相思难解。

所以，最后一声感慨，"恰便似遮不住的青山隐隐，流不断的绿水悠悠"。一说到青山绿水，我们便要想到《上邪》，"山无陵，江水为竭"；又会想到《敦煌曲子词》，"枕前发尽千般愿，要休且待青山烂"。所以人们常以青山绿水为誓言。而隐隐、悠悠更让人生出相思似流水、抽刀断水水更流的哀叹，所以这句"遮不住的青山隐隐，流不断的绿水悠悠"，其实呼应了第一句"滴不尽相思血泪抛红豆"，点出了相思的主题。

那么，整个曲子在说什么？都在说相思！宝玉作为富贵闲公子，在酒席宴上随口吟出，心心念念皆在黛玉。

当然也有人认为，这首《红豆曲》并不专指宝玉对黛玉的相思，而是如同整部书一样，是为女儿立传，所以宝玉深情吟唱的是天下女儿纯情的心态。这么说，其实和隐喻林黛玉并不矛盾，黛玉是天下女儿最纯最美的化身。是什么让宝玉这个富贵闲公子如此深情地吟唱？是黛玉，也是天下女儿纯洁唯美的生命，她们时时刻刻打动着宝玉的灵魂，拨动着他的心弦，让他在不经意间也会如此深情吟唱。

这样一来，就有第二个问题了。

如果说宝玉是在不经意间祖露了他和黛玉的相思之情，有人就会提出，所谓相思，就像纳兰性德所说"一生一代一双人，争教两处销魂？相思相望不相亲，天为谁春"，要两处销魂、望穿秋水的寂寞，才会有入骨的相思。可是宝玉和黛玉同住大观园，朝夕相处，而且从小就生活在一起，两小无猜，甚至同寝同食、如影相随。这个时候并没有和黛玉诀别或者分处两地，宝玉怎么会作出"相思血泪抛红豆"之语呢？

这就是曹雪芹的妙笔生花之处。

一来爱情里的男女不能以常理度之，就像陕北信天游里唱的"高山上建庙还嫌低，面对面坐着还想你"。二来刚才我们讲绛珠与红豆的关系，就知道黛玉原本是灵河岸边的绛珠仙草。宝玉初见黛玉时就觉得眼熟。殊不知，这就是命运。

绛珠仙子下凡为追随宝玉而来，就是那相思红豆落入凡尘。宝玉对那个红色珠子的记忆是来自灵魂深处的，作为神瑛侍者每天为绛珠仙草浇灌雨露的时候，那一抹红色就深深印在灵魂里了。因此，宝玉住的地方叫怡红院，他唱的是《红豆曲》。

《红楼梦》中对人物的服饰描写非常丰富，唯独黛玉，几乎很少写到她衣服的颜色。唯有赏雪时讲到她穿的红色的衣服，系着绿丝绦，红配绿，就因为原来她是绛珠仙草，草是绿的，绛珠是红色的。这应该是一份生命的原始记忆，也是前生往事的记忆。

宝玉潜藏在心中的思念，不是从这一生这一世才对黛玉开始的，而是从上一世对绛珠仙草的思念开始的。思念成为一种习惯，相思成为一种本能。即使是在姐妹聚会中，宝玉总是悄悄关注着黛玉的心情。而在与冯紫英、蒋玉菡、薛蟠的酒席欢宴上，推杯换盏中，只要开口吟唱，那种本能的寂寞的相思，不留神就脱口而出。

这是前世带来的相思，这是灵魂赋予的痴念。正所谓——"人我相思门，知我相思苦。长相思兮常相忆，短相思兮无穷极"。宝玉也好，黛玉也好，那些纯洁唯美的生命，在这一首相思的《红豆曲》里，升华成人世间最美的奇迹。天涯地角有穷时，只有相思无尽处。

明月不能遮望眼，春酒依然在心头，可是今夜的星辰已早非那晚的明月，那时的美酒在今夜也早已被酿成一杯苦酒，而这种苦涩，却是永远无法消除的。所以，正如缪塞所说："最美丽的诗歌，应该是最绝望的诗歌，有些不朽的篇章竟是纯粹的眼泪。"

我们因为月亮边的一颗星辰，讲了《车遥遥篇》。可是回想那么美的意象，让我甚至觉得，我们就是那穿过黑暗彼此默默凝望的星辰。那么，我们再来讲一首和星辰有关的情诗——黄仲则那首著名的《绮怀》（十五）。

诗云：

几回花下坐吹箫，银汉红墙入望遥。
似此星辰非昨夜，为谁风露立中宵。
缠绵思尽抽残茧，宛转心伤剥后蕉。
三五年时三五月，可怜杯酒不曾消。

不朽的诗都是纯粹的泪 黄仲则《绮怀》（其十五）

有关那句"似此星辰非昨夜，为谁风露立中宵"，作为千古名联，相信很多人都听说过，但是有关它的作者，那个叫黄仲则的伟大诗人，却不一定有多少人了解。

黄仲则，名景仁，字汉镛，又字仲则。他是北宋大诗人黄庭坚的后裔，是清代所谓"康乾盛世"中一颗如流星般划过的诗坛奇才。诗词到了明清，难免让人生出没落之感。唐诗宋词之后，仿佛好的诗、好的词都已被人写尽了。

尤其是到了清代，在血色恐怖的"文字狱"的高压之下，知识分子大多埋首故纸堆中。因此虽然"康乾盛世"中"乾嘉学派"兴起，小学盛行，学问盛行，但能够真正直面心灵的诗词创作依然式微。

然而，中国文学、华夏文明自有其不朽的生命力。在一片噤若寒蝉的时代氛围里，除了伟大的雪芹先生和他的《红楼梦》，于诗词文化而言，前有纳兰容若，后有黄仲则，可谓是词人中的词人、诗人中的诗人。他们的创作声声带泪、字字泣血，全是直面灵魂、呕心沥血之作，可谓是那个时代最独特的诗词创作。只是纳兰公子为世人所推崇，为世人所知，正所谓"家家争唱《饮水词》，纳兰心事几曾知"，而才情和寿命几乎和纳兰一样的黄仲则，相对来说就默默无闻得多。

黄仲则是常州武进人，自幼家境贫寒，四岁丧父，少小孤苦，一生贫病交加，三十五岁时便英年早逝，而纳兰也卒于三十一岁。两个人虽然一个生在贫寒人家，一个长在富贵人家，但才情和命运却何其相似，尤其是他们的诗词创作俱属那个时代中难得的深情之作。而且，黄仲则与纳兰容若还有一个相似之处，就是长得都特别帅。

纳兰的风采通过他的《侧帽集》即可看出，至于黄仲则的长相，他的人生知己、最好的朋友，也是同时期的大诗人洪亮吉描述说："君美风仪，立侪人中，望之若鹤，慕与交者争趋就君，君或上视不顾，于是见者以为伟器，或以为狂生，弗测也。"就是说，黄仲则的长相和衣着打扮，立于人群之中，简直如鹤立鸡群。

黄仲则既有天赋才情，又神行潇洒，况且又继承祖先之志，所以自少年时便立下不凡的志向。他有《少年行》绝句："男儿作健向沙场，自爱登台不望乡。太白高高天尺五，宝刀明月共辉光。"这首《少年行》也是当时世人传诵的名作。

可是，"凡有边界的都如狱中"，所谓"天妒英才"，又所谓"情深不寿"，越是像黄仲则这样杰出的天才，越是在现实与命运中会面临种种坎坷与打击。虽然他卓越的才能、超逸的才情为世人所公认，可是他孤傲的个性以及纯真的心灵，让他不肯向现实的污浊低头。

他一生屡屡困于场屋，八次乡试皆不能中举，不得已投身幕府以此谋生，却又落落寡合。他虽有洪亮吉那样的人生知己，尽其所有、倾其心力想办法帮助他，可是如孩子一样纯真的黄仲则在那个所谓盛世的时代里，依然举步维艰，最终在外出谋生的过程中，在饥寒交迫里因病而逝。后来还是人生知己洪亮吉，四日夜行七百里，为他扶柩还乡。那种现实的悲叹与运命的不堪，则是黄仲则诗中、生命中不能承受之重。

当然，在黄仲则的诗中还有一种生命中不能承受之轻，就是他悲伤的初恋经历。

黄仲则十七岁的时候曾经离家百里求学，当时住在他姑母的家中，与比他小两岁的表妹产生了爱恋的情感。他们海誓山盟，私定终身，定下了百年之约。后来黄仲则要外出应举，写下一首《别意》，赠与心爱的表妹，诗云："别无相赠言，沉吟背灯立。半晌不抬头，罗衣泪沾湿。"这样的经历又与纳兰何其相似。黄仲则万万没有想到的是，这一次分别，他和他的表妹、他的初恋、他一生心爱的人，将成永诀。

分别之后，姑母家迫于生计，将黄仲则的表妹送入杭州观察使府中做歌姬，后又将她早早许嫁他人。面对表妹如此的命运，年轻的黄仲则徒唤奈何。他只能用自己那一支深情的笔，一遍遍怀念他们曾经深情的岁月，"风前带是同心结，杯底人如解语花""别后相思空一水，重来回首已三生""他时脱便微之过，百转千回只自怜"，这些名句缠绵悱恻，感人至深，大概也只有经历过情爱伤痛、至情至性如黄仲则这样的人才能写出。

他二十六岁的时候，做客安徽寿州，听闻表妹嫁于人夫并已育有一子。伤怀之中，模仿李商隐的《无题》诗，写下十六首《绮怀》诗，这就是这一组著名的《绮怀》诗的来历。而"几回花下坐吹箫"是其中的第十五首，世所公认，对应李商隐"昨夜星辰昨夜风"的那一首。

"几回花下坐吹箫，银汉红墙入望遥。"诗人年轻的时候大概也像龚自珍说过的那样，"一箫一剑平生意，负尽狂名十五年"。可是现实沉重，世事苍茫，如今"气寒西北何人剑，声满东南几处箫"。吹箫的我依然还在，可是当年在花下听箫的你，又在何方？那红墙背后的你，虽然近在咫尺，却又如那银汉迢迢一般远在天涯。你我之间仿佛举眸可见、举步可达，却又是那样可望而不可即。如今我于花下吹箫，唯有明月相伴，当年的那个你，这片伤心你可知道？

箫声呜咽，如怨如慕、如泣如诉，灵魂深处只能有一声长久的哀叹："似此星辰非昨夜，为谁风露立中宵。"颔联是最为世人称颂的一联。李商隐说"昨夜星辰昨夜风，画楼西畔桂堂东"，那样的星辰是何等的绮靡、何等的温婉，而黄仲则却说，"似此星辰非昨夜"，星辰之下，唯有一个孑然独立的相思身影。由此想来，昨夜的星辰映衬着花下吹箫的浪漫故事，而今夜的星辰就只有陪伴自己这个伤心的人。

这种星辰之下的昨夜、今夜之比，是人生何等的悲叹。

于是，我们脑海中，总能见到诗人于星辰之夜久久迎风而立。他在另一首名作《癸巳除夕偶成》里说："千家笑语漏迟迟，忧患潜从物外知。悄立市桥人不识，一星如月看多时。"那个"悄立市桥人不识，一星如月看多时"的身影，心中该是有着怎样浓郁的忧患与伤感。我甚至觉得，一夜夜的"为谁风露立中宵"，一夜夜的忧患与伤感，才是真正地摧垮了诗人本来就多病的身体的原因所在。

痴情最是伤人，诗人明明知道，却又欲罢不能，"缠绵思尽抽残茧，宛转心伤剥后蕉"。因是仿李商隐《无题》而作，所以黄仲则虽句句袒露心怀，却又句句皆有所指。"缠绵思尽抽残茧"，自然可以和李商隐"春蚕到死丝方尽，蜡炬成灰泪始干"相对应，而"宛转心伤剥后蕉"，同样又遥指李商隐"芭蕉不展丁香结，同向春风各自愁"。

就以情感而论，虽然用到同样的诗歌意象，李商隐写来深幽难寻，黄仲则写来却是婉转、明白之至。这里"缠绵思尽"的"思"，"宛转心伤"的"心"，借"春蚕""芭蕉"而言，其实都是谐音，指不尽的情思与悲伤爱恋的那颗赤子心。

可是，已然如此悲伤，诗人最后竟然还有比悲伤更悲伤的哀叹："三五年时三五月，可怜杯酒不曾消。"他与表妹相恋的那年正是表妹的三五之年，也就是十四五岁的时候。有多少次在三五之夜的满月下，他为表妹花下吹箫，而表妹为他捧来一杯暖暖的春酒。如今想来当年的那一轮月、那一杯酒，依然牢牢地停在心头。人生无奈，我们终将是暗夜里彼此默默遥望的星辰。

彭玉麟历来被公认为晚清"第一极品男人"。

所谓"极品男人"，既要能凭胯下马、掌中枪驰骋沙场，保家卫国，但下得马来，又能提笔为诗、提笔为文，对所爱的人深情缱绻、温柔以待。下面我们就来讲一讲彭玉麟和他的一首深情婉转的情诗《梅花百韵》（其一）。

诗云：

平生最薄封侯愿，愿与梅花过一生。

安得玉人心似铁，始终不负岁寒盟。

彭玉麟既然称得上是"极品男人"，就不只是因为情感经历，还在于他的为人、为官，在于他面对国仇家恨、族群危难之际，所表现出来的行动、姿态，可谓舍身为国、高风亮节。

这首"平生最薄封侯愿"是情诗，也是彭玉麟的《梅花百韵》中最有名的一首。我个人特别喜欢这首诗，因为诗人虽然是写梅花，写生死不渝的爱情，但第一句却写的是自己的"平生"，也就是除去爱情之外，这个极品男人的人生中更让人感慨、感动的地方。

对于"封侯"，陆游说"当年万里觅封侯，匹马戍梁州"；而温庭筠咏苏武则说"茂陵不见封侯印，空向秋波哭逝川"。古时大好男儿多以"封侯"为愿，而彭玉麟却在开篇不经意地说出"平生最薄封侯愿"，虽然这么说的重点是为了"愿与梅花过一生"，可是"平生最薄"封侯之愿，却真实地交代了晚清历史上一段感人的真相。

晚清历史上有"中兴四大名臣"之说。一种说法是"曾、张、左、李"，就是曾国藩、张之洞、左宗棠和李鸿章；还有一种说法是"曾、胡、左、彭"，这里的"彭"就是彭玉麟。

而且，当时人还特别喜欢拿彭玉麟来跟李鸿章比较，当时民间有句俗语叫"李鸿章拼命想做官，彭玉麟拼命想辞官"。说这话倒不是贬低李鸿章，因为官场上拼命想做官的人很多，因此它重点是要说彭玉麟的拼命辞官。他的辞官经历，不仅是清代官场所罕见，也可以说是古代官场上绝无仅有的。

彭玉麟一生总共辞过六次官。

第一次是咸丰十一年（1861），当时的彭玉麟以安徽布政使的头衔，统领湘军水师，而水师又是湘军战胜太平军的关键，所以彭玉麟可以算是湘军最核心的将领，曾国藩心腹中的心腹。这时候曾国藩升任两江总督，立刻安排三个省的巡抚给他的亲信属下。因为曾国藩的推荐，朝廷就任命彭玉麟为安徽巡抚。

巡抚就相当于现在的省长，是当时最关键的实职，曾国藩自己当年就因为一个江西巡抚的位置，和咸丰皇帝斗了半天的气。现在这个安徽巡抚是人人都巴望的好位置，但彭玉麟接到朝廷的任命之后，却一连三次请辞巡抚的高官，理由是自己熟悉军务，不熟悉民政。

巡抚需要处理政务，尤其是民生上的很多问题。在他出于自知之明的坚持之下，朝廷没有办法，最后给了他一个兵部右侍郎的名誉官衔，还是按彭玉麟自己的意思，让他在前线做水师统领。正是因为彭玉麟全心全意扑在水师的建设上，才有了后来中国最早期的海军雏形，他也被称为"中国近代海军之父"。

这只是他的第一次辞官，第二次则是在同治四年（1865）。

这时太平天国农民起义已经被湘军扑灭了，慈禧主政。虽然对湘军有诸多提防，但对湘军中的彭玉麟，朝廷上下人人都是交口称赞。

为什么呢？因为大家都知道彭玉麟是一个"三不要"的英雄好汉。哪"三不要"呢？不要官、不要钱、不要命。彭玉麟为官之清廉、品节之高，出淤泥而不染，在当时人看来几乎无人可出其右。

彭玉麟的名声好得不得了，于是朝廷这时候就给了彭玉麟一个人人都垂涎三尺的肥缺——漕运总督。漕运主管所有经水路送往北京的物资，那是当时最有油水的水上运输业。漕运总督主管苏、浙、赣、皖、湘、鄂、鲁、豫八省的漕政，那真是肥得流油！可彭玉麟接到任命，在天下人羡慕的眼神中，又是多次谢绝任命，还是做他那个虚衔的兵部侍郎。

第三次，是在同治七年（1868），彭玉麟连他兵部侍郎的虚衔都不要了，他说：现在国家太平，我当年本应该在家为母亲守丧，因为国家危难，才守了一年，就出来从军报国。现在仗也打完了，我还有两年孝没守完，我必须辞去一切官职，回家为母亲守孝。

第四次，彭玉麟回家为母亲守孝四年之后，这一年同治帝准备大婚，朝廷要准备婚庆大典。大典的时候，需要一个德高望重的大臣。这时，众望所归，朝廷让彭玉麟重新出山，官复兵部侍郎兼同治帝大婚的弹压大臣。彭玉麟这下不好拒绝，因为天子婚庆毕竟是大事，如果拒绝的话，就实在不给皇帝和太后面子了，他只好勉强出山。结果庆典一结束，他立刻就上书，要求辞去兵部侍郎和弹压大臣的职务。既然工作完成了，那个虚名就不要了。

这一次连慈禧都感动了，后来朝廷想来想去，专门为彭玉麟设了一个长江巡阅使的职位。因为他是水师统领，现在每年只要巡视长江水师一次就行了，其他时间也不用上班，愿意做什么就做什么。彭玉麟一看这个位置不错，适合自己淡泊名利、闲云野鹤的生活，所以也就接受了。

第五次，到了光绪七年（1881）。这时候朝廷又任命彭玉麟为两江总督兼南洋通商大臣。两江总督是仅次于直隶总督的关键职位，曾国藩、李鸿章都做过这个职务。再加上南洋通商大臣，更是晚清后期的要职。由此可见，当时的清政府对彭玉麟倚重到了什么程度。但彭玉麟就是坚持不肯干。

最后没办法，这个关键的位置就给了左宗棠。左宗棠一点都不拒绝，不客气地接受了任命。

前五次授官都是高官厚禄，彭玉麟却根本不为所动，真正地体现了他不要官、不要钱、不要命的"三不要"本色，果然是"平生最薄封侯愿"。可是最后一次，即第六次，就有些独特了。

同样还是高官厚禄，彭玉麟却在要与不要上，有了一次惊人的反复。

光绪九年（1883），朝廷觉得彭玉麟出身行伍，推辞任命的时候总说自己是个军人，熟悉军务，不熟悉行政，所以再肥的肥缺他也不要。既然这样，就给他任命一个适合军人去干的位置吧。

什么位置呢？当时军人的位置之首，也就是兵部尚书，相当于现在的国防部长。结果哪里知道，彭玉麟还是不答应，前后数月之内连上了几篇辞职报告。这么拖了好几个月之后，所有人都认为这一次还是要跟以前一样，彭玉麟肯定不会接受这个兵部尚书的位置。可是，出乎所有人的意料，几个月之后，朝廷突然接到彭玉麟的主动报告。报告的意思很简单，说兵部尚书的位置没给别人吧？那么就赶快给我吧！出人意料的是，从来不要官的彭玉麟居然伸手要起官来了。

　　是他变了，还是他想通了？或是他"三不要"的令名晚节不保？

　　都不是。他还是那个傲然独立、傲骨嶙峋、孤标傲世的彭玉麟。

　　他之所以会有平生唯一一次伸手要官，是因为突然爆发了中法战争。军人都有一种信仰，大丈夫保家卫国，当战死沙场、马革裹尸，这样才是死得其所。彭玉麟是一个军人，这时候他虽然已经是六十八岁高龄，却"烈士暮年，壮心不已"，要亲自领军前往抗击法军的前线。

　　我们都知道老将冯子材在镇南关大胜法军，书写了中国近代军事史上少有的几次辉煌，那就是在彭玉麟的领导下完成的。本来在彭玉麟的领导之下，中法战争在广西一

420

线节节胜利。可是当时李鸿章主政，懦弱的清朝廷怕打仗，一味主和。彭玉麟在前线屡次上书，主张有"五可战，五不可和"，说有五个必须一战的理由，五个千万不可和谈的理由，可见其勇战之心、决战之志！可是腐败的清政府，最后还是和谈了事，白白丧失了中法战争的大好局面。

中法战争之后，彭玉麟彻底心灰意冷，上书坚决要求辞职。他这辈子只伸手要过一次的兵部尚书的位置，最后还是坚决地还给了清政府。他用他的一生，印证了"三不要"的人生准则，也创造了一个中国历代官场上真正不爱官、不爱钱的典范。

那么如此不爱官、不爱钱，甚至打起仗来不爱惜自己性命的奇男子、伟丈夫彭玉麟，他爱的到底是什么呢？

彭玉麟自己说，他爱的是梅花，他"平生最薄封侯愿"，却"愿与梅花过一生"。那我们不由得想问，他是怎么与梅花过一生的呢？难道住在梅花丛中、住在梅花树下、住在梅林之中？其实，彭玉麟辞官隐居的时候，他所住之处，确实遍植梅花。但是他最爱的则是画梅。

彭玉麟的梅花画——"墨梅"，在晚清绘画史上号称一绝，号称"兵家梅花"。因为他是军人出身，所以他笔下的梅花虬枝老干，傲立霜雪，自有一种坚贞与不屈的精神。当时彭玉麟的墨梅和郑板桥的竹子并称"双绝"。

最惊人的是，彭玉麟这个极品男人，穷尽他一生的力量，画了上万幅的梅花。他在五十多岁的时候曾经写诗说："我家小院梅花树，岁岁相看雪蕊鲜。频向小窗供苦读，此情难忘廿年前。"其实何止二十年，在这首诗之后，他又整整画了二十多年。他活到七十五岁，自他三十多岁经历了人生伤心事起，他在余后的四十多年里，画了上万幅的梅花。

今天我们在彭玉麟的墨梅图上，经常会看到他自刻的一枚闲章，说："无补时艰深愧我，一腔心事托梅花。"连曾国藩初次去寻访彭玉麟的时候，看到他满屋所画的梅花，都为彭玉麟这样的一个痴情人所感动。

彭玉麟为什么对梅花这么痴情、这么钟情呢？因为他说："安得玉人心似铁，始终不负岁寒盟。"你看那孤标傲世、傲霜斗雪的梅花，她圣洁地开放，就像最冰清玉洁的爱人，在天寒地冻中独自开放，而人生在世，风雨兼程，所谓"岁寒，然后知松柏之后凋也"，我们之所以为人、男儿之所以为男儿、大丈夫之所以为大丈夫的高洁品格，在这荒凉的人世背景中，大概也只有这"冰雪林中著此身，不同桃李混芳尘"的梅花，才能与我们"质本洁来还洁去"的精神追求相映成趣。这就是人世间的岁寒之盟、岁寒之约。"安得玉人心似铁，始终不负岁寒盟。"这是知己、知音之情，也是真爱、挚爱之约，所以才"愿与梅花过一生"！

彭玉麟笔下的梅花，真的只是梅花吗？他的一腔心事，他四十年来的此情难忘，还有他"安得玉人"的相思托付，显然是一段刻骨铭心的爱与痛。他所爱的那个像梅花一样的人，那个与他始终不负"岁寒盟约"的玉人，到底是谁？

　　她和彭玉麟之间，到底又有过怎样的爱情往事，能让彭玉麟这样的大好男儿为之魂牵梦绕四十年呢？

　　彭玉麟从小在安徽的外婆家长大。彭玉麟的外婆因为心善，救了一个被拐卖的女孩，并把这个名字叫"梅"的女孩收为了养女。这样一来，彭玉麟就要叫这个女孩"姨妈"。他有时候称她"梅姨"，有时候也称她"梅姑"。不过，这个女孩其实年龄并不大，和彭玉麟年纪相仿，两个人就在一起成长、一起生活，渐渐地有了很深的感情。

　　说到这里，我们就要再来看看彭玉麟的另一首《感怀》诗：

> 少小相亲意气投，芳踪喜共渭阳留。
> 剧怜窗下厮磨惯，难忘灯前笑语柔。
> 生许相依原有愿，死期入梦竟无鹣。
> 斗笠岭上冬青树，一道土墙万古愁。

　　《感怀》诗首联说"少小相亲意气投"，这就是青梅竹马、两小无猜。而"芳踪喜共渭阳留"，交代了两个人很重要的伦理上的关系。"渭阳"这个典故出自《诗经·秦风·渭阳》。后代以"渭阳"表示甥舅情谊，彭玉麟引用"渭阳"的典故，正说明他和梅姑在辈分上，是外甥和姨妈的关系，这就暗暗点出了无奈。

颔联写："剧怜窗下厮磨惯，难忘灯前笑语柔。"耳鬓厮磨，红袖添香。每天彭玉麟去学堂上学，梅姑就一直送他到学堂，放学再去接他回家。晚上彭玉麟读书写字，梅姑就点灯相伴。日久天长，两个人心底对对方都有了很深的感情。但梅姑是他外婆的养女，名分上是彭玉麟的长辈，所以两个人虽然感情很深，却没有办法捅破这层窗户纸。虽然名分上不可以，但是两个人心底都把对方视为平生的唯一，所以颈联说："生许相依原有愿，死期入梦竟无繇。""生许相依"，两个人不用开口，都明白对方的心意。

这就是最美好的爱情。最好的姻缘就是在岁月之中，在生活之间，在耳鬓厮磨、红袖添香中慢慢滋生出来的，而且随着岁月越积越厚，两情相依。大概因为这种情感太自然、太纯粹、太深厚，也太明显，外婆看出苗头来了。这时，彭玉麟的父亲在湖南老家得了病，外婆就让彭玉麟回家尽孝。

彭玉麟离开外婆家之时，与梅姑洒泪相别，说定不负一生情意，从此两个人就有了一生的生死约定。可是彭玉麟的父亲病逝之后，他的母亲坚决不同意这门亲事，另外张罗给他招亲。

彭玉麟是个大孝子，父亲去世之后又不敢违拗母亲，只好谨遵母命，先娶妻生子。古代不像现在，对这个问题还是有解决办法的。我个人揣测不管用什么样的方式，彭玉麟这样痴情的极品男人，他对梅姑的感情生死不渝，不论怎样，即使他先是因为母命，先要委曲求全，他也绝对不会辜负梅姑的感情。

可是后来，据说彭玉麟的原配邹氏知道了他和梅姑的感情之后，妒火中烧，便让自己的婆婆和彭玉麟的外婆将梅姑胡乱嫁了出去。当时彭玉麟正好在外求学，不在家中。梅姑孤苦无依，为之伤心欲绝，出嫁两年便抑郁而终。

彭玉麟回乡之后闻此消息，心中大痛，悔恨不已。据说这件事还影响了他和发妻的关系。邹氏早逝，他也从此不近任何女色。他写，"死期入梦竟无缘"，后来他夜夜梦到梅姑的身影，很长一段时间为之消沉颓丧。

即便后来他重新振作，甚至束发从军，成为一代英豪、一代名将，却是"斗笠岭上冬青树，一道土墙万古愁"。

中国很多地方都叫"斗笠岭"，因为斗笠在农业社会中太过常见。中国古代社会，特别喜欢用生活用具来描摹山川地貌，所以有很多地方叫"斗笠岭"，这里的"斗笠岭"指的是彭玉麟家乡的一座小山。据说彭玉麟外婆的坟就在斗笠岭上，旁边陪着外婆的还有一座稍小的坟，就是梅姑的墓。斗笠岭上，冬青之树木已拱抱。而"一道土墙"则是指的墓室的土墙，永远隔开了两个深情相爱的人。土墙的那一边，是本来"愿与梅花共一生"的梅姑，而土墙的这一边却是永远抱憾、身怀万古情愁的彭玉麟。

都说时间是一味良药，那些生命的伤痛，在时间的抚慰下，会慢慢平息、慢慢结痂、慢慢过去，只留下一道疤痕而已。可世间总有这样一类人，他们痴心不改、痴情不改，任红尘变幻，对所念、所爱，念念皆在。

这是一种怎样的人生奇迹！"满腔心事托梅花""此情难忘四十年"，彭玉麟用他后来四十年的人生岁月，用他出淤泥而不染的高尚品格，用他毕生上万幅的"兵家梅花"，写尽、画尽了他对所爱之人的痴情与思念。真是"满纸墨梅色，一把深情泪。都云玉麟痴，谁解其中味"！

从所生活的时代来说，仓央嘉措这一讲应该放到黄仲则的前面，可为什么要放到这本书的最后来讲呢？

仓央嘉措的情歌虽然创作于 17 世纪末到 18 世纪初，但他都是用藏语写就，和我们所熟悉的古诗词创作还是有较大的差异。所以，虽然有很多人喜欢仓央嘉措的情诗、情歌，但从体例的要求来看，把仓央嘉措的原作放在其中，有些不太吻合。幸亏有一个伟大的学者，他的名字叫曾缄，帮我们解决了这个问题。

仓央嘉措情歌系列里特别有名的是第二十四首——《不负如来不负卿》。

诗云：

> 曾虑多情损梵行，入山又恐别倾城。
> 世间安得双全法，不负如来不负卿。

关于仓央嘉措，那是一个谜一般的传奇。世人喜欢他，都是因为他的情诗。在世人的眼中，他是一个情僧，但在历史上他却有无与伦比的身份和地位，他是六世达赖喇嘛，而且是历史上唯一一个非藏族或蒙古族出身的达赖喇嘛。

我们知道，达赖是西藏的宗教领袖，在藏文化中有着无比崇高的地位。不仅如此，对于仓央嘉措而言，他既是六世达赖，又是情僧，他的人生经历，尤其是人生结局的扑朔迷离，让他成为一代传奇。

西藏的民间歌曲一般有排歌、大歌、环歌、字母歌和短歌。而仓央嘉措的情歌创作，大多属于短歌的一种，它往往是每节四句，每句六个缀音。藏族同胞日常口头传唱以及跳舞时所唱的都是这种短歌。短歌有点像我们常见到的章节比较固定的白话诗、现代诗，和古诗词的差异还是非常大的。

仓央嘉措这些原本是藏语短歌类的情诗，之所以能够得到翻译并广为传播，第一个作出重要贡献的学者便是于道泉先生。于道泉先生翻译的第一本藏文的经典作品就是仓央嘉措的情歌，全称叫作《第六代达赖喇嘛仓央嘉措情歌》，最初发表在 1930 年中央研究院历史语言研究所单刊甲种之五上。于道泉先生共翻译了六十二首，是严格按照藏语短歌的形式进行翻译的，这样的译作就像我们大多数时候看到仓央嘉措的作品一样，是一种现代诗歌的表现形式。

接着，在仓央嘉措的翻译史上出现了一个关键人物。他的名字叫曾缄。曾缄是黄侃先生的高足，被称为"黄门侍郎"，尤精于古文字学与古诗词。他在北大毕业后到蒙藏委员会任职，历任四川国学专门学校教务长和四川大学文学院教授，还做过西康省临时参议会秘书长，抗战时还曾任雅安县的县长，对汉藏文化都有非常深入的研究。

曾缄看到于道泉先生翻译的《第六代达赖喇嘛仓央嘉措情歌》之后，觉得若用古诗词去翻译，才更近仓央嘉措情歌的境界和深意。于是从 1939 年开始，曾缄用七言绝句的方式翻译了六十六首仓央嘉措的情歌，并结集出版。

我们这里所选的这首《不负如来不负卿》，就是曾缄先生的译本。我个人最是喜欢，因为曾缄的七绝翻译对于仓央嘉措的情歌来讲，确实是一种升华与发挥。同样的这首诗，于道泉的汉译本则译为："若要随彼女的心意，今生与佛法的缘分断绝了；若要往空寂的山岭间去云游，就把彼女的心愿违背了。"确实也能表现出两难的处境，但曾缄的七绝译本实在太过精彩了。

"曾虑多情损梵行"，这是说多情的人生有损于佛教徒的修行；"入山又恐别倾城"，这是说要入山修行又恐放不下心中对伊人的深情。

"世间安得双全法，不负如来不负卿。"这种质问，简直精彩至极，深刻至极。的确，世间没有双全之法，但其实，爱情就是修行本身。因为有一种信仰叫作爱情，有一种红尘也叫作爱情。曾缄的七绝演绎，将仓央嘉措那种矛盾的心情以及修行的苦痛表现得淋漓尽致。

那么，我们不禁要问，作为六世达赖喇嘛的仓央嘉措为什么会有这么经典的情歌创作呢？

说到仓央嘉措的人生，真的让人唏嘘感慨。

巨大的荣耀背后，总有巨大的危机，这可谓是中国人辩证法思维中最深刻的认识。

西藏宗教领袖的身份，一开始就为仓央嘉措的命运带来了悲剧的铺垫。在仓央嘉措做六世达赖喇嘛之前，西藏最高权力层的斗争已经到了白热化的地步。

五世达赖喇嘛罗桑嘉措当时就面临藏巴汗的逼迫。藏巴汗又叫第悉藏巴，意思是"后藏上部之王"，最初的藏巴汗是辛厦巴才丹多杰，他在1565年造反称王，然后用武力挟制整个后藏地区，中心就是日喀则。在藏巴汗的武力胁迫下，格鲁派，也就是藏传佛教的宗派之一"黄教"，受到重创。

五世达赖和四世班禅一直谋划要摆脱藏巴汗的控制，后来他们与和硕特部的固始汗结盟，引为外援，最终出兵灭掉藏巴汗。固始汗本名图鲁拜琥，是成吉思汗之弟哈布图哈萨尔的十九世孙。他之所以后来被称为固始汗，是因为达赖五世和班禅四世最后联合蒙古部封他为大国师，又被称为国师汗，固始汗是国师汗的音转。五世达赖和四世班禅后又封他为"丹增却杰"，也就是"执敬法王"的意思，固始汗的地位后来很高。

走了藏巴汗，来了固始汗，黄教所面临的武力胁迫与压榨依然存在。

因此，五世达赖罗桑嘉措着力培养的接班人就是藏王第巴桑结嘉措。到了桑结嘉措，他所考虑的威胁主要就来自固始汗。五世达赖圆寂之时，桑结嘉措还年轻，还不足以抗衡固始汗的力量，所以他就密不发丧，隐瞒五世达赖圆寂的消息，将五世达赖的身体用香料塑封在布达拉宫的高阁之内，对外宣称，五世达赖喇嘛已经入定，进入无限期的修行，一切事务由第巴，也就是由桑结嘉措负责。

桑结嘉措不仅如此隐瞒固始汗，也隐瞒了大清的康熙皇帝。他一边隐瞒真相、欺瞒天下，一边迅速派人到民间寻找五世达赖的转世灵童。这样日后一旦真相败露，他也能马上迎六世达赖入宫。于是，他寻找转世灵童的地点就选在了藏南门隅的纳拉山下，这里非常偏僻安定，容易保守秘密。而且，那里的人大多信奉红教，也就是藏传佛教宁玛派。这样如果能诞生一个黄教教主出来，将有利于黄教，即格鲁派势力的扩大。

按照当时黄教的规矩，哪个婴儿抓取了前世达赖的遗物，则证明是达赖转生，就这样，一个名叫仓央嘉措的农奴之子被选中了。他在不到两岁的时候，就隐秘地成为五世达赖的转世灵童。而这个秘密世人并不知道，桑结嘉措只是为了政治利益的争斗，选中了这个接班人，然后秘密地培养，将他当作将来政治斗争中一颗重要的棋子。不仅仓央嘉措自己，包括他的父母也都不知道他已被注定了是一颗棋子，是一颗政治斗争中将要被使用，也最终有可能被抛弃的政治棋子。

仓央嘉措就这样暗中被保护、被教导，一直长到了十五岁。在这之前，他在故乡自由自在地生长，既被喇嘛教授佛教经典，同时也可以按照当地红教的习俗，以及门巴族人的生活习惯自由地成长，甚至恋爱。所以在这之前，仓央嘉措其实已经有初恋的情人。然而，到了康熙三十五年（1696），也就是仓央嘉措十四岁的时候，康熙皇帝在平定准格尔的叛乱中，从俘房那里偶然知道五世达赖已经圆寂多年。

康熙帝不由得勃然大怒，致书严厉责问桑结嘉措。桑结嘉措一面向康熙承认错误，一面立刻去门巴族人处迎接转世灵童。

这样到了康熙三十六年（1697），十五岁的仓央嘉措自藏南被迎到拉萨，拜五世班禅为师，剃发受沙弥戒，取法名"洛桑仁钦·仓央嘉措"，并于拉萨的布达拉宫举行坐床典礼，正式成为六世达赖喇嘛。

坐镇布达拉宫，成为达赖喇嘛，达到人生辉煌的顶点，仓央嘉措这才认识到命运的悲剧。他其实只是桑结嘉措的一颗棋子，只是坐在布达拉宫里的一个傀儡而已。不仅政治上受人摆布，连生活上也受到各种禁锢。仓央嘉措出身红教家庭，红教教规并不禁止僧侣娶妻生子，但此时他是黄教教主，黄教则是严禁僧侣接近女色的，更不能结婚成家。种种清规戒律、繁文缛节，更是让正处在青春期的仓央嘉措倍感压抑。内心无比痛苦、抑郁的仓央嘉措在深宫之中，人性深处的反抗欲望不可抑制地迸发出来。他要重新寻找他的爱情，甚至纵情声色，要用这种方式去对抗政治和宗教。

于是，他做出了历届达赖喇嘛中最狂妄、最大胆的举止。他一到晚上就化名达桑旺波，以贵族公子的身份，头蓄长发——当然是假发，身穿绸缎便装，醉心于歌舞游宴，夜宿于宫外女子之家。就像他那首著名的情歌所写："住进布达拉宫，我是雪域最大的王。流浪在拉萨街头，我是世间最美的情郎。"他用爱情、用红尘对抗着政治与宗教。

后来还有一种传说，说他在故乡的那个初恋情人，为了仓央嘉措一直寻到拉萨。仓央嘉措为她不顾严规戒律，夜夜身着便装，潜出布达拉宫，与之私会。后来被桑结嘉措手下发现了他深夜潜出宫中的痕迹，循着雪地上的脚印，找出了仓央嘉措有私情的真相，并最终秘密处死了他的初恋情人。这也直接导致了仓央嘉措后来的放诞纵狂，以及他那些不拘一格的情歌创作。

康熙四十年（1701），固始汗的曾孙拉藏汗继承汗位，与第巴桑结嘉措的矛盾日益尖锐。

康熙四十四年（1705），仓央嘉措在傀儡的位置上坐了九年之后，桑结嘉措终于先下手为强，他秘密派人在拉藏汗的饭中下毒，却被发现。

拉藏汗大怒，立刻调集大军，击溃藏军，杀死桑结嘉措，并致书清政府，奏报桑结嘉措谋反，又议报六世达赖仓央嘉措沉湎于酒色，不理教务，屡犯戒律，不是真正的达赖，请清政府予以贬废。于是，康熙皇帝下旨："因奏废桑结所立六世达赖，诏送京师。"

也就是说，康熙帝要亲自看一看这个六世达赖到底是真是假。康熙四十五年（1706），在布达拉宫里整整做了十年傀儡的仓央嘉措，因康熙的圣旨被押解往北京。

行到青海湖的时候，一种主流的说法，是说仓央嘉措在湖边打坐，因此圆寂。还有一种说法认为，他被青海寺的僧兵救出，僧兵与押解的军队激战了数天，最后仓央嘉措为了避免伤害无辜，独自一人从哲蚌寺中走出，放弃抵抗，并写下著名的绝笔诗——"白色的野鹤啊，请将飞的本领借我一用。"当然，最好的结局，也是世间最希望的结局是，仓央嘉措并未在青海湖边圆寂，而是被救出之后留在民间。传说他此后去过五台山，也去过蒙古草原，甚至还去印度游历，最终回到藏南。仓央嘉措用余生传法诵诗，远离布达拉宫，远离政治权力与宗教的顶端，自由自在地过完了他本来无比向往的人生。

通观仓央嘉措的一生，我们就知道情歌、情诗之于他的深刻意义了。

对于六世达赖喇嘛来说，爱情是一片危险的红尘之海，但对于年轻的仓央嘉措来说，爱情却是他对抗一切丑恶的最终救赎。虽然这种救赎属于红尘和世俗，却是他向往自由的灵魂与生命必不可少的，甚至是唯一的依赖与解放。

于是，在"世间安得双全法，不负如来不负卿"的叹息里，宗教成了另一种枷锁，而爱情却终于成了另一种宗教。其实，不止仓央嘉措，所有人的人生，又何尝不是如此呢？

一个人，孤单而孤独；一群人，喧嚣而迷惑。我们以为在宗教中、在政党中、在组织中、在社会中能找到理想的归宿，但大多数个体在其中的命运，不过是被淹没、被忽视、被迷惑，甚至被傀儡，被取消个体的独立性与价值。而反过来，只有"一生一代一双人"的时候，彼此灵魂的拥抱，彼此干净的热爱，彼此纯粹的依赖，才可以升华为一种类似于宗教式的情感。就像卢氏之于纳兰容若，就像那个初恋情人之于仓央嘉措，爱情就是一种终极的信仰，爱情就是人生必将沦陷的红尘。

我与世界　格格不入
我只与你　惺惺相惜
因为一切终将黯淡
只有你才是光芒！

参考
书目
>
>
>

郑玄、孔颖达 ·《毛诗注疏》

朱熹 ·《诗集传》

郭茂倩 ·《乐府诗集》

司马迁 ·《史记》

班固 ·《汉书》

刘歆、葛洪 ·《西京杂记》

徐陵 ·《玉台新咏》

陈寿 ·《三国志》

刘义庆 ·《世说新语》

沈约 ·《宋书·乐志》

元稹、白行简 等 ·《唐传奇》

孟棨 ·《本事诗》

曹寅、彭定求 等 ·《全唐诗》

刘昫 等 ·《旧唐书》

欧阳修、宋祁 等 ·《新唐书》

李昉 等 ·《太平广记》

赵崇祚 ·《花间集》

陈衍 ·《宋诗精华录》

唐圭璋 ·《全宋词》

陈耀文 ·《花草粹编》

王实甫 ·《西厢记》

汤显祖 ·《牡丹亭》

冯梦龙 ·《警世通言》

纳兰性德 ·《饮水词》

曹雪芹 ·《红楼梦》

万树 ·《词律》

陈廷焯 ·《白雨斋词话》

王国维 ·《人间词话》

图书在版编目(CIP)数据

情诗简史/郦波著.—上海：学林出版社，2020
ISBN 978 - 7 - 5486 - 1717 - 4

Ⅰ.①情… Ⅱ.①郦… Ⅲ.①古典诗歌-诗歌史-中
国 Ⅳ.①I207.209

中国版本图书馆 CIP 数据核字(2020)第 249809 号

策　　划	夏德元
责任编辑	胡雅君　石佳彦
封面设计	陈　楠

情诗简史

郦　波 著

出　　版	学林出版社
	(200001　上海福建中路 193 号)
发　　行	上海人民出版社发行中心
	(200001　上海福建中路 193 号)
印　　刷	上海商务联西印刷有限公司
开　　本	787×1092　1/32
印　　张	14.25
字　　数	25 万
版　　次	2021 年 3 月第 1 版
印　　次	2021 年 3 月第 1 次印刷

ISBN 978 - 7 - 5486 - 1717 - 4/I·232

| 定　　价 | 58.00 元 |

(如发生印刷、装订质量问题，读者可向工厂调换)